SKANDAR
AND THE UNICORN THIEF

史坎德

獨角獸竊盜者

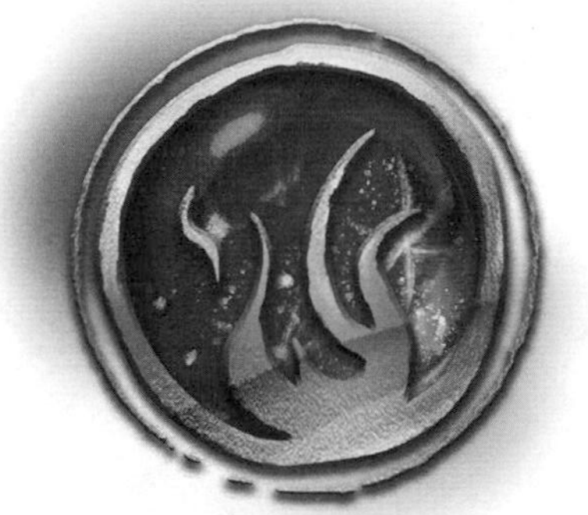

A.F. STEADMAN

A.F. 史黛曼——著　謝靜雯——譯

三民書局

獻給喬瑟夫

是你的無私、愛和無盡的善良

給了這些獨角獸翅膀

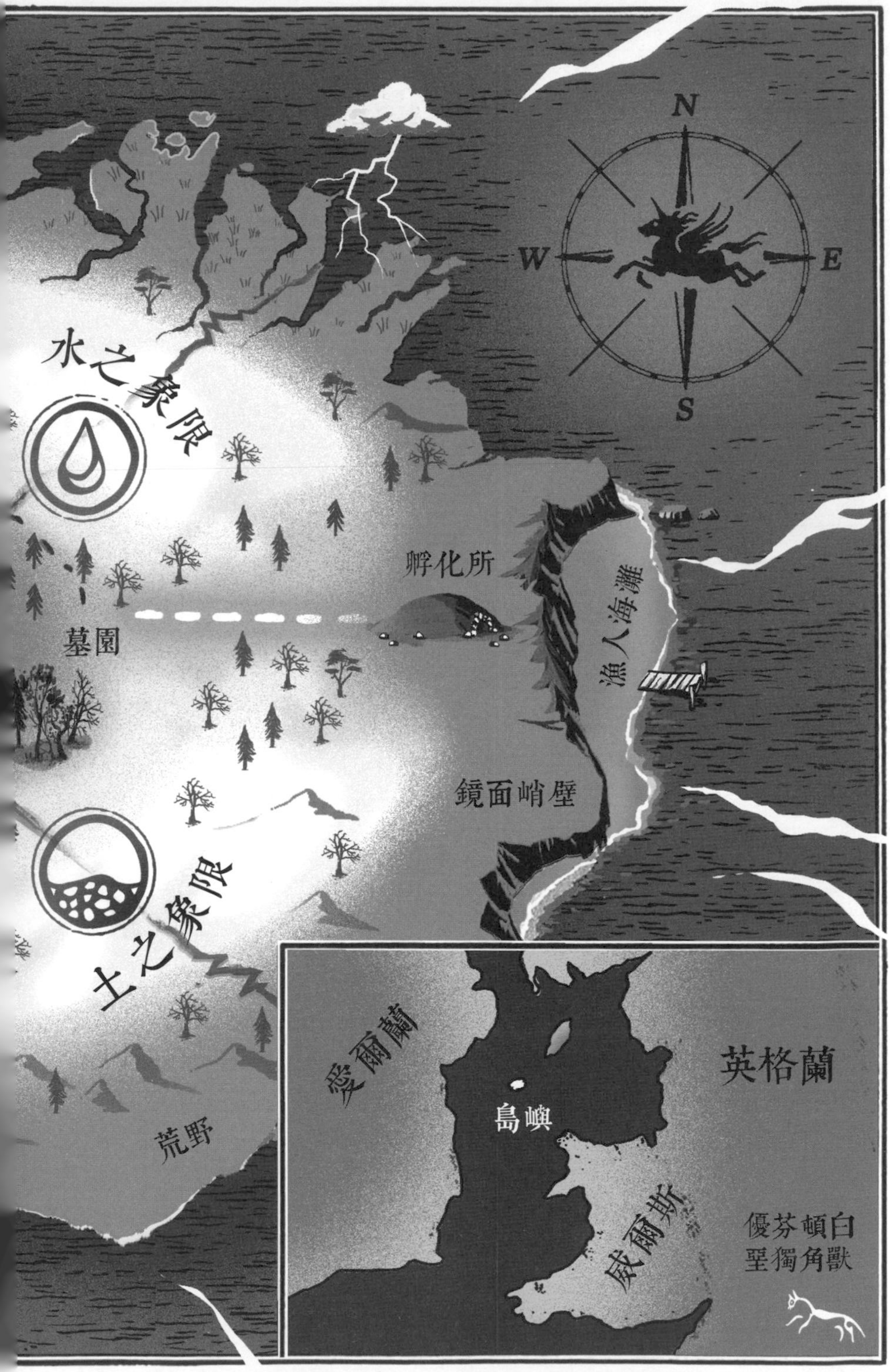

N
W
E
S
水之象限
孵化所
漁人海灘
墓園
鏡面峭壁
土之象限
荒野
愛爾蘭
英格蘭
島嶼
威爾斯
優芬頓白
堊獨角獸

島嶼
荒野
火之象限
競技場
禽巢
監獄
肆端市
氣之象限

目次

序幕

攝影師在看到獨角獸以前，就先聽見了牠們的聲音。高亢的尖鳴，暴怒的咆哮，染血的牙齒咯咯作響。

攝影師在看到獨角獸以前，就先聞到了牠們的氣味。酸臭的吐息，腐爛的肉身，永存的死亡散發惡臭。

攝影師在看到獨角獸以前，就先感覺到牠們的存在。腐臭的腳蹄踩出巨響，撼動著他的骨髓。他開始恐慌——身上的每條神經、每個細胞最終都要他撒腿逃命。但他有工作要做。

攝影師看著獨角獸群出現在山丘之巔。

共有八頭。邪惡的食屍魔奔越草地，展開骷髏翅膀，準備起飛。有如幽暗的暴風眼，黑煙在牠們四周盤旋，牠們行過之處響起陣陣雷鳴。牠們的腳蹄駭人，道道閃電擊中遠在牠們腳下的土地。

群魔扯嗓嚎叫，發出戰呼，八根頭角如鬼魅般劃過天空。
村民的尖叫聲四起。有些人試圖逃跑，但為時已晚。
第一頭獨角獸著陸的時候，攝影師正站在村莊的廣場上。
牠的鼻子噴出火花，腳蹄猛刨著地面，每一口短促的吐息都帶來騷亂和破壞。
攝影師儘管雙手顫抖，依然繼續拍攝。他有任務在身。
一隻獨角獸垂下巨大的腦袋，利如剃刀的頭角直直對準鏡頭。
布滿血絲的雙眼迎向攝影師的目光，他在那雙眼睛裡只看見毀滅。
這座村莊現在毫無希望。他自己也無望存活。
其實他原本就知道，面對狂奔的野生獨角獸群，他不可能倖存。
他只希望這段影像可以成功傳回大陸。
因為一旦碰上野生的獨角獸，你必死無疑。
男人放下攝影機，希望自己已經完成使命。
因為獨角獸不該存在於童話裡。牠們的所在即是惡夢。

第一章 盜賊

史坎德．史密斯盯著床鋪對面的獨角獸海報。天色愈來愈亮，現在可以看清獨角獸展翅飛翔的身姿——閃亮的銀色盔甲掩住了牠大半身軀，只露出狂野的紅眼，巨大的下顎和尖銳的灰色頭角。自從三年前，騎手艾絲本．麥格雷取得了參加渾沌盃的資格後，新紀之霜一直是史坎德最愛的獨角獸。史坎德想，在今天一年一度的賽事裡，他們這組可能有機會勝出。

三個月前，史坎德過十三歲生日時，拿到了這張海報。他曾在書店窗外凝視著這張海報，想像自己是新紀之霜的騎手，正站在海報畫框外，準備上場出賽。史坎德要爸爸買海報給他的時候，覺得很過意不去。因為打從他有記憶以來，家裡一直相當拮据，他一向不會主動開口要求什麼。但史坎德非常想要這張海報，而且——

廚房傳來碰響。姊姊肯娜還在對面的床鋪沉睡。要是在平常的日子，史坎德會嚇得跳下床，怕有陌生人闖進公寓。平常都是他或肯娜來準備早餐的。史坎德的爸爸並不是偷懶——不是這樣的——只是大多時候都起不來，尤其是不用上班的時候。他已經失業好一陣子了。

可是今天不是個普通的日子，今天是比賽的日子。對爸爸來說，渾沌盃比過生日都好，甚至比聖誕節還棒。

「你一直盯著那張討厭的海報，是要看到什麼時候？」肯娜發牢騷。

「爸爸在做早餐耶。」史坎德說，希望這件事能逗姊姊開心。

「我不餓。」她轉身面對牆壁，棉被底下露出她的棕色頭髮。「對了，艾絲本和新紀之霜今天不可能贏。」

「我還以為妳沒興趣。」

「我是沒興趣，不過……」肯娜又翻過身，透過晨光瞇眼瞅著史坎德，「你必須看看數據資料，小坎。新霜每分鐘的振翅次數，在二十五組競爭對手裡，只是一般般。而且他們的結盟元素是水，這也是個問題。」

「有什麼問題？」史坎德雀躍不已，即使肯娜堅持艾絲本和新霜不會贏。關於獨角獸的事，她好久沒這樣敞開來聊了，他差點都要忘記那種感覺。姊弟倆很小的時候，常常針對自己將來成為獨角獸騎手時會是什麼元素而爭辯不休。肯娜總是說，她會是火行者，但史坎德一直舉棋不定。

「你忘了孵化課上的東西嗎？艾絲本和新紀之霜是跟水結盟，對吧？不過，大家最看好的選手之中有兩個氣行者：艾瑪．天普頓，還有湯姆．納沙里。我們都知道氣對上水會有優勢！」

史坎德的姊姊用一隻手肘撐著自己，蒼白削瘦的臉龐因興奮而發亮。她雙眸圓睜，栗色頭髮披散。肯娜大史坎德一歲，但他們長相出奇的相像，常被誤認為是雙胞胎。

「等著瞧吧，」史坎德說，咧嘴笑著，「艾絲本從其他屆渾沌盃裡學到了經驗。她不會只用水，她沒那麼傻。去年她就結合了幾種元素。如果由我來騎新紀之霜，我會選閃電和漩渦攻擊……」

肯娜的臉色一變，眼神暗淡了下來，嘴角褪去笑意。手肘垮下，再次轉過身去面對牆壁，用珊瑚色棉被裹住肩膀。

「小娜，抱歉，我不是故意……」

培根和烤焦吐司的氣味從房門底下飄入。沉默中，史坎德的肚子咕嚕作響。

「肯娜？」

「別煩我，小坎。」

「妳不跟我和爸爸一起看渾沌盃嗎？」

又得不到回應了。史坎德在昏暗的天光中換衣服，因失望和愧疚而喉嚨一緊。他不該說什麼如果由他來騎獨角獸的鬼話。他們剛剛聊天的感覺一度彷彿回到從前，回到肯娜參加孵化所考試以前，在她所有的美夢破碎以前。

史坎德踏進廚房，迎面就是煎蛋的滋滋響，還有關於渾沌盃的高聲報導。爸爸正哼著歌，微彎著腰站在煎鍋前。一看到史坎德，他露出燦爛的笑容。史坎德已經不記得上次看到爸爸的笑容是什麼時候。

爸爸的臉色稍微一沉。「肯娜還沒起床？」

「還在睡。」史坎德說謊，不想破壞爸爸的好心情。

「我想，她會覺得這年很難熬。這是第一場比賽，打從……」

爸爸不需要把句子講完，史坎德就能明白他想說什麼。肯娜去年沒有通過孵化所考試，失去了成為獨角獸騎手的機會，這是從那之後的頭一屆渾沌盃。

問題是，爸爸一直以來的表現，讓人以為通過孵化所考試是很理所當然的事。他熱愛獨角獸，迫不及待要他的孩子成為騎手。他說那會解決一切問題——他們家的經濟問題，他們的未來，他們的幸福，甚至是解決那些他早上起不來的日子。畢竟，獨角獸是魔法。所以自肯娜出生以來，他堅信不移，認為她會通過那場考試，然後到島上去試開孵化門。他堅信肯娜在孵化所裡注定擁有一顆獨角獸的蛋。堅信她會讓媽媽引以為榮。更糟的是，肯娜在教會中學的孵化課堂上還總是表現頂尖。她的老師們說過，要是有人能到島上去，非肯娜．史密斯莫屬。最後她卻失敗了。

幾個月以來，史坎德的爸爸老是跟他講同一套東西。說他很有可能成為騎手，說機率很大，甚至是無可避免。儘管知道這有多困難，儘管目睹肯娜去年有多麼失望，史坎德還是迫切希望這能夠成真。

「不過，今年輪到你了，嗯？」爸爸用油膩膩的手揉揉史坎德的頭髮。「好了，做炸麵包最好的方式就是……」爸爸開始指點，史坎德在適當的時機點頭，假裝自己不是早就知道怎麼做。換作其他的孩子可能會覺得這樣很煩人，但麵包脆得恰到好處時，爸爸會跟他擊掌，讓他覺得很開心。

肯娜沒出來吃早餐，雖說爸爸似乎不那麼在意，他和史坎德喀滋喀滋咬著香腸、培根、煎蛋、煮豆和炸麵包。史坎德忍住不去追問加菜的錢是從哪來的。今天是比賽的日子。爸爸顯然想將日常的一切拋到九霄雲外，史坎德也是。就這麼一天。於是他抓起一瓶全新的美奶滋，擠在所有東西上頭，聽到令人滿意的噗吱聲時，咧嘴笑開。

「艾絲本・麥格雷和新紀之霜還是你的最愛嗎？」爸爸問，滿嘴食物，「我忘了說，如果你想邀朋友過來看比賽，沒問題。很多孩子都這樣，對吧？我不希望你錯過那種樂趣。」

史坎德垂眼盯著自己的盤子。他要怎麼從頭解釋說，自己沒朋友可以邀請？而且這多少算是爸爸的錯？

問題在於，爸爸狀況不好的時候，也就是不太開心的時候，史坎德會需要照顧爸爸，也就因而錯失那些能讓人交到朋友的機會。放學後，他永遠無法去公園閒晃，也沒有零用錢可以到電動遊樂場玩，也不能溜出門到馬蓋特海灘那裡吃炸魚薯條。史坎德起初還沒意識到，後來才發現那些就是大家交朋友的時機，並不是在英語課堂，也不是下課休息吃點心的時候。他們學校在早上下課休息時會提供快壞掉的卡士達點心給同學吃。照顧爸爸意味著史坎德身上的衣服有時不大乾淨，或是沒空刷牙。而大家都注意到了。他們總是會注意到，而且記在心上。

不知怎麼的，對肯娜來說狀況沒那麼糟。史坎德覺得，姊姊比他有自信，這點真好。史坎德只要想說點機智或幽默的話，腦袋就會打結，想說的話會晚幾分鐘才浮現。跟同學面對面的時候，腦海裡總是一片空白，還有種古怪的嗡嗡響。肯娜就沒這種問題；有一次一群女生議論著爸爸有多奇怪，他親耳聽見肯娜和她們對話。「我爸爸是我自己的事，」她當時鎮定自若的說，「妳們少管閒事，免得後悔。」

「他們家裡有事，爸爸，」史坎德終於喃喃說道，覺得自己臉紅起來。他沒坦白的時候總會臉紅。不過，爸爸沒注意到。他竟然開始收拾盤子。這番景象太過罕見，史坎德眨了兩次眼想確定這是真的。

「歐文呢？他是你的好朋友，對嗎？」

歐文最糟糕了。爸爸以為他是朋友，因為爸爸曾經在史坎德的手機上看到來自歐文的幾百則通知。史坎德沒說過的是，那些訊息一點都不友善。

「噢，是啊，他很愛渾沌盃，」史坎德起身幫忙，「不過，他要跟爺爺奶奶一起看，他們離這裡有好幾哩。」這不是史坎德胡謅的，他曾經無意間聽到歐文向死黨抱怨這件事，接著動手從史坎德的數學課本撕掉三頁，揉成一團後朝他的臉一丟。

「肯娜！」爸爸突然大喊，「比賽馬上要開始了！」遲遲沒得到回應，索性走進他們的臥房。史坎德往沙發上一坐，電視正如火如荼報導著賽事。

記者正在競技主場訪問一位前渾沌盃騎手，就在起跑桿前方。史坎德轉大了電視的音量。

「——你想我們今天會看到激烈的元素戰鬥嗎？」記者因興奮而漲紅了臉。

「當然，」騎手回答，自信滿滿的點頭，「參賽者各有各的能力，提姆。大家都聚焦在佛德里哥．瓊斯和夕陽之血的火力上，但艾瑪．天普頓和山巔之懼呢？他們雖然是空氣結盟，但更是天賦異稟。大家都忘了，渾沌盃的頂尖騎手在四個元素上全都有卓越的表現——不只是他們結盟的那個元素。」

四個元素。那就是孵化所考試的核心。史坎德花了很多時間學習哪些出名的獨角獸、騎手和火、水、土或氣結盟，他們在空戰時又偏好哪些攻擊和防守方式。史坎德一陣緊張，胃隱隱抽痛；他真不敢相信後天就要輪到他考試了。

爸爸回來了，一臉困擾。「她再一下就出來。」他邊說邊往破舊的沙發上一坐，就坐在史坎德身旁。

「其實要你們孩子理解這種事並不容易，」爸爸盯著螢幕嘆道，「十三年前，我這世代的人頭一次看渾沌盃，光是知道有那麼一座島存在就已經夠震驚了。當時我已經超過了能當騎手的年紀。可是比賽、獨角獸、元素……對我們來說就是魔法——對我來說是，對你們媽媽來說也是。」

史坎德坐著一動也不動。他不敢把視線從螢幕上移開，因為獨角獸進場了。爸爸只有在渾沌盃當天會聊起史坎德和肯娜的媽媽。史坎德到七歲時就已經放棄在其他時候追問媽媽的事——他學到教訓，知道這樣會惹爸爸生氣難過，並且躲進臥室好幾天。

「你媽在第一場渾沌盃那天情緒起伏好大，我從沒看過她那樣，」爸爸繼續說，「她就坐在你現在的位子上，又笑又哭，把你摟在懷裡。你那時才幾個月大。」

這件事史坎德聽過了，但他一點都不介意再聽一次。他和肯娜總是迫不及待聽更多關於媽媽的事。奶奶，也就是爸爸的媽媽，以前都會跟他們聊起她，但他們最喜歡由爸爸說出口的那些故事，因為爸爸是最愛她的人。有時候，爸爸重提那些故事時，會出現新的細節，像是蘿絲瑪莉．史密斯總是暱稱他伯提，從不叫他羅伯特。或是她喜歡邊泡澡邊唱歌，或她最愛的花是三色堇，或是在她看的第一場也是最後一場渾沌盃裡，她最愛看的元素是水。

「我永遠都會記得，」爸爸說了下去，直直望著史坎德，「第一場渾沌盃結束的時候，你媽拉起你的小手，用手指在你掌心上比劃著，然後像禱告一般輕聲說，『寶寶，我保證給你一匹獨角獸。』」

史坎德用力嚥嚥口水。爸爸從沒跟他講過這個故事。也許爸爸刻意等到他參加孵化所考試的這一年。也許故事不是真的。史坎德永遠不會知道，蘿絲瑪莉．史密斯是否真的曾保證要給他一匹獨角獸。因為，在大陸首度看到獨角獸比賽的三天過後，史坎德的媽媽忽然去世。

史坎德絕不會跟爸爸說，甚至也不會跟肯娜說，他之所以這麼喜愛渾沌盃，部分原因就在於能讓他覺得跟媽媽很親近。他想像她看著那些獨角獸，興奮之情在她胸口逐漸沸騰，就像在他胸口那樣，彷彿她正陪在他身邊。

肯娜捧著一碗玉米片，拖著步子走進客廳。

「真的假的，小坎，早餐就吃美奶滋？」她指著一疊盤子最上面的那一個盤子，上面還有史坎德留的沾醬。「我一直跟你說，那種東西不能當成最愛，小弟。」

史坎德聳聳肩，肯娜哈哈笑，擠進沙發上，坐在他旁邊。

「看看你們兩個佔那麼多空間，我明年就得坐地板了！」爸爸哈哈笑著說。

史坎德的心一揪。要是考試順利，他明年就不會在這裡了。到時他會親眼觀賞渾沌盃，在島嶼上，而且他會擁有自己的獨角獸。

「肯娜，從實招來！妳最看好哪一組？」爸爸繞過史坎德問肯娜。

她盯著電視，煩躁的嚼著玉米片。

「她之前說過，艾絲本和新紀之霜贏不了。」史坎德開口了，等著她回應。

這招生效了。「也許以後艾絲本還有贏面，但今年的比賽不利於水行者。」肯娜將一綹散髮塞到耳後，這個動作對史坎德來說再熟悉不過，能帶給他安全感。彷彿肯娜最終會好好的，即使史坎德明年留她一人陪爸爸坐在沙發上。

史坎德搖搖頭。「我跟妳說過，艾絲本不會只仰賴水元素。她沒那麼傻，她一定也會用氣、火和土的攻勢。」

「不過，小坎，騎手對自己結盟的元素最拿手，用它才會有最好的表現。所以才叫結盟啊！哎！假使艾絲本使出火攻勢，仍然不會比真正的火行者厲害吧？」

「好吧，那妳覺得誰會贏？」史坎德坐直了身子。爸爸去把電視音量轉得更大，評論員的語氣變得極度亢奮，全副武裝的參賽者在起跑桿後方推搡，爭搶位置。

「艾瑪．天普頓和山巔之懼，」肯娜語調沉靜，「去年第十名，氣行者，高耐力，勇敢聰慧。她就是我原本會成為的那種騎手。」

這是史坎德頭一次聽到，肯娜承認自己永遠無法成為騎手的事實。他想說點話，但不知該說什麼，轉眼便錯過時機。他聽著實況轉播，主播正努力填滿賽事開打前的幾秒空檔。

「如果你是剛開始收看我們頻道的觀眾朋友，我們正在島嶼首都肆端市這裡進行實況轉播。再過幾分鐘，這些獨角獸就會從這座知名的競技場飛出去，進入空中賽道。這場長達十六公里的比賽，考驗著耐力以及空中戰力。騎手一路都必須待在浮標外頭，不然會有被剔除的危險。這並不容易，其他二十四位參賽者會時時想辦法用元素魔法攻擊你，想盡辦法拖慢你的速度——噢，開始倒數計時了！五、四、三、二⋯⋯他們出發了！」

史坎德看著二十五匹獨角獸，每匹身形都有一隻馬的兩倍大，當起跑桿升到牠們頭角上方時便往前狂奔。為了奪得先機，騎手催促自己的獨角獸前進，套著盔甲的腿跟身旁的對手鏗鏘碰撞。他們在鞍座上伏低身子，加快速度。接著就是史坎德最愛的部分。獨角獸展開布滿羽毛的大翅膀，振翅起飛，遠離了競技場的沙地。麥克風接收到騎手隔著頭盔發出的呼嘯聲。還接收到別的聲音——雖然史坎德年年都能聽到，但依然讓他背脊竄過陣陣戰慄。是來自獨角獸胸膛深處的低吼，比獅吼還可怕，比他在大陸上聽過的任何聲音都更古老、更原始。那種聲音會讓你想拔腿就跑。

獨角獸們在半空互相衝撞，搶奪最佳位置，金屬盔甲碰撞刮磨。牠們刺擊敵手時，獸角尖端在陽光中閃閃發亮。牠們咬嚙牙齒，嘴邊湧出唾沫，賁張的鼻孔透著血紅。隨著牠們飛入天際，元素魔法點亮了天空：火球、塵暴、陣陣閃電、道道水牆。以蓬鬆的白雲為背景，空戰熱烈進行著。騎手們奮戰不休，努力沿著賽道前進，右掌散發著元素力量的光芒。

場面並不賞心悅目。獨角獸互相踢踹，牙齒扯下對方側腹的皮肉，近距離猛攻對手。才過三分鐘，鏡頭就捕捉到一匹獨角獸和騎手的毛髮著火，騎手的一隻手臂垂下，他們向下旋轉、跌落，最後緊急著陸，獨角獸的翅膀和騎手的金髮上冒出煙來。

主播哀叫一聲。「今年的渾沌盃，希拉芮．溫德斯和尖緣莉莉出局。看來斷了一條手臂，有幾處嚴重燒傷，莉莉一邊翅膀也受傷了。」

鏡頭回到領先的群組。佛德里哥．瓊斯和夕陽之血，艾絲本．麥格雷和新紀之霜正在空中激戰。艾絲本召喚了冰弓，正對準佛德里哥穿著護甲的背不停發射，試圖拖慢他的速度。佛德里哥有個烈火盾牌，可以融掉冰箭，但艾絲本命中率很高，而且新紀之霜也順利追趕上去。不過，佛德里哥可還沒完。艾絲本騎著新霜飛近的時候，一顆火球在艾絲本頭頂上方的空中炸開。

「那是佛德里哥發動的野火攻勢，」主播語氣佩服，「在那樣的高度和速度，要使出這招頗有難度。不過——噢！看看那個！」

冰結晶圍著新紀之霜和艾絲本，織成一面網，最後將他們封在厚厚的冰繭裡，野火碰也碰不到他們。史坎德看到佛德里哥失望大叫，他費勁發動火攻，因此拖慢了夕陽之血的速度。艾絲本衝出冰繭，超前一步。

「目前領先的是駕馭惡魔眼淚的湯姆．納沙里，隨後是騎著山巔之懼的艾瑪．天普頓。位居第三的是騎著河蘆王子的艾洛蒂．柏區。在剛剛那場結合氣和水的絕妙攻勢之後，新紀之霜和艾絲本．麥格雷現在名列第四——但是看來艾絲本又有動作了，」主播打斷自己，語調拔高，「她加快速度了。」

艾絲本的紅髮在身後飛揚，新紀之霜爆發的速度令人難以置信。翅膀一片模糊，衝過河蘆王子身邊，突然轉向，以幾吋之差避開了朝艾絲本襲來的閃電。接著新霜鼓動灰色的大翅膀，飛越肯娜的最愛，山巔之懼，然後是湯姆．納沙里的黑色獨角獸，惡魔眼淚。轉眼就由艾絲本拔得頭籌。

「耶！」史坎德握拳擊打空氣，很不合他平日作風，但這場比賽實在太不可思議，令人難以置信。

「我從沒見過這種狀況，」主播喊道，「看看她領先了多少！」

肯娜倒抽一口氣，牢牢盯著逐漸接近終點線的獨角獸群。「我真不敢相信！」

「她將會以一百公尺的差距贏得賽事。」另一位主播尖聲說。

史坎德看得目瞪口呆，新紀之霜的腳蹄降落在競技場的沙地上。艾絲本眼神堅毅，她將新紀之霜往前趕，穿過了終點拱門。

史坎德跳起來，興奮吶喊。「他們贏了！他們贏了！看吧，肯娜，就跟妳說了！被我料中了，被我料中了！」

肯娜哈哈笑，雙眼放光，讓這場勝利更有滋味。「好啦，小坎。他們確實有兩把刷子，我承認。那些冰結晶，真是高招！我從沒看過——」

「等等，」爸爸站得離螢幕很近，「有狀況。」

史坎德靠向爸爸，肯娜也從另一側靠過來。史坎德可以聽到群眾驚聲尖叫，可是不再是因為興奮，而是恐懼。獨角獸們不再穿過拱門，比賽停止。主播沉默，畫面靜止，只有競技場的單一鏡頭，彷彿操作攝影機的人離開了崗位。

一匹獨角獸降落在競技場中央，看起來跟其他獨角獸都不一樣，不像夕陽之血或新紀之霜或山巔之懼。牠中斷了勝利的隊伍。牠的翅膀上幾乎沒有羽毛，像蝙蝠的翅膀。牠瘦骨嶙峋，彷彿挨餓多時。雙眼布滿血絲，被陰影籠罩。鮮血凝結在嘴顎周圍，對著賽道上的獨角獸呲牙裂嘴，彷彿挑釁。

注意到那匹獨角獸的透明頭角時，史坎德才恍然大悟。

「是野生獨角獸，」他輕聲說，「就像很久以前島嶼給大陸看的影片裡的。就是島嶼多年前用來說服大陸相信獨角獸真實存在的那段影片。牠們攻擊村莊——」

「有狀況。」爸爸又說。

「不可能是野生獨角獸，」肯娜小聲道，「上頭有騎手。」

史坎德原本沒注意到獸背上的那個人影。那應該是個人。騎手披著鼓漲的黑色罩袍，在微風中翻飛，袍襬破爛撕裂。一道寬寬的白漆從脖子劃到頭頂，隱沒在黑色短髮裡，遮掩了騎手的面容。

那匹獨角獸用後腳站立，前腳腳蹄刨著空氣，嗝出烏黑濃煙。魅影般的騎手發出勝利的號叫，他的獨角獸跟著發出尖鳴。煙霧充斥在競技場裡。史坎德看著那匹獨角獸朝著渾沌盃選手們一步步靠近，火光在腳蹄周圍閃耀，騎手掌心射出一道白光，照亮了螢幕。畫面完全被黑煙淹沒以前，那個騎手轉過身來，動作緩慢從容。他伸出一隻細長的手指，直直指向攝影機。

接著只剩聲音。元素魔法爆破；獨角獸尖鳴。傳來更多群眾的尖叫。島民試圖從座位上逃離，踩出如雷的腳步聲。島民衝過鏡頭的時候，恐慌的聲音揉雜成團，史坎德注意到有兩個字重複出現。

織者。

史坎德從未聽過織者，但那個名詞一次次被群眾低語、吶喊或驚叫出聲，他也跟著害怕起來。

他轉向爸爸，爸爸一臉驚愕，盯著電視螢幕上盤旋的黑煙。肯娜搶先一步發問。「爸爸，」她靜靜說，「誰是織者？」

「噓噓噓，」他擺擺手，「出事了。」

煙霧散開，視線清明起來。跪在沙地上的一個人影正在哭喊。她還穿著盔甲，背上以藍字漆著「麥格雷」，身旁圍繞著其他騎手。

「拜託！」艾絲本的哀嚎傳遍競技場，「拜託，帶牠回來！」

佛德里哥．瓊斯沒有了比賽時的狠勁，勉強扶起艾絲本，但她依然嚎哭不斷。「織者帶走牠了。牠走了。我們贏了，而織者——」艾絲本在最後一個字嗆住，淚水淌過沾染塵土的臉龐。

一個人聲如鞭子劃過般厲聲響起。「關掉攝影機！現在！不能讓大陸看到這個。關掉，馬上！」

獨角獸群開始尖鳴和低吼，聲音震耳欲聾。牠們以後腳站立，嘴角吐沫，史坎德不曾看過牠們這麼恐怖的模樣。騎手紛紛跳上座鞍，試著安撫自己的獨角獸。

二十五個騎手只剩一個還站在沙地上——就是原本勝出的水行者艾絲本．麥格雷。可是她的獨角獸，新紀之霜已經不見蹤影。

「誰是織者？」肯娜又問，語氣堅定。

但沒人回答她。

第二章 門外

「邦垂斯老師，妳能不能告訴我們，織者是誰？」
「織者為什麼要帶走新紀之霜？」
「織者為什麼能夠控制野生獨角獸？」
「織者會來大陸嗎？」
「安靜！」邦垂斯老師吼道，手揉著太陽穴。
全班安靜下來，史坎德從沒聽邦垂斯老師吼過。
「你們是我今天上的第四堂孵化課，」她說，手肘倚在白板上，「我現在要跟你們說的話，我在其他班級也都說過了：我不知道織者是誰，我不知道織者怎麼能夠控制野生獨角獸，當然，我對新紀之霜的下落也一無所知。」
整天下來，大家時時把渾沌盃掛在嘴邊。這很正常，因為這可是一年當中最盛大的活動。但今年不同，今年大家憂慮不安，尤其是全國上下跟史坎德年齡相當的孩子，他們明天就要參加孵化所考試。

「邦垂斯老師，」瑪莉亞舉手，「我爸媽不希望我參加考試。他們擔心島上不安全。」

有幾個人點點頭。

邦垂斯老師打直身子，從棕色瀏海底下瞅著他們。「除了協議規定大家都要參加考試之外，誰能告訴我，如果瑪莉亞注定在孵化所得到一匹獨角獸，但她卻未回應命運的召喚，會發生什麼事？」

他們每個人都答得出來，但山米搶先回話。「如果沒有瑪莉亞來孵化，她的獨角獸就沒辦法跟注定的騎手互相縛定，孵化之後就會成為野生獨角獸。」

「沒錯，」邦垂斯老師說，「就會像是你們在這次渾沌盃上看到的那個可怕生物。」

「我又沒說我同意爸媽的想法！」瑪莉亞抗議，「我還是要——」

邦垂斯老師不理會她。「十五年前，島嶼因為騎手短缺，向我們求援。我明白，現在發生這樣的狀況會讓你們都很煩惱，我也是。可是我不會讓自己的學生逃避責任。現在，有這個……這個織者逍遙法外，所以更需要你們將命定的獨角獸孵化出來。你們只有一次機會。而今年輪到了你們。」

「唔，我覺得，這整件事是個大騙局。」歐文的聲音從教室後頭傳來，他故意拉長音，「就我看來，那根本不是一頭野生獨角獸，是人扮演的。我看到網路上有人這樣說，而且——」

「對，謝謝，歐文，」邦垂斯老師打斷他，「是有那個可能。我們現在先來複習考題好嗎？」

史坎德蹙起眉頭，盯著孵化課本。不可能是真的。如果是有人在開玩笑，那些島民怎麼會那麼害怕？那個披著黑袍的騎手怎麼會選擇出現在賽場上，面對一批最強大的獨角獸群，然後偷走新紀之霜？織者是誰？或者說，織者是什麼？

史坎德真希望自己能有個朋友，可以在課堂上一起小聲討論這件事。這樣他就能問問朋友怎麼想。但他根本沒有朋友。他在習作本的空白處畫著神祕的野生獨角獸的素描。除了獨角獸，畫畫是史坎德唯一覺得有趣的事情。透過這種方式，他可以想像自己在島嶼上。他的素描本滿是交戰的獨角獸或孵蛋的塗鴉。有時候他也會畫海景，或畫漫畫版的肯娜。偶爾，他會畫畫他媽媽，臨摹一張她的舊照片。

他想知道媽媽對這一切會有什麼看法。他已經不是第一次這樣想了。

那天下課後，一如既往，史坎德獨自在學校大門口等肯娜，一面翻閱孵化筆記。接著，他聽到了不管到哪都認得出來的聲音：歐文的笑聲。他總是刻意壓低聲音，讓自己聽起來年紀大一點，更像男人。雖然史坎德覺得聽起來反而更像一隻便祕的乳牛在咳嗽。

「我才剛買的！」一個高亢的聲音喊道，「而且要跟我弟弟一起用。你不要拿——」

「拿走就對了，洛伊。」歐文吼道。

洛伊是歐文的死黨。

歐文和洛伊在操場矮牆邊，圍住一個矮小的七年級男生。他皮膚蒼白，有著點點雀斑，頂著一頭亮紅色頭髮，讓史坎德聯想到艾絲本·麥格雷。

「喂！」史坎德跑過去。他已經知道自己會後悔，臉上等下可能會挨一拳，但他不能讓那個男孩一個人應付歐文。況且，歐文過去打過史坎德好幾次。他多少有點習慣了。

史坎德到了他們身邊時，明白洛伊從男孩手上搶走了一整疊的渾沌卡。

「你剛剛跟我說什麼？」歐文逼近史坎德。

史坎德趕緊比了個手勢，示意要紅髮男孩躲起來。男孩的身影消失在牆壁後方。

「我，呃，只是在想，你會不會想借我的筆記？」史坎德說，剛剛的勇氣迅速消散。你不可能對歐文喊「喂」，還能安然無恙。他真是糊塗。

歐文冷笑一聲，從史坎德手中搶走孵化筆記，傳給洛伊。歐文一空出雙手，便握拳痛擊史坎德的肩膀。

「是孵化課的東西。」洛伊邊翻邊咕噥。

「太好了，那我走嘍。」史坎德往旁邊移動，但歐文一把揪住他的白襯衫。史坎德聞到歐文的髮膠味。他總是用髮膠把深色的頭髮弄得很亂。

「你該不會以為，你過得了孵化所考試吧？」歐文佯裝詫異，「噢，你還真以為自己過得了！噢，那也太可愛了！」

洛伊傻愣愣的點頭。「他真的這麼想。這些是複習筆記。」

「我要跟你說多少次？」歐文把臉湊到史坎德面前，「像你這樣的人當不了騎手。你太弱，太無能，太可悲。你控制不了像獨角獸那麼危險的東西。貴賓狗比較適合你。沒錯，史坎德，幫自己弄隻貴賓狗，然後騎著到處走。那一定會把大家逗樂！」

歐文將拳頭往後揮，道別前準備再來一記，這時有人從背後抓住他的拳頭，使勁拉扯。地心引力顯然比史坎德更不喜歡歐文。他往下一摔，砰一聲跌在柏油地上。

肯娜居高臨下看著歐文。「滾出我的視線，要不然你到時哭疼的，不只是跌痛的屁股。」她的棕色眼眸閃現兇光，史坎德感到一陣得意。他姊姊絕對是最棒的。

歐文手忙腳亂站起來，轉身就逃。洛伊尾隨在後，依然抓著那些複習筆記。肯娜注意到了，「嘿！那是史坎德寫的東西嗎？給我拿過來！」她往學校大門追了過去。

史坎德越牆一瞥，心跳飛快。「你現在可以出來了。」

紅髮男孩過來坐在史坎德身邊，滿臉驚恐。

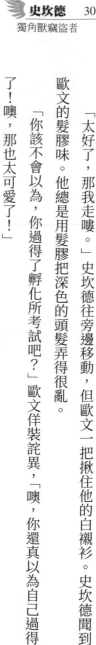

「你叫什麼名字？」史坎德柔聲問道。

「喬治．諾里斯，」男孩吸著鼻子說，抹去一滴淚，「真希望他沒拿走我的卡。」他失望的往牆壁猛蹬兩下。

「唔，喬治．諾里斯，今天是你的幸運日，因為——」史坎德把手伸進背包，拿出自己那套獨角獸和騎手的集換卡，「我願意讓你挑五張，價格超划算，只要……一毛都不用。」

喬治的臉龐一亮。

史坎德在他面前將卡片攤成扇形。「來吧，隨你挑。」獨角獸的翅膀邊緣在陽光下閃爍。喬治花了好久時間挑選。失去了幾張珍貴的收藏，史坎德忍住不要露出心疼的表情。

「噢，下次歐文再威脅你——」史坎德站起來，「就說你認識我姊姊，肯娜．史密斯。」

「就是把歐文拉倒的那個人嗎？」喬治問，雙眼圓睜，「她好可怕。」

「是嚇死人！」肯娜吼道，從史坎德背後的牆上出現。

「啊啊啊妳幹嘛嚇人啦？」史坎德嚇得揪住自己胸口。

喬治開心揮手。「掰掰，史坎德！」

肯娜把複習筆記遞給史坎德。「歐文又找你麻煩了嗎？有這種狀況，你一定要跟我講啊！他是不是逼你幫他寫作業？所以你筆記才會在他手上？」

跟爸爸不同的是，肯娜知道歐文霸凌史坎德好幾年了。但他這陣子盡量不去麻煩她。這種事會害她更難過，而她已經常常難過了。

「我不會幫別人寫功課啦！別擔心。」

「只是，唔，家裡有很多事要忙。你也知道從渾沌盃之後，爸爸又不大正常了。他一直說，織者偷走了他一年當中唯一快樂的日子。每年渾沌盃過後，他狀況都好不到哪去，可是這一次——」

「更糟了，」史坎德替她把話講完，「對，我知道，小娜。」爸爸反覆觀看那段渾沌盃影片，倒轉加暫停，執迷不已。看完之後，要嘛不吃不喝，要嘛就是一句話也沒跟他們說，就逕自回到床上去。

「我知道你明天——」她吸了一口氣，「有孵化所考試，可是不能因為這樣就讓一切停擺，知道吧？因為——」

「我知道。」史坎德嘆氣。他無法面對肯娜接下來要說的話，她會說他到島上去的機率微乎其微。他就是沒辦法，尤其才剛被歐文和洛伊找麻煩。他一直希望一切會改變，希望能離開這裡。憑藉著這一絲希望，他才能夠忍受現在這一切。獨角獸就是一切。肯娜希望破滅了，但史坎德不想放開那個夢想，時候未到。要等到——

「你還好嗎？小坎？」肯娜看著他。他突然在人行道中央停下，有個穿獨角獸T恤的小男生不得不繞過他，搖搖晃晃走開。

史坎德又邁開步伐，肯娜繼續追問。「是不是因為大家都在說，島嶼現在不安全？」

「即使那樣，也不能阻止我去試開孵化門。」史坎德語氣堅定。

肯娜戳戳他。「噢，看誰現在一副戰士的英勇模樣！你在床上發現長腿蜘蛛的時候，都沒這麼勇敢！」

「要是我孵出獨角獸，我一定要牠拿那些我討厭的蟲子當點心吃。」史坎德說笑。

肯娜臉色一沉。他們只要談太多獨角獸的事，她就會這樣。

他還是無法相信她竟然沒通過考試。他們原本計畫一起做所有的事情。肯娜先去，他會在一年後到島上和她一起。爸爸會拿到錢，大陸家庭只要有孩子到島上生活，就會領到補償金。他們會讓爸爸與有榮焉。他們原本會讓爸爸好起來的。

「如果妳想要，今天晚餐我煮？」史坎德說，覺得愧疚。肯娜正在輸入進大樓的密碼。

他們爬上樓梯。電梯壞了幾個月，一直沒人來修，雖然肯娜已經報修了至少十二次。

十樓瀰漫著難聞的煙和醋味。一如往常，二〇七號房外頭的一條日光燈管嗡嗡作響。肯娜把鑰匙插進門上，可是開不了。「爸爸又拴起來了！」

肯娜撥爸爸的手機。又撥一次。無法接通。

她敲了敲門。再敲一陣。史坎德透過門底的縫隙喊著爸爸，一邊臉頰磨著走廊上暗灰色的鋪毯。沒有回應。

「沒用。」肯娜背貼門往下滑，最後坐在地上。「我們得等他醒來，發現我們不在家。他會想通的。這種事又不是沒發生過。」

史坎德撐起身子，倚著門坐在她旁邊。

「要不要複習一下？」肯娜提議，「我來考你。」

史坎德皺眉。「妳確定妳想要……？」

肯娜將一綹散髮塞到耳後。她重複這個動作，直到真的塞好，然後轉身面對史坎德。她嘆了口氣。「欸，我知道自從我沒被叫到島上去之後，我就一直很難相處。」

「妳沒——」史坎德才開口。

「確實是這樣，」肯娜堅持，「我像個發臭的垃圾桶，一堆米田共，比污水管裡熱騰騰的便便還糟糕。」

史坎德笑了起來。

肯娜現在也咧嘴笑著。「這樣不對，真的不對。因為如果角色互換，我知道你會幫我一起做功課，也會繼續跟我聊獨角獸。爸爸說過，媽媽的心胸寬大——如果那是真的，比起我，你跟她像多了。你人比我好，小坎。」

「才不是！」

「我心塞滿屎！嘿！『是』和『屎』單押！好了，你到底要不要我幫忙？」她一把抓住他的背包，撈出他那本封面印著四元素符號的孵化課本。她隨手翻開一頁。「我們從簡單的快問快答開始。島嶼為什麼要讓我們大陸知道真的有獨角獸？」

「小娜……別這樣！認真點！」

「我很認真啊，小坎。你以為自己什麼都知道，可是這種簡單的問題就是會弄錯，我跟你賭。」他們上方的日光燈管大聲的嗡嗡響。史坎德不習慣肯娜心情這麼好，尤其是關於島嶼的事，於是他跟著起勁。

「好啦，好啦。注定會孵出獨角獸的十三歲島民不夠多，也就是沒有很多人能打開孵化門。也就表示，野生獨角獸會繼續孵化，不受縛定，那麼島上的獨角獸就會失控。他們需要大陸上的孩子也試試那扇門。」

「島嶼跟大陸說的時候，主要的障礙是什麼？」肯娜問，快速翻過幾頁。

「首相和他的顧問以為那是在開玩笑，因為大陸向來認為獨角獸是虛構的，安全無害的，毛茸茸的——」

「還有呢？」肯娜提示。

「牠們的便便是彩虹色的。」史坎德和肯娜相視而笑。

就像大陸上所有的孩子，他們都聽過以前獨角獸還屬於虛構生物時的那些故事。邦垂斯老師說，當時如果有人說獨角獸是真的，還會被嘲笑、羞辱。她在他們的第一堂孵化課上，傳了獨角獸的各種商品給全班看：絨毛粉紅獨角獸，有捲翹的睫毛和微笑的臉龐；附有一根銀色頭角的閃亮頭飾；閃著亮片的生日卡片，上面寫著「永遠作自己──除非你可以當一匹獨角獸，那麼就永遠當一匹獨角獸」。

但十五年前，一切都變了。嗜血的野生獨角獸影片在大陸的網路上瘋傳，跟獨角獸有關的一切都從商店消失不見。爸爸說，想到那些野獸可能會成群飛到大陸來，毀掉沿途碰到的一切活物，不管是用牙齒、腳蹄或頭角，大家都嚇壞了。在恐懼中，大家清除家中所有有關獨角獸的物品──繪本、絨毛玩具、鑰匙圈、派對飾品，通通堆在公園用大火燒毀。

所以，家長當然不樂意送孩子到這些魔獸可以自由活動的地方。史坎德讀過以前的報紙文章，關於在倫敦的抗議活動，以及國會舉行的辯論。可是所有申訴得到的答案都千篇一律：如果我們不幫忙，就會生出更多野生獨角獸，毀掉大家。人們於是要求大陸和島嶼聯合，殺光所有的獨角獸，但首相回答，獨角獸不管是被縛定的或野生的，都無法用槍枝殺害。

他急著強調，如果大陸同意幫忙，對大家來說是雙贏局面。「有縛定的獨角獸不一樣，」他試著安撫質疑的人，「想想那種榮耀。你們難道不希望孩子成為英雄嗎？」

爸爸說過，一陣子之後大家對整件事都放下心來。分隔兩地的家人彼此想念，但沒有孩子在島嶼受害，也沒人再遭到野生獨角獸攻擊。大陸騎手的父母每年會拜訪島嶼一次，跟孩子共度一日；沒有騎手主動要求回家。在渾沌盃裡名列前茅的騎手受到老老少少的崇拜，名氣大過皇室成員。成為騎手，是大多數孩子吹熄生日蠟燭時許下的願望。慢慢的，獨角獸成為了日常生活的一部分，幾乎沒人再提起野生獨角獸。

直到現在，直到織者現身。

「妳想，考試會考到織者的事情嗎？」史坎德問肯娜，她正來回踱著步。「妳想，織者真的縛定了那頭野生獨角獸嗎？不可能的，對吧？我是說，野生獨角獸的定義就是，牠錯過機會，無法跟命定的騎手縛定，獨自孵化出來……」

肯娜停止踱步，他盯著她的灰色襪子。「別再擔心了。你不會有事的。」

「妳真的認為我可以當騎手？」史坎德問，音量小聲到像悄悄話。他是否能通過考試，並不是肯娜能決定的。更不要說，他到了島上之後能否打開孵化門了。可是她相信他辦得到，這點對他來說還是很重要。

「當然了！」她對他微笑，但他覺得眼睛因為即將落下的淚水而發熱。他不相信她。

史坎德低頭看著大腿。「我懂。我不特別，看起來甚至跟電視上的任何一個騎手都不像。他們樣子都光鮮亮麗，看起來很有個性。可是我，唔——我的頭髮甚至不是什麼特定的顏色！」

「別傻了——明明是棕色，跟我的一樣。」

「是嗎？」史坎德無望的嘆口氣，「或者只是某種泥巴色？還有我的眼睛，顏色混濁，甚至無法看出來到底是藍的、綠的，還是棕色的。而且我很怕蜘蛛，也怕黃蜂，有時候還怕黑——只怕伸手不見五指的那種黑，不過還是怕。哪有獨角獸會想跟我縛定？」

「史坎德。」肯娜在他身邊跪下，他們小時候，他難過的時候，她就會這樣。姊弟倆明明只差一歲，肯娜看起來卻像大了幾歲，直到去年她考試沒過為止。當時他必須自己堅強起來，因為她變得退縮，連續幾個月哭著入睡。現在有些晚上，他還是會聽到。對他來說，那種聲音比一千頭嗜血獨角獸的怒吼還可怕。

「史坎德，」她又說，「誰都可以當騎手！所以孵出獨角獸才會那麼酷。不管你出身怎樣，不管你爸媽有多糟，不管你有多少朋友，或是害怕什麼東西，那些全都無所謂。如果島嶼召喚，你就必須回應。你孵的是嶄新的機會，嶄新的人生。」

「妳講話跟邦垂斯老師一個樣。」史坎德嘀咕，回以微笑。

他們一起望著走廊盡頭窗外的日落時，史坎德卻忍不住想到，明天的這個時候，孵化所考試已經結束，到時他的未來已成定局。

第三章 孵化所考試

史坎德被翻箱倒櫃的聲音吵醒。他睜開一隻眼睛，看到肯娜在床上盤著腿，一只舊鞋盒放在膝蓋上。那不是普通的盒子；裡面放滿了他們媽媽的物品：棕色髮夾、迷你獨角獸、爸媽盛裝觀賞渾沌盃的照片、寫給肯娜的生日卡片、缺了搭扣的珍珠母手鍊、兩端有白條紋的黑圍巾、花店的鑰匙圈、地方書店的書籤。比起史坎德，肯娜更喜歡翻看盒子裡的東西，尤其在她感到焦慮的時候。她說那些東西能讓她覺得自己還記得媽媽——她的笑容、她的氣味、她的笑聲。

可是史坎德對媽媽沒有任何記憶。這點讓他很傷心，但他試著不要表現出來。問題是，大多時候，爸爸的悲傷如此之大，似乎佔據了整間公寓、整座城鎮、整個世界的所有空間。有時候，肯娜也很難過，根本不剩任何空間可以讓史坎德想念媽媽。有時，將自己的感受跟著媽媽的東西一起留在盒子裡，試圖遺忘，反倒比較輕鬆。可是偶爾，肯娜在睡覺的時候，他也會把那些東西拿出來，就像肯娜現在在做的那樣。他會撥點空間讓自己傷心，讓自己想念她。他真希望媽媽可以現在給他一個擁抱，在他人生中最重要的日子之前。

「小娜？」史坎德小聲道，免得嚇到她。

小娜急著把盒子蓋上，雙頰漲紅，然後把盒子藏進床鋪底下。「怎麼了？」

「就是今天了，對吧？」

肯娜笑了，雖然眼神有點悲傷。「對，小坎。」她兩手彎起，放在嘴前，發出小喇叭的聲響。「史坎德．史密斯參加孵化所考試的日子到了！」

「肯娜！替我幫史坎德做個驚喜早餐！」爸爸宏亮的聲音穿過牆壁傳來。

肯娜咧開嘴笑。「真不敢相信他還記得！」

「真不敢相信他起床了。」爸爸昨晚終於放他們進門，但眼神幾乎無法聚焦在他們臉上。

肯娜以最快速度換好衣服。「要裝出驚喜的樣子，好嗎？」她雙眼放光。碰到爸爸狀況出奇良好的日子，她也會有這種反應。

史坎德漾起笑容，開始覺得搞不好自己真的能通過孵化所考試。「妳知道我會的。」

一個小時後，吃了一些水煮蛋，以及史坎德堅持說是他平生嚐過最美味的烤焦麵包之後，爸爸陪他們從十樓走到一樓。史坎德不記得爸爸做過這樣的事，即使在肯娜考試那天早上也沒有。不過話說回來，爸爸整個早上的行為都很古怪。開心、興奮……但也很激動。他掉了三顆蛋在地上，在廚房桌上灑掉半品脫的牛奶。下樓梯時，爸爸在最後一階絆倒，差點面朝下仆地。

「你還好嗎？爸爸？」肯娜伸手搭在他胳膊上。

「今天早上我有點笨手笨腳，對吧？」爸爸勉強扯出微笑，抹掉額上的汗水。他把史坎德拉進懷裡。「你辦得到的，史坎德。」爸爸對著他耳際的頭髮喃喃道。「如果有人想阻止你，不讓你參加考試──」

史坎德猛的抽回腦袋。「為什麼會有人想阻止我？」

「只是──只是以防萬一。你必須參加這場考試，史坎德。為了你媽，無論如何，那是她會想要的。她的夢想就是讓你成為騎手。」史坎德可以感覺爸爸搭在他肩上的手在發抖。

「我知道。」史坎德盯著爸爸的臉，尋找線索。「我當然會去考試，爸爸。這是怎麼回事？你這麼不安？你弄得我更緊張了！」

「祝你好運，兒子。」爸爸揮手要他們出發時，語氣像是變了個人似的。「我知道，到了半夜，騎手通訊處就會來敲門。」

史坎德心一驚，回頭望去，爸爸和他道別，對他豎起大拇指。他試著專注在爸爸說的話上。今天午夜，就是集結潛在騎手的時刻，這樣才能趕在夏至的日出時分，抵達孵化所門前。

在六月下旬的陽光中，他們相偕走向學校大門。肯娜祝史坎德好運，但他頓時恐慌起來。他還沒問她那個懸在心上好幾天的問題。

「肯娜——」史坎德抓住她的手臂，「妳不會討厭我吧？如果我成為騎手，妳不會討厭我吧？」

他還來不及望向姊姊的臉龐，她就用一隻手臂摟他入懷，書包的重量讓她不太平衡，差點讓她跌倒。「我永遠不會討厭你的，小坎，你是我弟弟。」她揉揉他的頭髮。「我有過機會，但沒成功。我希望你如願以償，小弟。而且——」她放開他，「要是你出名了，我也會跟著沾光，到時我就能去看你的獨角獸。這樣就是雙贏了，對吧？」

史坎德對她微笑，跟著人群在體育館外頭排隊，那裡就是孵化所考試的考場。有些人抓著複習卡念念有詞，複習過去的渾沌盃贏家或火攻戰術。有些人緊張的吱吱喳喳，等待邦垂斯老師打開鐵門。

「真不敢相信我們就要見到真正的騎手了，」麥克興奮的對朋友法拉大喊。法拉排在史坎德後面，隔著幾顆腦袋，「是本尊耶！」

「我敢說不會有那種厲害的騎手來我們教會中學，」法拉嘆氣，「全國有那麼多學校，就我們的運氣來看，想也知道會來的一定是什麼退休的遜咖騎手，不然就是訓練中途就被刷掉的那種。」

不管是不是退休騎手，島上來的訪客每年都會在教會中學引起騷動。走廊的一側是七年級生臨摹梵谷《向日葵》的畫作，真是不堪入目。另一側貼著小喇叭課的名單。一個能駕馭獨角獸、能操使元素魔法的人就在幾分鐘以前穿過這條走廊，真令人難以置信。

「祝你好運，史坎德！」紅髮男孩喬治喊道，跑著進了教室。史坎德無力的對他微笑，盡量不理會肚子裡的翻攪。

大家小步往前挪移，興奮的低語沿著隊伍嗡嗡響。邦垂斯老師一次放一位學生進體育館，一面劃掉名單上的名字。可是當史坎德走到她面前時，她一臉震驚，甚至帶著些微恐懼。

「你在這裡幹嘛？史坎德？」她低吼，眼鏡滑到鼻尖。

史坎德只是盯著她。

「你今天不應該來這裡的。」

「可是這是孵化所考試。」他笑容勉強。他知道邦垂斯老師喜歡他，總是給他好成績，而且在上一份報告的評語裡說他很有機會到島上去。這一定是在開玩笑。

「回家去，史坎德，」她催促，「你不應該來這裡。」

「應該，」史坎德堅持，「協議規定的。」搞不好這是進入考場的測試，於是他開口背誦：「大陸同意讓所有十三歲孩子參加孵化所考試，由一位騎手負責監督，並將通過考試的潛在騎手在夏至時分送到島上。」

可是邦垂斯老師搖搖頭。

史坎德想起爸爸說的話。「如果有人想阻止你，不讓你參加考試——」他胸口有一種奇異的感覺，像是體內有什麼東西攫走了每一口呼吸的尾拍。史坎德踉蹌走向體育館；被送來監考的騎手一定在裡頭。如果邦垂斯老師拒絕放他進去，那就是違法。他可以想辦法通報——

可是邦垂斯老師的動作比他快。高高站著，雙掌抵住門口的兩側。史坎德聽到排在後面的人越來越不耐煩。

「我沒辦法讓你參加考試，史坎德。」他覺得她一臉遺憾，雖然她並未迎向他的目光。

「為什麼？」他只想到要這麼問。他的腦袋一片空白，空蕩蕩，只剩困惑。

「是騎手通訊處下達的指示，來自高層。我不知道為什麼，他們沒說原因，可是我不能放你進去，我不能冒著丟掉飯碗的風險。他們打過電話給你爸爸，我也打給他了。他應該把你留在家裡的。」

史坎德的同學們不耐煩的聲音越來越大：「都快九點半了，邦垂斯老師！」

「我們不是必須一起開始嗎？」

「怎麼回事？」

「隊伍為什麼被那個魯蛇拖住了？」

「請等一下！」史坎德和邦垂斯老師同聲說。

接著她似乎想起自己才是老師。「讓開，史坎德，要不然我要叫人去找你導師過來。我建議你回家去，跟你爸爸談談，明天再回來。」

她一定看到他的視線試著繞過她，望向體育館，裡面擺了一排排的桌子；孵化所考卷在陽光中閃閃發亮。「那個騎手也會說跟我一樣的話。所以想都別想。」邦垂斯老師叫麥克上前。他把史坎德推到一旁。更多學生意識到障礙已經排除，往門口推進。

最後一個十三歲孩子報到入場以後，邦垂斯老師踏進體育館，轉身關門。

「請你回家去，史坎德，這樣對你來說也比較輕鬆。」接著她隨手甩上鐵門。史坎德絕望的仰頭望向走廊的時鐘，心狂跳不止。現在正好九點半。全國上下的十三歲孩子正翻開試卷，準備投入對自己人生影響最大的一場考試。而史坎德不在其中。他獨自站在學校這該死的走廊上，永遠失去了成為獨角獸騎手的機會。

淚水在史坎德眼底灼燒，準備落下，但他動也不想動。要是邦垂斯老師領悟到，她犯了天大的錯誤呢？要是騎手來找那位缺考的學生，而史坎德已經回家去了呢？他不能冒這個險。而且，萬不得已，他會哀求那位騎手給一個機會，讓他參加考試。史坎德通常不是那種會主動提出要求的孩子。他可能會壓低聲音，禮貌的請求。可是如果要他為了什麼事情激烈反應，非這件事莫屬。現在他沒什麼好損失的了。這是他的夢想，他的整個未來。

每隔三十五分鐘，走廊就會擠滿跑班的學生：從數學到生物；英文到西班牙文；藝術到歷史。接著，體育館的門終於打開，大家魚貫而出，手上抓著筆，興奮的吱喳閒聊。沒人注意到史坎德站在那裡等候。繼續等候。最後邦垂斯老師出現了，獨自一人。

「騎手呢？」史坎德問，態度比平日跟老師說話強硬許多。他可以感覺自己因為恐慌而喉嚨一緊，呼吸越來越急促。騎手一定還沒離開，不然他老早就看到了。

「你還在這裡幹嘛？」現在孵化所考試已經結束，邦垂斯老師的壓力似乎都解除了。她憂傷的對史坎德笑笑。「你等著要跟騎手說話嗎？」

他迅速點點頭，視線繞過她。

「她恐怕已經從後門離開，到停車場去了。她得趕回島上去。」邦垂斯老師顯然察覺史坎德並不相信。「如果你想要，可以進去體育館確認。然後我希望你照我之前說的，乖乖回家去。」

史坎德衝進空蕩蕩的體育館，裡頭擺了一排排的桌子，一只大時鐘架在籃球架的籃框頂端，搖搖欲墜。他在一張木桌前坐下，哭了出來。

史坎德不知道自己雙手掩面，在那裡呆坐了多久。但一陣子之後，有人從身後摟住他的肩膀。一綹棕色頭髮黏在他淚溼的臉頰上。

「來吧，小坎，」肯娜溫柔的說，「我們回家吧。」

幾個鐘頭之後，史坎德在自己和肯娜的臥房中醒來，房裡一片漆黑。他有一瞬間不明白眼睛為何這麼乾澀，為何身上還穿著外出的衣服。接著他想起自己痛哭了一場。想起自己並未參加孵化所考試。而且想起即使他注定擁有一匹獨角獸，現在永遠也孵不了牠了。牠會獨自孵化，變成野生的，沒有羈絆的，然後變成純粹的一隻魔獸。那是最糟糕的事情。

他捻開檯燈，突然希望自己並未開燈。那張新紀之霜的海報在光線中閃耀：盔甲發出燦光，肌肉起伏，眼裡流露著威嚇。史坎德現在永遠無法查明渾沌盃現場到底發生什麼事了。除非島嶼決定向大陸開誠布公，否則他永遠不會知道織者的任何事情。也不會知道新紀之霜是否安全。

肯娜和爸爸正低聲說話。聽到他們用這麼輕柔的聲音對話，真是古怪。他猜想，他們正在談他，在談發生過的事。肯娜把史坎德從體育館拉出去的時候，他的狀況不算好，但是回到家以後感覺更糟糕。肯娜和史坎德一直追問爸爸為何不先跟史坎德說他被禁止參加考試的事情，甚至沒有先警告他在學校即將遇到的狀況。

爸爸盯著雙腳說，他當時不知道該說什麼，說他那天早上原本想要跟史坎德坦白，說騎手通訊處沒有給真正的原因，感覺就是別無選擇，但他沒有勇氣，他很抱歉。接著爸爸哭了起來，肯娜也是，而史坎德則一直沒有停止哭泣，於是一家人站在玄關那裡哭成一團。

史坎德看看時鐘，十一點。他好像聽到肯娜沿著走廊過來，於是趕緊關掉檯燈。他不想講話。他什麼也不想要了，除了媽媽之外。不知怎的，雖然他根本不記得她，他卻前所未有的需要她。既然他的未來不包括獨角獸了，如果她還活著，也許就能告訴他，他應該做些什麼。可是她不會出現。她永遠不會出現。一直以來，他唯一擁有的，就是成為獨角獸騎手的夢想。而現在夢已遠去。他只能闔上眼睛，因為做什麼都沒有用了。

連續五聲尖銳的敲門聲吵醒了史坎德。他從床上坐起，看到肯娜也在對面床上坐起來。

「有人在敲門嗎？」他小聲道。有人敲門是很不尋常的事，大樓門口明明有門鈴。

「也許是鄰居被鎖在門外？」肯娜小聲回應。

又是五聲尖銳的敲門聲，就跟之前一樣。

「我去開門。」肯娜爬下床，在睡衣上套了件兜帽衫。

「幾點了？」史坎德問。

「快十二點。」肯娜小聲說，輕腳踏進走廊。

快十二點？孵化所考試之後的午夜？全國各地的家庭都在熬夜等待的那一個午夜？等著

看自家孩子是否表現得夠好，能否被召喚到島上，去試開那扇遠近馳名的孵化門。

「肯娜！等等！」史坎德可以聽到她拉開門栓，輕輕哼歌，她只要緊張或有點害怕時就會這樣。他跳下床，依然穿著學校制服，衝去和姊姊在一起。

她不是一個人。

有個女人站在門口，走道的日光燈打在她身上。史坎德注意到的頭一件事，就是劃過她臉頰的白色燒傷。她臉上幾乎沒有完好的皮膚，甚至可以看到底下的顴骨和肌肉。史坎德注意到的第二件事，就是她的剪影看起來多麼高䠷嚇人。她的視線閃動，凌亂的灰髮向上盤成高高的髮髻，讓她顯得更高䠷。史坎德腦中立刻湧現的想法就是，她看起來像是可怕的海盜。她手裡應該要配一把短彎刀。

「請問有什麼要幫忙的嗎？」肯娜勇敢發問，聲音微微顫抖。

可是女人並未看著肯娜，視線反而緊緊盯住史坎德。

她說話的時候，嗓音粗啞，彷彿很久沒跟人說話。「史坎德．史密斯？」

史坎德點點頭。「有什麼事嗎？」他問，「妳惹上麻煩了嗎？已經是半夜了。」他神經緊繃，語速很快。

女人搖搖頭。「現在不只是半夜，而是半夜十二點。」接著，她的舉動出乎意料。她眨了眨眼。

然後她說了史坎德早已放棄希望、以為無緣聽到的話。「島嶼在召喚你，史坎德．史密斯。」

史坎德幾乎不敢呼吸。他在做夢嗎？

肯娜打破沉默。「不可能啊！史坎德又沒參加孵化所考試，不可能通過啊！島嶼不可能在召喚他。一定搞錯了吧！」她手臂交叉，絲毫沒有了先前的恐懼。史坎德真希望她可以安靜別講話。如果真的搞錯了，他一點也不介意。要是因此可以到島上去，那又有什麼關係？他這輩子難得不想講究公平或誠實。他想到孵化所門前碰碰運氣，不在乎手段如何。

女人再次發話，壓低了聲音，彷彿擔心被人聽見。「騎手通訊處都知道，史坎德今天早上並未參加考試。抱歉造成這樣的混亂。是這樣的，我們已經觀察史坎德好幾個月了，抽樣調查過他的成績表現。對於實力堅強的潛在騎手，我們有時會這麼做。所以他沒必要參加考試。」

肯娜幾乎無法接受。她激動的情緒就在他們之間的空間裡震顫，史坎德也感覺得到。「可是我……我去年的成績比史坎德還好，而且我還參加考試了。我連考都沒考過。這樣說不通啊！」

「抱歉，」女人說，史坎德覺得她看起來很真誠，「可是史坎德很特別，他被選中了。」

「我不相信妳，」肯娜說，聲音很輕。史坎德了解姊姊，知道她正努力壓抑著淚水。

「他為什麼會被選中？」他們背後響起另一個聲音，因為睡意而沙啞。

陌生人朝爸爸伸出一隻手。「很高興見到你本人，羅伯特，是吧？」

他悶哼一聲，揉著眼睛。「有什麼要幫忙的？」

「我們通過電話，」女人提示，將手收回。她這麼做的時候，史坎德注意到一件事，讓他的心猛然一揪。女人右掌上有個騎手刺青！他以前看過這種刺青的圖案，騎手對群眾揮手時，他在電視上瞥見過。掌心有個暗色圓圈，有五條線跟圓圈相連，蜿蜒著延伸到女人的每根指尖。但騎手一般不會在騎手通訊處工作。

「所以妳就是跟我說，史坎德不能參加孵化所考試的那一位嗎？對，我記得妳的聲音。」史坎德覺得爸爸聽起來在生氣。

陌生人似乎沒注意到爸爸皺起的眉頭或噘起的嘴唇。或者她注意到了，只是不在意。「我想進屋裡一下。我跟史坎德很快就必須出發了。」

「噢，妳想進來是嗎？」史坎德的爸爸叉著腰，「我知道妳想。史坎德絕對不會跟妳這樣的人走的，不管要到哪裡去。」

「爸爸，拜託，」史坎德喃喃，「她說島嶼要召喚我過去。」

「到屋裡，我會把一切解釋清楚。」陌生人回頭張望，幾綹髮絲掠過臉龐，「我沒辦法在外頭這邊解釋。這是高度機密。」

這番話似乎說動了爸爸，至少應該讓女人跨過門檻。「什麼亂七八糟的。」他咕噥，領著她踏進廚房。「妳先打電話來通知我史坎德不能參加考試，結果現在他又能到島上去了？妳們通訊處該好好整頓一下。」爸爸替自己倒了杯牛奶，卻沒招待女人任何東西。只有肯娜記得把燈打開。

「抱歉我們沒把事情說清楚。」女人匆匆說著，沒坐下，只是抓住一把廚房椅子的椅背，粗大指節襯在棕色木頭上更顯蒼白。「史坎德永遠不需要參加考試，因為他已經證明了自己的能力。我說過，他是特殊個案。」

女人的視線掃視廚房一圈，彷彿急著離開，似乎在找最近的出口。

「我就知道一定是搞錯了，」爸爸突然咧嘴一笑，「我一向都說他是當騎手的料——」他轉向史坎德，「是吧？兒子？」

史坎德想要對上姊姊的目光，但肯娜只是憤怒的咬著指甲，誰也不看。

「你打包好了嗎？」女人朝史坎德的方向說，語氣嚴厲。

「呃，沒有，」史坎德啞著嗓子說，「我本來以為沒有機會——」

「我們沒剩多少時間了。」女人厲聲說。史坎德從她的語氣裡可以聽出一絲恐慌，「你最好收拾一點行李。手機不行，筆電不行，記得吧？你知道規定。」

「是。」史坎德點著頭說，心跳如鼓，衝出廚房。島嶼不允許大陸人帶電子產品到島上去。要跟老家通訊必須藉由信件，透過兩間騎手通訊處傳達：一間在大陸，一間在島上。史坎德完全可以接受。在學校的孤單總是隨著手機一起回家，他才不想要它跟著到島上去。他開開心心將手機丟進抽屜。

肯娜踩過止滑地毯的腳步聲從史坎德的背後傳來。爸爸在廚房聊開來了，「所以你們要到優芬頓去了？那匹刻在山丘上的白堊獨角獸總是讓我起雞皮疙瘩，還滿可怕的。不過我想你們得搭直升機降落在某個地方。妳車子停在街角嗎？」

「算是吧。」史坎德聽到女人回答。

「妳看起來很眼熟，當地人嗎？我覺得我看過——」

肯娜關上臥房房門，擋住他們的聲音。她看著史坎德從抽屜隨機抽出幾件衣服，塞進學校背包。

「小坎，我想你不應該跟她去。」肯娜小聲道。他將插畫本和一疊關於島嶼的書拎起來，「這全都說不通啊！所有的十三歲小孩都必須參加考試，才能受召到島上去——協議規定的！我想她不是騎手通訊處的人。你沒看到她臉上的燒傷，還有指節的刮傷嗎？看起來根本就像剛打完架！」

史坎德拉好背包的拉鍊。「別再擔心了，好嗎？這是真的！我受到召喚，我有機會試開孵化門——」

「很多人被送回來。你可能沒辦法打開門，尤其你連考試都沒參加，最後等於白忙一場。」

這些傷人的話狠狠擊中了史坎德的胸口，他的脾氣一下子上來。「妳難道不能替我高興就好了嗎？小娜？不行嗎？這是我一直很想要的——」

「我才一直想要！」她回話的時候，簡直用尖叫的，「這不公平！我被困在這裡，而且——」

「就像妳說的，我可能連門都打不開。到時我就會回來，妳就可以說，『我早就說過了』。」史坎德覺得好想哭。他氣呼呼扯著衣服，終於脫掉制服，換上了牛仔褲和兜帽黑衫。

「小坎，我不是故意要——」

「妳是故意的，」史坎德嘆氣，背起背包，「可是沒關係，我懂。」

肯娜奔向他，使勁摟住他，把他連著背包抱進懷裡，然後啜泣起來。「我很替你高興，小坎，真的。我只是希望自己也能去。而且我不希望你離開；沒有你，我不想待在這裡。」

史坎德不知道要說什麼。他真希望她也能一起來；沒有肯娜在身邊，他會不清楚自己是誰。他強忍淚水。「如果我開得了門，我一到那邊就會趕快寫信回來。我帶了素描本；我會把所有的東西畫下來給妳。我保證。我知道會跟親身體驗不一樣，可是——」

肯娜突然抽開身子，在媽媽的鞋盒裡翻東西。

「小娜，我要走了！」史坎德啞著嗓子說，「沒時間了。」

「你應該帶上這個。」小娜遞出那條黑色圍巾。

「妳不必這樣。」史坎德知道，肯娜有時會悄悄圍著這條圍巾上床，尤其在傷心的時候。她甚至縫了名條「肯娜·E·史密斯」在圍巾上，免得弄丟。

史坎德沒伸手去接，她便替他兜在脖子上。

「媽會希望你把它帶去島上。」肯娜漾起笑容，雖然淚水撲簌簌淌下臉龐，「要是她知道你圍著它騎上獨角獸，想像她會有多開心。你會讓她很驕傲。」肯娜哽咽著吐出最後一個字，史坎德只是緊緊擁住她，對著她的頭髮說：「謝謝。」

片刻之後，史坎德擁抱爸爸道別。「要好起來，」他對爸爸耳語，「為了肯娜，要好起來，好嗎？」史坎德感覺，爸爸抵著他的臉頰點了點頭。

肯娜不停調整史坎德脖子上的黑色圍巾，彷彿不想放他們走。陌生人在一旁瞪大眼睛看著。史坎德揮手轉身的時候，肯娜還在哭，他覺得好愧疚、悲傷，同時又很開心、興奮。他想站在原地，想清楚這樣做是否正確。但陌生人已經消失在階梯轉彎處，史坎德不想跟丟，於是從二〇七號公寓轉身離開，跟了上去。

「妳謊報身分，妳不是妳說的那樣吧？」等他們到了外頭，史坎德說。

「不是嗎？」女人轉身，閃動的街燈照得她頰上的疤痕發亮。

「不是。」史坎德堅持，隨著女人繞過公寓大樓的轉角，「妳是騎手。」

「是嗎？」女人開心輕笑。兩人走到了社區花園的入口。這是頭一次史坎德看到她咧嘴笑。到了外頭，她似乎比較放鬆。

史坎德感到困惑，跟著她走進花園。「我們不是應該開車到白堊獨角獸那裡嗎？到優芬頓？直升機不是會降落在那裡，載新騎手到島上去嗎？」

女人對著史坎德一笑，他注意到她有幾顆牙齒不見了。她歪斜的笑容裡好像藏著什麼，讓他覺得更緊張。「你很愛問問題，是吧？史坎德．史密斯？」

「我只是——」

女人輕笑出聲，拍拍史坎德的肩膀。「別擔心，我就停在那邊。」

「妳把車子停在社區花園？我想那樣不——」

「其實不是車子。」女人插了話，直直指著前方。

那裡，在搖搖晃晃的老舊鞦韆和噴了噴漆的公園板凳之間，站著一匹獨角獸。

第四章 鏡面峭壁

史坎德差點朝反方向拔腿就跑。差一點。獨角獸一律禁止出現在大陸上。從來都是這樣。明明白白寫在法條裡，是最重要的規定之一。但是眼前，在馬蓋特的落日高地大廈的社區花園裡，卻站著一匹獨角獸。女騎手自信十足，邁步走向那頭野獸。近看，獨角獸的體型大了許多，模樣一點都不友善。牠鼻子頻頻噴氣，一隻巨蹄刨著地面，白色腦袋左右搖晃，利如剃刀的頭角比電視螢幕上看來還致命。讓這個畫面更駭人的，是牠嘴顎四周鮮紅的血跡。

「我不是跟你說過了？不可以把這裡的野生動物當零嘴！」女人嘀咕，將某種東西的殘骸推到一旁。史坎德真心希望，那不是二一一號公寓養的橘貓。

生平第一次親眼看到獨角獸，恐懼和驚奇在史坎德的腦海裡交戰。「可以請妳告訴我，到底是怎麼回事嗎？妳——牠——那個——」他指著獨角獸，克制不住，「——不應該在這裡。」

史坎德說話的時候，獨角獸瞇了瞇紅眶的眼睛，從腹腔深處發出低吼。女人輕撫那隻巨型生物的脖子。

「我是說，」史坎德壓低聲音，「我連妳叫什麼都不知道。」

女人嘆口氣。「我叫艾格莎。牠是極地絕唱——我都叫牠極地。對，我不是騎手通訊處派來的大陸人。」

艾格莎離開獨角獸身邊，朝史坎德走來。

史坎德退後一步。

艾格莎攤開雙手。「你不信任我，這很合理。」

史坎德勉強擠出聲音，分不清是咳嗽或乾笑：「我當然不信任妳！妳先打電話給學校，阻止我參加考試，現在卻告訴我，還是要到孵化所去？妳為什麼不讓我參加考試就好，總比——」他指著極地絕唱，「這一切簡單得多？」

「你要是參加了，也考不過，史坎德。」

史坎德感覺一時無法呼吸。「妳怎麼會知道？」

艾格莎又嘆氣。「我知道你目前一頭霧水，可是我保證——」她黝暗的雙眼亮起，「我無意傷害你。我只是想在今晚帶你去孵化所，這樣你就能在黎明時試開那扇門。跟其他人一樣。」

「可是何必多此一舉？」史坎德堅持，「如果我注定考不過，就沒辦法去試開孵化門，是吧？妳違法把妳的獨角獸帶來這裡，到底是為了什麼？」

「考試的運作方式不完全像你想的那樣，」艾格莎喃喃，「忘了學校教你的東西吧！規則不適用在你身上。你是……特別的。」

特別？史坎德不相信。不完全相信。他這輩子從沒特別過，憑什麼現在開始特別了？不過史坎德就在這裡，眼前有一匹獨角獸，以及前往孵化所的機會。如果這個叫艾格莎的人帶他到島上，最後他成功打開了孵化門，這些又有什麼關係？一旦開始接受騎手訓練，沒人會在乎他沒跟其他大陸人一起走到白堊獨角獸那裡，沒有用「正常」的方式搭直升機飛到島上。也許那是屬於他們的機會，而這是屬於他的機會，他要好好把握。說到底，他這輩子一直努力要像別人一樣，到目前為止都不怎麼順利。

於是史坎德提出不同類型的問題，一個勇敢的人才會問的問題：「我們要騎極地絕唱嗎？」

「極地滿壯的，可以載兩個人。」艾格莎仰頭望天。如果她注意到他態度上的轉變，她也沒說出口。「那我們得上路了。你跟著我，牠就不會對你怎麼樣。」

艾格莎帶著史坎德走向那匹白色獨角獸。那隻生物好奇張望，喉間發出不善的低鳴。一旦靠得更近，史坎德的勇氣迅速消散。他嚥了兩三次口水。不可能有這種事，這不可能是真的。

「我先上去，再把你拉到我背後，可以嗎？只要注意雙腿一直要往內收緊，極地有時對膝蓋骨蠻有興趣的。」艾格莎在鐵柵欄上穩住身子，往極地的背上跳去，笑聲發自喉頭，跟她獨角獸的低吼還滿相似。

儘管夜間空氣涼爽，跟隨她攀上柵欄時，史坎德口乾舌燥，額頭冒汗。他這輩子幾乎天天想像騎獨角獸的情景，可是並不像這樣。不是在大半夜，在他家公寓大樓的後面，跟著一個知名不知姓的女人。極地咬了他膝蓋一口，是玩笑還是警告？儘管如此，艾格莎將史坎德拉上極地絕唱的背部時，他的腹部竄過一股強烈的亢奮。

史坎德貼在獨角獸身側的雙腿透過牛仔褲感受到獨角獸的體溫，也感覺得到牠每口呼吸的起伏。一切都很順利，直到極地絕唱動了起來——史坎德差點從側面摔下去。所幸最後一刻，他抓住了艾格莎的皮夾克，穩住了自己。

「這座花園沒有多少空間可以助跑，」艾格莎回頭喊道，「所以我們起飛的角度會滿陡的。你一定要緊緊抱住我的腰，要是你在半空摔下去，我沒辦法做什麼——我可不想白忙一場！」她短促的笑聲在建築物間產生回聲。

獨角獸先退到社區花園最遠的一端，接著往前奔馳。極地的腳蹄砰砰踩在乾燥的夏季地面上，速度越來越快。史坎德痛苦的意識到自己在獨角獸的背上彈上彈下。如果極地絕唱為了抗議把他甩下去，他也不能怪牠。可是史坎德還有更需要擔心的事情，因為他知道接下來會發生什麼。他是該擔心沒錯——那是渾沌盃裡他最愛的部分。

獨角獸的白羽翅膀伸展開來，撲打空氣，隨著每次的撲拍，節奏逐步加快，史坎德強迫自己睜著眼睛。但他們還沒離開地面，史坎德看著花園另一端的柵欄越逼越近。他不確定他們是否能夠成功跨越，最後——

他們猛力一晃，腹部翻騰，轉眼已經進入空中。他們正在柵欄上空，將那把長凳和盪鞦韆，以及史坎德的家，遠遠拋在下方。極地絕唱的頭角指著月亮，史坎德在獨角獸背上往前趴伏，為了保住小命，緊緊攀住艾格莎。獨角獸翅膀發出的聲音彷彿他們正在水下移動。極地絕唱對抗著史坎德看不見的氣流，奮力帶著他們往上行進。風在史坎德耳邊呼嘯，穿透他的髮絲。

進入夜空之後，極地絕唱不再繼續往上飛升。獨角獸鼓動翅膀的動作變得平順，坐在神祕的艾格莎後面，史坎德現在覺得有些舒服。史坎德摸不透她這個人：她人似乎不錯，會露出笑容，會眨眼致歉，可是她散發著某種謎樣的氣息，某種危險的什麼東西。史坎德知道，跟著她走，可能會惹禍上身。可是，他看見馬蓋特的海濱燈火在下方閃爍，繼而消失在遠處時，這些憂慮全都離開了他的腦海。史坎德想要放聲呼喊，或歡喜，或恐懼，他不確定是哪種。隨著翅膀每次的撲騰，他的感受一直在變。

史坎德不久便失去了時間感。只剩黑暗、風，以及他貼著獨角獸的雙腿感覺到的肌肉起伏。

「看下頭那邊！」他們往下降，從雲朵穿出時，艾格莎喊道。

在下頭很遠的地方，他知道自己看到的是什麼。月光灑在坡地上，優芬頓那匹白獨角獸閃閃發亮。史坎德依然覺得很難相信，幾個世紀以來，大陸上的人一直叫它白馬。只有在島嶼揭露現況時，那匹白堊野獸的真面目才重新被發現。

即使艾格莎為了避人耳目，催促極地在雲朵裡飛進飛出，史坎德依然可以看到白堊那裡人來人往。車頭燈映亮附近的道路，山坡沿途的火炬閃動不停，將人影投在那匹白獨角獸上。有些應該是騎手通訊處的人，有些是警察，有些是獨角獸的超級粉絲，有些是急著訪問潛在騎手的記者。其他可能是焦慮的十三歲孩子，等著在夏至的日出時分，轉動孵化門把。那一刻，史坎德想像過無數次：等待搭機飛向孵化所，鞋底沾到白堊而變白。

「直升機還沒到，」艾格莎喊道，頭也不回，「這樣很好，我們可以搶先一步抵達鏡面峭壁。」

史坎德不知道鏡面峭壁是什麼。可是那匹獨角獸幽魂般的輪廓消失在他們背後時，史坎德心頭竄過一陣悲傷。他坐在一隻真的獨角獸的背上，他並不遺憾，這點絕對勝過明天早上起床上學！但他因為肯娜還困在二〇七號公寓而心懷愧疚。他會寫信給她，把什麼都告訴她。如果他成為騎手，如果他打得開門……

他們繼續往前飛，此時海上的風勢太強，無法交談。史坎德的雙手凍得發麻，可是很高興脖子上緊緊繞著媽媽的圍巾。除了帶來暖意，感覺就像有她陪在身邊，保護他的安全。

毫無預警，極地朝著海面下降。史坎德瞇眼望向黑暗，想看見陸地的輪廓，可是眼前淨是黑暗、破碎的浪花以及海水的鹽味。史坎德將艾格莎摟得更緊，不明白怎麼回事。他們要潛進海裡嗎？艾格莎總不會為了溺死他，費這麼大功夫吧？馬蓋特就在海邊，那裡的水可多了！他閉上雙眼準備迎向海水的衝擊。

可是衝擊並未發生。從獨角獸腳蹄踩出的嘎吱聲判斷，他們降落在一塊礫灘上。唯一的光源來自幾公尺之外，掛在迷你木造碼頭上的一盞孤燈。史坎德越過極地展開的翅膀向下俯看，看到布滿鵝卵石的海灘。因為飛行相當費力，獨角獸的胸腔抵著他的鞋子上下起伏。

艾格莎從獨角獸的背上一躍而下。「你也下來，史坎德，讓牠休息一下。」她命令道，將他拉下來，動作粗魯。史坎德砰咚落在海灘上。

艾格莎嘎吱嘎吱走向黝暗的大海，扯下掛在碼頭末端的燈籠，海浪規律沖刷著海灘上的鵝卵石，發出響亮的撞擊聲。她提著燈逐漸靠近時，史坎德看出眼前閃動的人影——有另一組艾格莎、史坎德和極地絕唱正站在對面。

艾格莎看到史坎德猛然抬頭，輕聲笑道，「這就是鏡面峭壁，一般稱為漁人海灘。如果不知道自己在找什麼，要搭船靠岸並不容易。這裡看起來就像大海的反射。當然，海流本身的阻力就使船隻很難靠岸。島嶼的水手要先受訓好幾年，才有辦法駕馭。大陸人喜歡自以為掌握了我們所有的祕密，但老實說，他們只會知道那些我們願意公開的資訊。你很快就會理解到這一點。」

有個新的聲音大過海浪的拍擊聲，傳到史坎德的耳畔。他在燈籠的光線中，看到艾格莎神色擔憂，臉上肌肉緊繃。

「是直升機。我們沒多少時間了。好了，聽好。照我說的做，你就不會有事。跟我來。」艾格莎語調裡突來的恐懼，讓史坎德腸胃翻攪。她聽起來並不肯定一切都會平安無事。

他們走向極地絕唱的時候，牠對著史坎德低吼。朝著自己的鏡像走去，令人惶惶不安。於是史坎德將目光放在艾格莎的背上，直直走向其中一面峭壁的底部。

艾格莎伏低身子，史坎德也跟著低下身去，才能在陣陣濤聲中聽清她講的話。

「你聽到了嗎？」艾格莎低語。兩人默不作聲，史坎德豎耳傾聽。接著他便聽到了，從懸崖上面傳來低沉的嗡嗡人聲。

「孵化所就在上面，」艾格莎喃喃道，「幾分鐘內，那些直升機就會降落在峭壁頂端，將大陸人放下來。」

史坎德點點頭。

「你必須爬到峭壁頂端，混進他們的隊伍裡面，懂嗎？」艾格莎粗聲道，「只要有人問起，就說你是搭雷電號過來的。」

「雷電號？」

「騎手通訊處用聖誕老人馴鹿的名字，作為那些直升機的代號。算是一種玩笑吧，我想。不過，總之，雷電號的飛行員是我朋友。她會把你的名字列進正式的名單裡。」

「好，」史坎德啞著嗓子說，勇氣和決心開始崩解，「極地要載我飛到上面嗎？」

「別傻了，我得趕快離開。我之前是沒有經過許可就跑到大陸去。」直升機螺旋槳的聲音逐漸逼近，艾格莎越來越沒耐性，可是史坎德在她離開以前必須問出答案。

「可是妳為什麼要帶我過來？我還是不懂啊！」

艾格莎閉起雙眼片刻。「你媽媽要我守護你。」

史坎德的心一跳。「怎麼會？她——她過世了，在我出生不久就死了。」他知道自己早該習慣，但還是很討厭把這番話說出口。

「她在很久以前就拜託我了，」艾格莎露出悲傷的微笑，「當時情勢不同。」

「可是妳怎麼會認識她？」史坎德心急追問，「妳是島民……不是嗎？如果妳說的是真的，妳去年為什麼沒來找肯娜？」

一架直升機在上方盤旋，降落在峭壁頂端。艾格莎彷彿沒聽到史坎德的提問，繼續說下去，「岩石上嵌著金屬梯。」艾格莎把燈籠移向峭壁，然後用手拍拍其中一階，再拍拍上方一階。「從這裡往上爬。」

史坎德用力嚥了嚥口水。對，孵化門。

「欸，史坎德。」艾格莎現在語速極快，時不時就往天空看一眼，「你在渾沌盃裡看過織者了吧？看到了嗎？」

「看到了，」史坎德囁嚅，「大家都有看那場比賽啊！」

「島嶼跟往常一樣，拚命想壓下這件事，可是織者變了。有什麼已經改變了。竟然像那樣公開現身？冒著被逮的風險？我不知道織者在打什麼算盤，但有件事我很確定。現在織者手上握有世上最強大的獨角獸——渾沌盃的冠軍，沒人是安全的。」

艾格莎深深蹙起眉頭，整張臉隨之暗下。「如果有人告訴你，織者才懶得理會大陸，那是在自欺欺人。你看到織者指著攝影鏡頭了。那不是意外，那是威脅。」

「可是這些事妳是怎麼知道的？妳為什麼要跟我說？」史坎德熱切的問，「在這屆渾沌盃之前，我從沒聽過織者。」

「因為我想你就算成為騎手，也不會不在意大陸的安危。我一直暗中觀察，我想你就是那樣的人，也會長成那樣的男人。你不一樣，史坎德，而且你心地善良。你的心比我好。」

「可是我不夠勇敢！」史坎德驚呼，「如果妳想要一個心胸寬大的英雄，應該帶肯娜過來，她——」

艾格莎突然仰頭望天，直升機的燈光映亮了夜空。「我得走了。我不能讓他們逮到我。抱歉。希望總有一天會再見面。」

「我也希望。」史坎德說，這是真心話。不管她對他是什麼樣的人有多大誤解，沒有艾格莎，他現在還在二〇七號公寓睡覺。

「噢，差點忘了，」艾格莎往口袋一摸，掏出一只玻璃瓶，「你不一定會用上，但是以防萬一，免得後悔。你藏好。」她補了一句，史坎德拚命想看裡頭是什麼。乍看之下，是一種黑色的濃稠液體。史坎德收進口袋。

直升機在他們頭頂咻咻轉動，他們伏得更低，往峭壁表面貼去。「走吧，」史坎德看到恐懼閃過她臉龐，於是催促，「我不會有事的。」

「肯定的。」艾格莎眨眨眼，然後轉身跑過沙灘，帶走了燈籠的光線。她朝極地絕唱的背上一躍，舉起一手道別，接著將燈籠扔進海裡，海灘頓時陷入黑暗。

另一架直升機在頭頂上嗡嗡作響，降落在鏡面峭壁的頂端。史坎德不浪費一分一秒，深吸一口氣，開始攀爬。

他才登上幾階，下方便傳來吼叫。聲音帶著怒氣與堅決，「下來，雙手舉高！」

海灘瞬間亮如白晝。艾格莎和極地絕唱被獨角獸群包圍，牠們的騎手都戴著銀色面罩。史坎德無法動彈，感到無助而恐慌，艾格莎和極地正努力突破包圍。

三位蒙面騎手下了坐騎，將艾格莎從極地身上拉下來，用蠻力將她制服在地。獨角獸為牠的騎手發出尖鳴，魔法點亮了峭壁下方的海灘——火，水，氣，土，對著艾格莎和極地發動攻勢。騎手和她的獨角獸倒在礫石灘上，動也不動。

史坎德壓下恐懼的吶喊。他想出手幫忙，但他知道自己連那一個銀罩騎手都打不過。史坎德意識到自己一定很顯眼，於是越爬越快，終於抵達最後一階。史坎德希望艾格莎和極地絕唱只是受了傷，而不是——他想都不敢想。史坎德猛然一蹬，就像肚子著地的企鵝，落在軟軟的綠色草地上。

他站起身來，以最快的速度拍掉身上的塵土，讓自己不要那麼像從大陸搭非法獨角獸過來、目睹一場逮捕行動，一路攀過峭壁上來的樣子。運氣不錯。放眼四處都是人，在黎明前的微光中，一眼就能看到在孵化所前排隊的人龍，一路蜿蜒到青草茂盛的山頂中央。這一切感覺也太容易了，史坎德快步走向隊伍尾端。

「留在原地別動！」

史坎德的心一緊。有個年輕女子一身黑衣，套著黃色短夾克，正朝他走來。那是騎手的標準制服：黑長褲、黑短靴、黑棉衫以及季節色彩的夾克。史坎德嚥嚥口水，儘管這是他這輩子最不尋常的夜晚，他也要裝得很鎮定。

「你搭哪架直升機過來的？」她問，「我想我沒勾到你的名字。」

「噢。」史坎德喘氣，努力不要流出更多汗。用馴鹿的名字當成代號。到底是哪一隻馴鹿？他試著在腦袋裡唱〈紅鼻子馴鹿魯道夫〉那首歌的開頭，好恢復記憶，在六月這樣做感覺真怪——彗星和丘比特，唐納和——「雷電。是雷電。」他默默向艾格莎道謝，希望臉上的紅暈不會被注意到。

「你叫什麼名字？」不知為何她聽起來有些不耐煩，又有些無聊。

「史坎德．史密斯。」他說「史密斯」的時候，在「史」字上嗆住，不得不說兩次。

年輕女子下巴一低，展開從口袋取出的紙張，奇蹟似的勾了他的名字。他盯著鉛筆頂端，幾乎不敢相信。他真的成功過關了。

「你還在等什麼？」她兇道，「到後頭去，別插隊也別亂跑。快日出了。」她轉身的時候，頭髮甩過肩膀。史坎德看到元素別針的金色火焰，在她的黃色翻領上閃爍。

史坎德連忙趕去排隊，頭一次仰頭望向遠處。峭壁頂端並未安靜太久。前面有人站在綠色小丘的陰影裡。他讀過，在舉行這場儀式之前，有些十三歲島民會在外頭紮營好幾天，這樣就能搶先試開那扇門，去找裡面的獨角獸。

孵化所好似巨大的墳塚，兀自矗立著。布滿青草的頂端和側牆浮現在清晨的光線中。隔著這樣的距離，史坎德可以看出小丘側牆闢出一個花崗岩的大圓圈，由掛在兩側的燈籠照亮。這就是孵化門。看起來非常古老，而且緊緊關閉。

史坎德被另一位穿著黑制服的騎手趕著往前，所以幾乎緊貼前面那個人的背。叫人安靜的噓聲此起彼落。史坎德想到那些直升機棲在峭壁邊緣，像金屬小鳥似的，心裡就一陣緊張。直升機正等著那些打不開門，不得不打道回府的大陸人。

「哎唷！」有東西撞上史坎德的背。他連忙轉身，發現眼前是個女生。一頭棕色直髮，留成短髮鮑伯頭，深橄欖膚色。她回瞪著他，厚重瀏海在臉龐上撒下陰影，深色眼眸神情冷硬。她沒道歉。

「我叫巴比．布魯納，」她朗聲道，頭歪一邊，「真名是蘿貝塔，可是如果你這麼叫我，我會把你推下峭壁。」她語氣一本正經。

「好。那，呣——嗯。我叫史坎德．史密斯。」

「在白獨角獸那裡，我沒看到你。」她用懷疑的眼神，瞇眼瞅著他。

史坎德故作放鬆。「我很容易融入人群。」這其實不算說謊。

「我聽到你說你搭雷電號。」

「嗯？」史坎德開始想為自己爭辯，雖然他知道自己根本站不住腳，連一根腳趾也站不住，連腳趾底下的繭都站不住。「妳在監視我嗎？」

巴比聳聳肩。「我想說了解一下競爭對手的能耐，也沒壞處啊！」史坎德注意到，她緊握拳頭，拇指上明顯擦了紫色的指甲油。「不過，離題了。你不在那架直升機上。」

「我在。」史坎德感覺圍巾底下的脖子開始冒汗。他緊張的調整背包。

「沒有，」巴比冷冷的說，「因為我就搭那架直升機，我根本沒看到你。而且史坎德這種名字我會記得。」

「就跟妳說——」

巴比舉起一掌，幾乎碰到史坎德的鼻子。「請別再說『融入人群』這種話，害自己丟臉。我有過目不忘的記憶力，而且機上加我也只有四個人。還有，你臉紅了。」

恐慌像一股熱流竄遍史坎德全身，一定很明顯，因為巴比把手塞進口袋。「我不在乎你搭哪架直升機過來的。」她聳聳肩。「我只想知道你為什麼說謊。」

「我——」史坎德才要開口，眼角餘光瞥見有什麼一閃。太陽在鏡面峭壁上方升起，在天際散發粉紅光芒。

「開始了。」巴比嘀咕著轉過身去，隊伍傳來一陣熱烈歡呼——孵化所的圓形大門被往後推開，今年的第一位新騎手進去了。

第五章 生者隧道

史坎德和巴比一步步朝孵化門靠近。兩人並未交談，令史坎德鬆口氣。他真不敢相信，他在島上頭一個好好說話的對象，已經知道他在說謊。好吧，所以她認為他只是謊稱他搭她的直升機到島上，不過遲早都會露出馬腳吧？等著她向島方舉報？

史坎德強迫自己深呼吸，就像在學校被歐文和他朋友欺負的時候。只有一個人知道，又有誰在乎呢？她何必在他身上費心？也許她連孵化門都打不開。搞不好他也打不開，這一切就都是白費功夫了。

史坎德排在隊伍很後面，遠得看不見孵化所外頭的情形，但偶爾會聽見一聲歡呼，那就表示有人成功打開門。只要陷入一陣長長的沉默，史坎德就會想到有人進不了門，胃部便跟著一抽。

「別再給自己壓力了，」他忘了往前跨步時，巴比在他耳邊用氣音說，「排在前面的大部分都是島民。基本上他們所有的人都會來試試，記得吧？因為來試的人多，就會有更多人被拒絕。你的學校都沒教你這些嗎？」

史坎德一語不發，深怕被問起他沒參加的孵化所考試。隊伍往前移動，打不開門的大陸人被送回直升機那裡。那些人拖著腳步往回走，有的在哭泣，有的滿臉怒容，有的失望的垂著腦袋。

史坎德盡量別開視線，將心神集中在孵化所頂上。現在更靠近了，可以看到丘頂有騎手和獨角獸。他們都戴著銀面罩，就跟攻擊艾格莎的騎手一樣！

「他們在上面幹嘛啊？」史坎德脫口而出。

巴比嘖了嘖。「你不是樹上最酸的檸檬吧？」

「聽不懂妳在說什麼，而且我又沒在跟妳講話。」史坎德怒道。他越來越緊張，排在前面的人幾乎數得出來。那些戴面罩的騎手要是發現他根本沒去考試，會不會逮捕他？他們是不是為了抓他才守在那裡？

「所以你在自言自語？」

「不，我只是……在觀察。」

巴比哼了哼，史坎德面對她，納悶她是不是又要重提直升機的事。可是她並沒有。巴比指著獨角獸。「他們是武裝守衛。我剛剛偷聽到——」她壓低了聲音，「他們在這裡是為了保護我們。」

史坎德嚥了嚥口水。「為什麼要保護我們?」

「噢,我不知道,也許是因為大家一直在說的那個織者?」她翻翻白眼。

現在,史坎德幾乎快走到孵化所了,門右邊有個神情嚴峻的男人,手拿夾板,負責唱名。

「艾隆・布蘭特就定位。」男人吼道。史坎德前方的長腿男孩往前一站,將濃密黑髮從眼前撥開。史坎德心裡有一絲妒意;艾隆看起來絕對比他更像騎手。他可以想像那個高䠷的男孩出現在渾沌卡上往外凝望的畫面。艾隆從容走向那扇花崗岩門,掌心貼上門板一推。毫無動靜,於是他試著拉扯圓形的門緣。門依然文風不動。情急之下,他開始猛踹那扇門。過了痛苦的幾分鐘之後,手拿夾板的男人用力攬住艾隆的肩膀,將他帶開。史坎德看著艾隆回頭朝峭壁走去,消失蹤影。

「上前。」史坎德聽到呼喚,但並未移動。艾隆這麼乾脆就被遣送回家,這種慘況讓他一時覺得暈頭轉向。他不該跟艾格莎過來的;他覺得自己的臉上寫滿了謊言。他的雙腿開始發抖。

「上前。」那個聲音再度響起。

巴比踢了他的腳踝。「快去啊!」

史坎德腳步踉蹌走向那個男人。男人比從遠處看起來年紀更大,黑髮摻雜著銀絲,臉型削瘦,隆起的顴骨霸佔了整張蠟黃的面龐。「什麼名字?」

「史坎德．史密斯。」史坎德破了音。

「再說一遍！快點——我們又不是有整天的時間。」男人的聲音短促刺耳。

「史坎德．史密斯。」

男人的粗硬眉毛揪在一起。他在夾板上尋找史坎德的名字，史坎德憋住了氣。要是艾格莎遺漏了什麼，該怎麼辦？也許他們知道了，也許他們查過他是否參加了考試，而且——

「史坎德．史密斯就定位！」男人渾厚的聲音說。

史坎德覺得想吐。

史坎德朝孵化門走去，雙腿重得像鉛塊。他有種瘋狂的衝動，想衝回直升機那裡。這樣自己永遠不會知道結局。他永遠都能懷抱夢想，自己注定要有一匹獨角獸，因為他從未試開過那扇門。可是他可以感覺騎手們的熾熱眼神，從上方牢牢盯住他，他別無選擇，只能伸手將掌心貼在冰冷的孵化所花崗岩門板上。

心跳暫停了一瞬，毫無動靜。史坎德耳裡出現轟鳴聲，卻不是來自沖擊鏡面峭壁的大海。他盯著那扇門，失望透頂，膝蓋發軟，肩膀垂下。他準備抽回手掌，往後退開。他這麼做的時候，卻傳來石頭碾磨聲，古老的鉸鏈嘎吱作響。

孵化門逐漸打開，緩慢但確實。

興奮的情緒從史坎德的腳趾爆開，一路傳向手指尖。他要把握機會。門洞一旦開得夠大，他便擠進圓形入口，踏進門後的黑暗。頭也不回。

大門在他身後關上。他進來了！他辦到了！他是騎手了。不管他當初用什麼手段來到孵化所；重要的是，這裡頭某處有匹獨角獸，一匹等了他十三年的獨角獸，就像他也一直痴痴等著牠那樣。他幾乎不敢相信。幾乎不敢去想騎手這個字眼，免得突然被奪走。史坎德癱倒在冰冷石地上，雙手抱頭，任由淚水簌簌落下。那是如釋重負的淚水，疲憊而快樂。

接著他想起，如果巴比打開那扇門，肯定直接踩到他的頭頂。雖然他才剛認識她不久，他很確定她會狠狠踩著他走過去。

史坎德連忙站起來，眼睛適應著眼前的黑暗。面前是一條長長的隧道，兩側有熊熊燃燒的火炬。他忍不住覺得緊張。對於孵化所內部，課本隻字未提。他原本的想像很單純。打開門，拿到蛋，孵出命定的獨角獸——然後，砰轟！他們就會終生縛定，準備開始受訓。他沒料到會有一條令人毛骨悚然的隧道。他沒料到自己會是一個人。他真希望有肯娜陪在身邊。雖然她討厭窄小的空間，但她一定會大聲說些蠢話，讓聲音在隧道裡迴盪，逗兩人發笑。

可是現在不可能回頭了。史坎德開始沿著隧道前進，一邊擺弄著媽媽圍巾的末端。耳邊只聽得到自己的呼吸和運動鞋的腳步聲。走了幾步之後，他注意到隧道石壁上因為刻著記號而粗糙不平。他湊過去想看得更清楚。隧道裡刻著一些句子——不，不是句子……

「是名字。」史坎德輕聲說。明明壓低了聲音卻聽起來異常大聲。每個看得見的空間，都塞滿了名字：牆壁、地板，甚至是天花板。他想不通為什麼這裡會刻著名字，又是誰的名字。史坎德又走了幾步，詫異的看到他認得的名字「艾瑪．天普頓」，今年渾沌盃裡肯娜看好的選手。原來是騎手的名字！他急著想找更多他認得的，可是不可能。實在太多了。不計其數的名字在他眼前漂游：「弗德力克．歐努佐」、「泰莎．麥克法連」、「泰姆．藍頓」。

前面傳來的刮磨聲差點嚇得史坎德魂都飛了。聽起來有如指甲刮過黑板，就是那種讓牙齒發麻、脊椎竄過冷顫的噪音。嗜血的獨角獸他可以接受。鬼魂呢？就不大有辦法。史坎德朝著聲音瞇眼，但前方不見任何身影。他往前再走幾步，覺得自己應該往反方向逃。

到了噪音的源頭，眼前還是沒有任何東西，也沒有任何人。只是有更多名字遍布在四面八方：「蘿希．席辛頓」、「艾芮卡．艾佛哈」、「艾莉瑟．麥當納」以及……

碾磨的聲音突然合理了。小小的岩石碎塊掉落在隧道地板上，史坎德看到岩石自動刻好一個「史」字，接著刻出「史坎德．史密斯」。史坎德的名字在隧道裡加入了其他騎手的行列。一股興奮充斥在他的胸口裡。是真的，他是騎手了，他會孵出一匹自己的獨角獸！

現在，他走起路來態度更篤定，最後，在一整排的火炬盡頭，有扇門進入了眼簾。形狀跟外面那扇門一樣，但這次——謝天謝地，門上有個大大的圓形門把。史坎德繃緊身子，將厚重的石門往後一拉，聽到人們的談笑聲。他走出隧道，邁向自己的新生活。

史坎德先注意到一股熱氣。隧道冰冷的石壁不見了，由一片開闊的空間所取代，幾百根火炬在托架裡熊熊燃燒。石地上有一個深坑，裡面的火堆燒得很旺，照得整個空間亮晃晃。史坎德的眼睛適應了亮度，發現這裡並不像一間房間，而像非常寬闊的一條走道，往火堆的左右延伸，其他新騎手就聚集在左右兩側。幾百根尖如匕首的鐘乳石，懸在史坎德頭頂上。牆上的白色獨角獸圖畫對著他閃爍，恍如洞穴壁畫。只是在火炬閃動的光線中，它們看起來似乎有生命。

史坎德覺得緊張，跟其他騎手隔著一點距離站著。他忽然覺得大家都已經交了朋友，將他遺漏掉了，就像在學校那樣。巴比還沒跟著進來，史坎德甚至不知道她能否打開孵化門。她是他目前為止講過話的對象。他有點愧疚，因為自己暗暗希望永遠不會再看到她，但也許那樣他的祕密就會很安全。史坎德又朝其他騎手跨出一步，告訴自己別擔心，這是個嶄新的開始。

幾位島民正在交談，他在邊緣徘徊。要分辨誰從哪裡來，並不困難：大陸人離火坑最遠，看起來疲憊而焦慮，大多都像史坎德一樣穿著牛仔褲，緊抓著匆促打包的行囊。島民則最靠近火堆；哈哈大笑，彼此勾肩搭背，一身寬鬆黑衣。

「我覺得，生者隧道的氣勢超級嚇人，但裝飾得也太樸素了。我真的覺得，應該讓我們決定自己的名字要放哪裡。」講話的女生有一頭深栗色頭髮，淡粉紅的臉頰雀斑點點，鼻子微微朝天，彷彿要保護自己，免得吸到異味。

她說的話似乎讓身旁的島民們聽得入迷。他們點頭如搗蒜，頻頻說著「妳說得真對，安柏」這類的話。

「你看什麼看啊？」

史坎德片刻之後才意識到，安柏在跟他說話。

「我——」史坎德覺得自己彷彿又回到教會中學，平日那種緊張感又堵住了喉嚨；他撥弄著媽媽圍巾的尾端，感覺自己因為憂慮，腦袋一片空白。

安柏面帶同情的笑容，盯著他看。「你幹嘛用那種破破舊舊的圍巾？是什麼奇怪的大陸傳統嗎？如果我是你，早就把它扔了。對你來說，融入我們這些島民，一定是超級重要的事。先給你一個提示好了：我們通常不在室內圍圍巾。」她笑得更開，但更像是鯊魚吃掉你以前會先露出牠的牙齒。她身旁的島民們噗嗤笑出聲。

「重點是，」史坎德背後有人說道，「史坎德隨時想拿掉他的圍巾都行。只可惜你們卻拿不掉自己的人品。」

一陣驚愕的沉默，安柏的臉漲成了番茄紅。

接著巴比只是大步走開，史坎德沒什麼選擇，只能快步追上去。

「妳剛剛何必那樣？」兩人一走遠，史坎德便抱怨道，「妳現在會被他們討厭。我可能也會！那個叫安柏的女生好像很受歡迎。」

巴比聳聳肩，在火光中瞅著自己的一根紫色指甲。「我不喜歡受歡迎的人，他們被過度吹捧。」

史坎德滿同意這個想法的。歐文一向很「受歡迎」，但那不表示他很善良或心地好，或是有什麼特質讓人很想跟他當朋友。

「謝謝，不過——」史坎德開口，但沒時間講完，因為孵化所門口的那個男人正站在火堆對面，腋下夾著夾板，拍手要大家安靜。他的兩側各站著一個圓胖男人和一個灰色鬈髮的女人，他們帶有皺紋的面孔一臉嚴肅。

「想跟那些不知道的人說一下，」夾板男人說，聲音從洞穴的牆壁反彈回來，「我是朵里安．曼寧，孵化所所長，也是銀圈的領袖。」

「什麼是銀圈？」巴比用很大聲的氣音問身旁的一位島民，但被他噓了一聲，要她安靜。

「身為孵化所所長，我的主要職責是監督孵化所考試、孵化門測試以及孵化活動。這是我優秀的團隊。」他指了指站在他左右兩邊的人。

「其他時間，我負責監管孵化所的安全。當然了，還有那項高貴而危險的工作，就是將未孵化的蛋，趕在日落時分孵出野生獨角獸以前，將它們送到荒地。」他大聲吸了吸鼻子，鼓起骨瘦的胸膛，看起來有些得意。史坎德對他的好感，隨著他說話的時間漸漸消失。

「介紹夠了。現在幾乎可以跟大家祝賀了！你們現在正式成為島上的騎手，也就是這片土地以及海洋對面那片土地的守護者。在這個密室的某處，有屬於你們每個人的蛋，一顆在你出生之時就出現在這世上的蛋。一四十三年來一直等待你前來的獨角獸。」幾個人出聲歡呼，但所長嚴厲的神情，迅速讓他們安靜下來。在火炬的光線中，他越來越緊繃的臉頰看起來幾乎凹陷了。

「如果沒有騎手，沒有你們，」他指著大家，動作誇張，「你們的獨角獸就無法縛定，會淪落為野生獨角獸，威脅到大家的安危。數千年以來，我們，和我們的祖先，帶牠們參加競技，這樣才能將牠們的能量轉化，好好運用。不過——」他舉起一指，眼睛在火炬的光線中一閃，「不論你是島民還是大陸人，我要先警告你們大家：獨角獸即使縛定了，骨子裡都是嗜血的生物，偏好暴力和毀滅。牠們是高貴的古老的野獸，你們一定要贏得牠們的敬意，即使身為牠們命定的騎手也一樣。好了——」所長拍拍手，姿態浮誇，「言歸正傳。」

所長和他兩位同事穿過人群，一路上像是隨機的輕拍幾位新進騎手的肩膀，要他們跟過來。巴比被那個一臉緊張的圓胖男人拍了肩，而拍了史坎德的則是朵里安．曼寧。他跟著所長走，走在另一個男孩後面。男孩一頭黑色直髮，臉上的棕色眼鏡比黃褐皮膚色調稍淺。每走幾步，男孩就焦慮的回頭一瞥，將往下溜的眼鏡推上鼻梁。

所長在一排銅色架子前面停步，那些架子讓史坎德聯想到巨型的試管架。蛋非常巨大，扣在厚重的鉤爪裡，就在他胸口的高度。他有一次校外教學到動物園看到了鴕鳥蛋，眼前這些蛋至少有鴕鳥蛋的四倍大。史坎德想要掐掐自己；他真的在孵化所了，準備要跟命定的獨角獸碰面了。

「別拖拖拉拉，別拖時間！快來我這邊，」所長小聲說，彷彿如果再大聲點，那些蛋可能會一口氣孵化出來，「這是今年預定孵出來的第一批蛋。自從它們來到孵化所的地下室，就受到我團隊的專業照顧。過去十三年，每一年這些蛋都會被往上搬運一層樓，更靠近地表，獨角獸寶寶在蛋裡生長，緩慢而穩定。等一下，你們每個人終於要站在一顆蛋前面。」所長停下來喘一口氣。

史坎德驚奇的瞪大雙眼。如果他站的地板下方有那麼多層樓，孵化所該有多深啊？朵里安．曼寧繼續下達指示。「你們一定要用右手掌貼在蛋的頂端。過了十秒鐘，如果毫無動靜，就離開那裡，到你們右手邊的下一顆蛋前面。」

史坎德真希望自己可以拿出素描本，把這些步驟寫下來。他不擅長記住細節，他很想問所長「毫無動靜」是什麼意思？應該要有什麼動靜才對？要是他沒注意到動靜呢？可是似乎沒時間；所長又開始說話了。

「還有，記得，當你感覺獨角獸的頭角刺到掌心時——」

史坎德倒抽一口氣，有這種反應的不只有他。他的課本完全沒提到這件事；他以為孵出來的意思是……唔……就是人來到蛋旁邊之後，獨角獸會自己孵出來。

「——蛋馬上就會開始孵化。盡快抱住那顆蛋，然後跑進你們身後的孵化室，把門關起來。」

新騎手們轉身去看。蛋架對面的牆壁上有一個個洞穴，門半開著。門是用金屬柵欄做成的。

史坎德嚥嚥口水。他注意到身邊的其他大陸人也都一臉憂心；一個深色長髮的大陸女生正小聲嘀咕著。

「孵化過程中，如果還沒把頭圈和牽繩套在獨角獸身上以前，千萬不要打開門，」所長小聲道，火炬的熱焰使他那雙綠眸不斷閃動，「那些蛋看起來可能不怎麼大，可是聽好了，獨角獸一孵出來，就會開始長大。今天，我們絕對不希望發生的事情，就是讓任何獨角獸寶寶逃離！有我盯著，絕不能讓這種事發生！牠們會引發的混亂……想到就令人難受。」

史坎德原本就已經很恐慌了，所長的警告只是火上澆油。他有一千個問題想問。首先，什麼是頭圈，哪裡可以拿到？可是才深吸幾口氣之後，所長就說：「準備好了吧？等我一開口，你們就把手放上去。」

於是史坎德就定位，盯著眼前那顆巨大的蛋。

第六章 噩棍之運

所長的指示在史坎德的腦海裡打轉。十秒鐘。抓住蛋。被刺到。會流血嗎？會痛嗎？他覺得噁心想吐。

「手掌……放下！」所長低吼。

新騎手們將手往下貼在眼前白色的蛋頂端。蛋殼比史坎德原本預期的還溫暖，而且非常光滑。他很想閉上眼睛，怕真的目睹獨角獸的頭角刺進他的掌心。興奮和恐懼在他腦海並肩奔馳；他可以感覺脖子的脈搏在鼓動。他等了又等。那顆蛋動也不動。

「退開，」所長說，「沒人試第一次就成功的，這算正常。反正你們會找到注定屬於你的那顆蛋。今年這裡只有四十三個人，而有五十多顆蛋需要孵化。」所長嘆口氣。「有可能到最後一顆，才會找到自己的獨角獸。耐住性子。耐性是必要的。」史坎德並不覺得所長的語氣很有耐性。

大家全都移往下一顆蛋。「手掌……往下！」既然朵里安・曼寧把話講白了，能否找到蛋都靠命運，史坎德平靜了些。三秒鐘後，兩顆蛋之外，傳來一聲輕叫。幾位新騎手，包括史坎德，都轉頭去看。他認出那個叫薩克的男孩，史坎德之前看到他推開門。

「不管發生了什麼，手掌繼續貼在蛋上！」曼寧所長警告，「如果你錯過自己的蛋，就必須重輪一回，我們就一直要在這裡待到明年的孵蛋期！我才沒有那個閒工夫！」

史坎德試著在不轉頭的情況下，去看薩克。眼角餘光看到他將蛋從鉤爪裡提出來，揣在懷裡，深棕色的額頭上浮現汗水。史坎德已經可以聽到蛋殼裂開的聲音，獨角獸開始掙扎著要破蛋而出。蛋似乎很重，薩克踉踉蹌蹌往孵化室跑。他將鐵欄門鏗鐺關上後，史坎德就看不到他了。

「解決一個了。」所長咕噥道。

他們換了一次又一次。又有兩個騎手在第一批蛋裡找到了屬於自己的那顆蛋。他們順著密道前往放第二批蛋的地方。史坎德站在留著深色長髮的大陸女生旁邊，他記得她叫莎莉卡，這時有頭角刺穿了她的蛋殼。她沒叫出聲，但她抱著蛋走進孵化室時，他看到她的掌心滴下血來。

到了第三批時，剩下四位騎手，包括史坎德和那個黑髮的眼鏡男孩。史坎德不害怕了，只剩下氣餒。現在，每次只要把手貼在堅硬的蛋殼上，他最渴望的，莫過於扎刺帶來的疼痛。

「用這種方式找我們的獨角獸，實在不怎麼有效率。」黑髮男孩隔著幾顆蛋嘀咕著。

十二顆蛋排成一排，史坎德往前走到第二顆。第三顆和第四顆已經被取下了。「手掌……往下！」所長從他身後喊道。

心跳三下之後，史坎德的手底下傳來響亮的破裂聲，右手掌竄過一陣強烈的疼痛。接著，掌心滴下血來，他不假思索的將蛋從銅爪裡取出來。比他預期的重。史坎德用胸膛承接著蛋的重量，踉蹌走向後面的孵化室。他可以看到裂痕在蛋的表面擴散，好似冰凍的湖面裂開一樣。他將欄杆門關上時，一小塊蛋殼落在地上。

孵化室由牆面的一把火炬照亮。一把搖搖欲墜的鐵椅獨自立在閃爍的光線之中，一條繩子掛在椅背上方。史坎德突然覺得自己應付不來。他不可能要負責孵出自己的獨角獸吧！要是他做錯了呢？

蛋在史坎德的懷裡顫動，手掌的血流滿了白色蛋殼。他必須把蛋放下來，可是任它在冰冷的石地上滾來滾去，感覺不大對。問題是，眼前沒有任何柔軟的東西，除了……他看看自己身上。他身上的兜帽衫。

史坎德小心翼翼跪下。心中慶幸還沒看到那尖銳的頭角。他盤腿坐著，將蛋兜在懷裡。他抖下背包，將兜帽衫脫下。一手穩住那顆蛋，另一手將兜帽衫攤開在地板上，捲成一個窩的形狀。為了加強阻礙，他從脖子上摘下媽媽的圍巾，沿著蛋的邊緣圍好。想到她會為他驕傲，他忍不住咧嘴笑開。「寶寶，我保證給你一匹獨角獸。」她對著還是嬰兒的他說過這番悄悄話，爸爸是這麼說的，而現在他人就在這裡，準備孵出獨角獸！

能夠把蛋放下來，讓他鬆了口氣。在腎上腺素的作用下，蛋感覺比實際上輕一些，但現在史坎德感覺到手臂用力過後的痠痛。

史坎德熱切的看著那顆蛋。感覺全身興奮得像有電流穿過，從腳趾到手指指尖。他真不敢相信。他終於走到了這一步。他歷經千辛萬苦終於來到這裡。只要再過幾分鐘，他就會跟自己命定的獨角獸面對面……可是那顆蛋不再動了。他恐慌的告訴自己不需要恐慌。為了讓自己分心，他開始研究從椅背垂下的裝置。這一定就是所長提過的頭圈和牽繩，跟一只金屬搭扣相連。

史坎德憂慮的再瞥蛋一眼。蛋在顫動，但非常輕微。偶爾一塊蛋殼會落在兜帽衫上，或是滑過硬地板，令史坎德一驚。他可以聽到附近的孵化室傳來奇怪的聲響，但那些聲音他都聽不出來是什麼。可以確定的是，沒人在說明下一步該怎麼做。史坎德撥弄繩子上的搭扣，但冰冷金屬碰到刺傷的手掌時，立刻痛得他嘶嘶叫。

史坎德走進孵化室以來，頭一次細看自己的手。血已經止住了，但那個圓形的傷口已經變成猙獰的暗紅。史坎德心一慌，湊近托座上燃燒的火炬。火光中亮著五條線，從掌心的傷口往外生長，悄悄爬向他每隻手指的末梢。

史坎德一直以為，騎手會在手掌紋上特別的刺青。事實上，他很確定自己是在某個地方讀到這件事，所以他在馬蓋特才會認出艾格莎是騎手。可是那根本不是刺青；是傷痕。而且會痛，好痛。

那顆蛋現在安靜不動。史坎德有點心急，忖度自己是不是該做些什麼來幫忙。他想到小雞孵出來的情形。母雞會做什麼來加速那個過程？除了坐在蛋上面之外，他覺得母雞並不會多做什麼。但獨角獸的頭角那麼銳利，讓他去坐在蛋上面似乎不太明智。反正獨角獸也不是小雞，牠們是，唔，獨角獸。

他嘆口氣，跪在蛋旁。「你不想出來嗎？」他悄聲問，「我希望你願意，因為外頭這裡可怕又陰暗，我孤伶伶的，所以……」他越說越小聲，覺得跟一顆蛋聊天似乎很荒唐。有點像是在跟自己的早餐說話。

一聲尖鳴響起。史坎德東張西望。然後又一聲響起，他這才意識到是來自蛋裡頭。他跪得更近。不敢相信剛剛他對蛋說的話似乎起了作用。

史坎德深吸一口氣。「欸，我想見見你。真的想。你跟我，我們會成為搭檔。我可能會需要你多照顧我一點，因為，唔……我從大陸來，但你是當地的，所以——」那顆蛋再次發出尖鳴，一大片蛋殼噴向他的左耳。

「我想那是我們最小的問題，」史坎德知道自己在胡言亂語，但蛋殼就在他眼前裂開了，「我連孵化所考試都沒參加。不要跟別人說，好嗎？是有人幫忙我，帶我到這裡來，我擔心自己會露餡。有個女生，巴比，她就起疑了。還有織者在外面橫行霸道。不過，也許我應該等你長大一點，再跟你說那件事。總之，我想我會需要你，你也會需要我。」

尖鳴現在持續不斷，那個聲音有點像馬的嘶鳴，又像是老鷹的啼叫和人類的尖叫。獨角獸的角刺第二次刺穿蛋殼；黑如縞瑪瑙，散發光澤，而且史坎德早已知道，它非常尖銳。它左右晃動，破開更多蛋殼。接著傳來大聲的裂響，蛋殼頂端整個脫落。史坎德抓起較大片的蛋殼，摸起來黏答答。他把蛋殼拋到房間角落。他跪起身，可是就在俯視那顆蛋的時候，剩下的蛋殼裂成兩半，散落開來。

那匹獨角獸趴在孵化室的地板，四腳攤開，肋骨快速的上下起伏，身上的黑色細毛因為汗水和黏液而發亮。頸子上頂著烏黑的鬃毛，因為費勁掙脫蛋殼，一綹綹的毛髮糾結成團。雙眼還沒睜開，但史坎德驚奇的盯著那個生物時，怪事開始發生。牠小小的黑羽翅膀劈啪竄過電流，孵化室的地板為之震動，一道白光閃現，牠身體周圍升起詭異的霧氣，遮蔽牠的身影，然後——

「啊啊！」史坎德往後一跳，頭一次看到自己的獨角獸的那種純然的歡欣，迅速轉為慌張。獨角獸的腳蹄著了火，四隻腳蹄剛剛爆出了火焰。史坎德朝獨角獸湊過去，想把底下的兜帽衫抽出來，希望可以撲滅火勢，但只是徒勞無功。這種事正常嗎？還是只有他碰到這種會自燃的獨角獸？可是就在他扯動兜帽衣角的時候，獨角獸睜開了眼睛。

史坎德跟那雙暗色眼眸對望時，同時發生了兩件事：他感覺快樂有如氣球在胸口裡鼓漲，右手卻竄過灼熱的痛楚。他挪開視線，將手舉至眼前，在昏暗的光線中，看到傷口正在癒合。可是隨著傷口癒合，那些線條逐漸拉長，往他五根手指的指尖延伸。同時，獨角獸黑色腦袋的中央開始浮現一道粗粗的白紋。人與獸的目光互相緊扣，直到那道紋路完全形成、史坎德手上的傷痊癒為止。

「謝謝？」史坎德不確定的說，電流、震動、光、霧氣和火同時消失，彷彿有人關了開關。男孩和獨角獸盯著對方。史坎德讀過關於騎手和獨角獸之間那種隱形羈絆，可是他沒想到自己竟然感覺得到：胸口被某個力量緊緊拉扯，彷彿心弦現在和別的地方相連，在他自身之外。他滿確定，如果你順著那條心弦去找，最後會在另一端發現這匹小小黑色獨角獸的心。

接著獨角獸似乎破除了什麼魔法，發出微小的吼聲，但不知怎的，史坎德並不害怕。他倆之間的羈絆，帶給他這輩子前所未有的安全感，彷彿他打開了一扇通往世上最舒適的房間的門，可以將其他人擋在外頭，自己一個人想在房間裡的火爐邊坐多久就多久。他想放聲大叫，想繞著孵化室跳舞，甚至想放聲高歌。他的獨角獸搖搖晃晃站起來時，他想學牠那樣放聲吼叫。

史坎德警覺的往後退開。「你確定你已經準備要——」可是獨角獸，他的獨角獸，已經站起來，朝他蹣跚走來。史坎德確定牠正在長大，現在幾乎到了他的腰。他想，獨角獸既然擺脫了蛋的箝制，現在成長的速度會快上許多，畢竟牠們等了十三年的時間。獨角獸搖搖擺擺，停在史坎德面前，叫了一聲，頭角直接指著他的屁股。「我不知道你的——」史坎德開始說，接著目光停在自己的背包上。

史坎德一面盯著獨角獸，一面拉開前袋拉鍊。在家裡的時候，他從肯娜床邊小桌的祕密寶盒裡抓了一包軟糖，免得路上肚子餓。他胡亂翻出那袋軟糖。剛剛才癒合的傷口還很柔軟。獨角獸走得更近，又發出一聲尖鳴。

「好吧，給你。」史坎德輕聲說，拿出一顆紅色軟糖，平放在完好的左手掌上。獨角獸嗅了嗅，鼻孔賁張，從他手裡一口嚼住糖果。牠吃東西的聲音有點令人不安。彷彿在吃人，而不是吃東西。牠嚼啊嚼，發出滿足的低吼，於是史坎德又倒了幾顆在地板上，然後坐在椅子上端詳他的獨角獸。

牠的毛皮全黑，除了從頭角下方開始的那道白色粗紋，穿過雙眼之間，往下延伸到鼻子那裡。史坎德曾經有一整個星期都在看一本關於獨角獸顏色的書，那是他從圖書館借來的，書裡完全沒有關於白紋獨角獸的記載。但那個記號看起來卻滿熟悉的。

獨角獸吃完少少那點軟糖之後，再次朝他走來。隨著每個步伐，走路的能力跟著增長。所長講過的話在他腦海裡飄過：獨角獸，即使縛定了，骨子裡都是嗜血的生物，偏好暴力和毀滅。也許以前在大陸的那個史坎德對自己的下一步總是想太多，老是問姊姊該怎麼做，甚至試圖在書本裡尋找。可是他現在是個騎手了，他感到自豪，也許這是生平頭一次有這種感覺。而身為騎手，重點不就在於要有膽識嗎？

於是史坎德伸出一手，輕撫獨角獸的頸子。他的皮膚接觸到獨角獸時，奇怪的事情發生了。史坎德發現自己知道他的獨角獸是公的，而且曉得牠叫什麼名字。惡棍之運。史坎德立刻喜歡上這個名字，滿適合這匹小獨角獸的，但聽起來也像是渾沌盃那些獨角獸的名字。就像總有一天會贏得比賽的名字。

史坎德繼續撫摸著獨角獸，牠柔聲嘶鳴，聽起來更像馬了。「很高興認識你，惡棍之運。」史坎德笑道。「簡稱惡棍好嗎？」獨角獸胸口發出隆隆聲。史坎德謹慎的用手又餵了一顆軟糖給獨角獸，一面將頭圈套上牠的頭角，將牽繩扣好。

附近爆出震耳欲聾的尖叫聲。惡棍之運一聽到，便對著史坎德的耳朵尖呼，讓他的耳朵更崩潰，接著惡棍開始在孵化室裡到處亂竄。

又一聲尖叫。史坎德下了決心，輕輕扯著惡棍的牽繩，引著牠走向孵化室門口。他推了推門上的鐵欄，門為男孩和獨角獸開啟。

第三聲尖叫。史坎德循聲走到隔著兩個門的孵化室。「哈囉？」他說，聲音微微顫抖，「你受傷了嗎？需要幫忙嗎？」

那間孵化室裡已經有三個孩子和三匹獨角獸。戴眼鏡的黑髮男孩正緊緊抱住血色的獨角獸。史坎德也認出巴比，她身邊伴著一匹淺灰色獨角獸。第三位騎手是個女生，頂著雲朵似的蓬鬆黑色捲髮，被閃亮的銀色獨角獸逼到了角落。她雙手抱頭，尖叫聲中摻雜著啜泣。

「需要幫忙嗎？」史坎德更大聲的再問一次，因為沒人將目光從銀獨角獸上移開。

戴眼鏡的男孩終於轉過頭來。他目瞪口呆盯著惡棍之運。「我想我們現在需要了。」他說。角落裡的女孩抬起頭，指著史坎德的獨角獸，然後尖叫得更大聲。

第七章 死亡元素

史坎德試探的往孵化室再跨出一步。角落的女孩尖叫不停——這四匹獨角獸跟著噪音發出尖鳴。黑髮男孩在原地僵住不動，依然怔怔盯著惡棍之運，巴比則努力安撫自己的灰色獨角獸，牠雙眼泛紅，不斷往後翻著白眼。

史坎德非常困惑。他以前走進房間時，一般不會得到這種反應。大家通常把他當空氣。

「妳可不可以閉上嘴巴一下？」巴比喝斥尖叫的女生，「我的耳膜都要爆掉了！」

巴比循著女孩恐懼的目光望去。她嘆口氣。「只是史坎德而已。當然了，他的名字比拉肚子的大象更不幸，可是他又不可怕。」

「噢，謝了，」史坎德急忙說，「介紹得不錯。」

巴比聳聳肩。「別客——」

「安靜，你們兩個！」擁有紅獨角獸的男孩低吼，「芙蘿指的不是他，是他的獨角獸。」

巴比皺眉。「誰是芙蘿？」

「就她啊。」男孩不耐的指著角落的女孩，「我是米契爾。可是我們沒時間客客氣氣自我介紹！那裡站著一匹非法的獨角獸，那一定表示他——」米契爾用手指朝史坎德戳了戳，「是非法的騎手。」

史坎德無比震驚，轉頭望向背後，只是要看看背後是否站著另一對騎手和獨角獸。

米契爾狂亂的揮動雙臂，似乎被他們的毫無反應惹得更怒。他才幾分鐘大的獨角獸扯著牽繩，想要逃離騎手亂揮的手臂。「那不是普通的紋路，那表示那匹獨角獸跟第五元素結盟。」米契爾壓低聲音說。

巴比對著米契爾瞇起眼睛。「我們也許是大陸人，米契爾，」她說，「可是我們都知道，總共只有四個元素，不是五個。每個人都曉得。」

米契爾不理會她，視線在史坎德和惡棍之間來回閃動，彷彿在決定是否要拔腿快逃。

「依照官方說法，總共有四個元素，妳說得對。」芙蘿柔聲說，輕柔的嗓音在尷尬的沉默中更顯清晰。她依然滿臉恐懼望著惡棍之運，但至少不再尖叫了。

巴比對著米契爾伸伸下巴。「看吧。」

他閉上雙眼，嘟囔了點什麼。

「不過，以前是五個。確實有第五個元素，」芙蘿勇敢的說了下去，「雖然我們不應該談這種事。我的意思是，騎手，或島上的任何人都一樣。這件事大陸完全不知情；在簽訂協議以前就已經明令禁止了，它就是——」

「是什麼？」巴比的眼神流露出對祕密的飢渴。

芙蘿焦慮的東張西望，彷彿擔心會有人在聽。「靈。」小聲到幾乎聽不見。

「我的老天！」米契爾對芙蘿低吼，「妳瘋了嗎？竟然說出口？在這裡？在整個島上最神聖的地方？我們必須做點什麼，我們必須跟哨兵舉報他的事，說他——」米契爾伸著手指，從史坎德指向惡棍。

史坎德不打算在這裡弄清楚怎麼回事或哨兵是誰。他受夠了被人指指點點。他清清喉嚨，「如果沒人需要幫忙，那我要回自己的孵化室去了。」

「牠那個樣子，你不能帶著牠到處走，」芙蘿的聲音平靜中帶著著急，「他們會殺了你們兩個的。」她指了指惡棍之運，牠正想咬史坎德運動鞋的鞋跟。

「你們在說什麼啊？」史坎德搖搖頭，「牠大概七分鐘前才出生的！牠又沒做錯什麼。我也許有——」他盡量避開巴比的視線，「但牠沒有。惡棍之運只是個小寶寶。看看牠。」惡棍剛剛對著火把灑下的陰影喀嚓咬著牙，貼得太近時，下顎撞上了牆壁。

「牠的腦袋上。有——靈行者的——紋路！」米契爾爆發，再也無法抑制自己。

「再說一次？」巴比說。史坎德同時問道，「什麼是靈行者的紋路？」

「那個白色記號啊，」米契爾氣急敗壞的說，他努力要說服大家，手指靠得離惡棍的腦袋太近，獨角獸想咬他的手指，「那就是你們兩個會跟靈元素結盟的徵兆。你們不會在銀刃身上看到。」米契爾指著那匹銀獨角獸。「在赤夜之樂身上也不會看到——」他指著自己的血紅色獨角獸，「灰色這匹身上也不會有。」

「牠叫獵鷹之怒，」巴比不悅的說，「說什麼灰色這匹。」

芙蘿雙臂抱胸，轉向米契爾。「不見得吧，那可能只是個普通記號。」她指指史坎德，「搞不好他會操使的是別種元素，根本不是靈。」

「只是個記號？」米契爾啐道，「那幾乎不可能只是個記號，難道妳敢不顧整座島嶼的安危？」

芙蘿的臉閃過懷疑，但並未鬆開手臂。

「上星期的渾沌盃，妳錯過了嗎？難道只有我看到織者騎著野生獨角獸，闖進競技場，然後偷走全世界最強大的獨角獸？」

「惡棍頭上的記號跟織者有什麼關係？」史坎德緩緩問道，「這些事情跟新紀之霜失蹤又有什麼關係？」

「老天！」米契爾驚呼，「大陸那邊什麼都沒教你嗎？你在渾沌盃裡沒看到織者嗎？」

史坎德腦海浮現肯娜、爸爸跟他一起站在電視前面的情景，還有織者的臉龐，白漆從頭髮延伸到下巴。

「白色條紋。」他喃喃。

「那就是織者的符號，」芙蘿說，「織者就是靈行者。」

「可是靈元素有那麼糟糕嗎？」巴比忿忿的說。

「織者用那個元素來奪命！」米契爾因為氣餒而臉孔扭曲，「這樣夠糟糕了吧？獨角獸、騎手——凡是擋路的，格殺勿論！」

「不可能，」巴比嘲諷，「騎手——任何人——都殺不了獨角獸。連織者這傢伙……這東西也沒辦法。」

史坎德正點著頭。「沒錯！那是我們在孵化課裡學到的。所以你們才需要大陸人來當騎手，因為野生獨角獸是殺不死的，也沒辦法縛定——」

「其實，有兩個方法可以殺死縛定的獨角獸，」米契爾高聲打岔，「先殺了牠們的騎手，然後牠們也會跟著死去。或者——」他吞吞口水，「靠靈行者。」

一陣沉默。

「那就是死亡元素！」米契爾半喊著說。

現在，巴比表情有點憂慮。「所以這個瘋狂的織者會使用死亡元素？也就是第五元素？靈元素？而且他手上還有世上最強大的獨角獸？」

「大家真的都很害怕。」芙蘿說，棕色眼眸盈滿淚水。

「好了，太好了，」米契爾語帶諷刺說，「既然現在我們達成共識，知道第五元素有多糟糕，也知道織者一直是這座島和大陸面對的最大威脅，我們可以向哨兵舉報這個靈行者了嗎？」米契爾面帶懇求，望著芙蘿。

「不行。」芙蘿倔強的說，銀刃鼻子噴氣，彷彿表示同意。史坎德看到，她被獨角獸突然發出的聲音嚇一跳，但努力掩飾。

「我們必須要！這匹獨角獸很危險，史坎德這傢伙也很危險！他不應該通過那場考試的！他怎麼會到這裡來？你們有沒有想過？」

史坎德感覺得到，巴比的目光投在他身上。她隨時都能揭露直升機的事情，落井下石。拜託，他在心裡乞求，拜託，什麼都別說。

「無所謂，」芙蘿說，「他現在人在這裡。我才不要當那個把他們送上死路的人。我良心會過不去。」

「可是妳孵出了銀獨角獸，」米契爾哀嘆，「妳不可以淌這場渾水！要是妳幫了靈行者，他們不會允許妳進入銀圈。」

恐懼閃過芙蘿的臉龐，但接著她重新振作。「史坎德和惡棍之運又沒對不起我。我才不要跑去找那些戴面具的守衛。不過你說得對，我有銀獨角獸。你真的想惹毛我嗎？米契爾？跟我和十三歲的銀刃為敵？」

「不，我……」米契爾越說越小聲，但他顯然忍不住，繼續說下去，「可是即使我們不跟哨兵說，他一離開孵化所，就會有人看到那道紋路。根本藏不住。」

「其實，我想是有辦法的。」史坎德說，突然想起艾格莎給他的那個瓶子。他從口袋拿出來，轉開蓋子。

米契爾盯著史坎德的手指往罐子裡的黑色液體一沾，然後抽出手指給他們看。「你們想這個有沒有用？」他問，「能不能暫時蓋住紋路？至少等全部事情都弄清楚再說，我到底是火行者、氣行者或什麼的？」史坎德努力保持語氣平靜。如果艾格莎早知道他需要這個，那代表了什麼？艾格莎到底是什麼來頭？

「你哪裡弄來的？」芙蘿問，語氣裡有困惑。

史坎德不知道怎麼回答。他不確定說自己喜歡畫畫，有沒有說服力。

「你不是在我們的直升機裡找到的嗎？」巴比說，向史坎德微微眨眼。

米契爾瞪著巴比，一臉難以置信，但他還來不及多問就被赤夜之樂撞倒，牠因為獵鷹之怒扯掉牠的一叢鬃毛而大發雷霆。騎手們在商討事情的時候，獨角獸們覺得無聊，開始胡鬧。赤夜、獵鷹和惡棍在孵化室裡四處亂竄尖叫。銀刃則傲慢的站在角落裡，如果其他獨角獸靠得太近，就放聲吼叫。

史坎德和巴比終於順利抓住惡棍之運，結果發現牠並不喜歡別人碰牠的紋路。米契爾只是袖手旁觀，說他們都應該因為幫助靈行者而被關進牢裡，說這是他們騎手生涯的終結，也許還是生命的終結，因為史坎德和他的獨角獸會在半夜將他們殺死，這一切就都沒有意義。

「米契爾，你可不可以閉上嘴巴？」巴比吼道，把最後的墨水揉進紋路裡。她自願用雙手沾滿墨水，因為她說如果史坎德沾了墨漬會太可疑。他企圖跟她爭辯，但又說不出話來反駁。

芙蘿彷彿很快就對自己的決定感到後悔，一直緊張的盯著孵化室的四周，似乎又忐忑起來。她的銀獨角獸持續發出低吼，她摀著嘴巴輕叫。每次只要看著銀刃，她眼睛就噙滿淚水。

「妳還好嗎？」史坎德鼓起勇氣問道。說到底，芙蘿在他現身以前，就一直在尖叫了。芙蘿剛張嘴要回答，他們就被一個震耳的隆隆聲打斷。欄杆門對面的牆壁劇烈搖動。現在又怎麼了？史坎德絕望的想著。這跟他當初夢想的，歡欣鼓舞的抵達島嶼，不大一樣。

獨角獸們都害怕的跑來跑去，又是尖鳴，又是噴氣，新任騎手們使勁想拉住牠們。尖銳的頭角在密閉空間裡甩動不停，險象環生。一直到陽光滲入黑暗的孵化室，史坎德才明白：牆壁正往上升起。原來要用這種方式離開。

當牆壁完全消失，四十三匹新生的獨角獸的尖鳴傳至耳畔。震耳欲聾，有如一千輛火車的煞車聲。

米契爾在喧囂中喊道：「走就對了！快走！反正我們本來就不應該待在這間孵化室的。如果我們動起來，他們就不會注意到！」他帶著赤夜之樂消失在炫目的陽光中。

史坎德來不及問，他們到底要到哪裡去。巴比匆匆忙忙將那罐墨水塞進史坎德手裡。

「只要表現出正常的樣子，就不會有事，」芙蘿好心的說，領著銀獨角獸踏進上午的陽光中，「根本看不出來。」

「你要來還是怎樣？」巴比問史坎德，拉著獵鷹之怒跟在芙蘿後面走。

「對了，謝謝妳，」他彆扭的咕噥，「那個直升機的事。」

「噢，別說了。」巴比翻翻白眼，朝史坎德的手臂一拋。這個動作讓他想起肯娜，讓他覺得事情沒那麼糟糕。

稚嫩的獨角獸們歪歪扭扭排在惡棍前頭。雖然有更多戴銀色面具的守衛出現，也沒辦法讓牠們排好隊伍。史坎德現在已經弄懂，他們就是哨兵。獨角獸來到戶外後，似乎就明白了自己是元素生物，渾身飽漲著新鮮的魔法。塵埃在空氣中盤繞，到處是火花和爆破。水從頭角噴灑出來，腳蹄在草地上燒出黑色焦痕，沿路的樹木嘶嘶竄過電流，前方的路面裂開了坑洞。騎手們發現自己困在元素碰撞的火力裡，痛得哀哀叫，緊緊握著牽繩，心急如焚。他們的獨角獸則頻頻往後仰立，拱背躍起，在空中猛甩頭角。

惡棍之運也不例外。當初在孵化室裡吃甜食的寶寶似乎早已消失。史坎德努力要跟著隊伍走，惡棍卻想咬他的手指，踢他的腿。火焰點燃牠的尾巴，火花落下，燙到史坎德的手背。惡棍的眼睛在黑跟紅之間變換，跟其他獨角獸一樣，牠的嘴角湧出唾沫。史坎德希望這是興奮的表示，而不是獨角獸想吃他。惡棍彷彿能聽到史坎德的思緒，牠貼近牠的騎手，在他的屁股上磨門牙，差點要咬下去。太好了，也許剛剛獨角獸真的想吃他。

史坎德回頭望去。芙蘿和米契爾在他後面，牽著他們的獨角獸並肩沿路走著，就在隊伍後頭。巴比此時在前頭，獵鷹在她身邊，正在和一位島民說話。史坎德忍不住覺得自己被冷落，即使他知道這點可能是他目前最不重要的問題。他原本希望在島上會有所不同。他以為，擁有獨角獸這個共同點，也許可以幫他交到朋友。

然而，他和惡棍似乎跟一個他前所未聞的元素結盟。史坎德嚥下自己的失望，讓自己專注在惡棍之運身上。惡棍正作勢要去咬一隻低飛的小鳥，但沒有咬到。至少他有自己的獨角獸，這份羈絆讓他覺得自己的心似乎膨脹成兩倍大。

他前面一整排獨角獸消失在小徑的彎處，腐爛的氣味忽的襲上史坎德的鼻孔。聞起來像是死魚被沖上馬蓋特海灘，加上爸爸喝太多啤酒之後嘴巴的味道。

兩聲吶喊刺穿空氣。「救命！救命！」

史坎德認出是米契爾和芙蘿的聲音，於是帶著惡棍轉過身來。

在他們和史坎德之間，站著一頭巨大的野生獨角獸。

史坎德心裡一震，好似被潑了一桶冰水。時間頓時停擺。他的腦袋一直短路：快跑，別動，尖叫，快跑，別動，尖叫。野生獨角獸是魔獸。牠擋住了路，左右擺動巨大的腦袋，嘴巴張開，牙齒尖銳參差，吐息腐臭。跟史坎德的獨角獸不同，牠的頭角像幽魂一般，是透明的。牠瘦骨嶙峋，灰斑的外皮底下看得見骨頭。身側有個裂開的傷口，蒼蠅在鮮血周圍嗡嗡飛動。

芙蘿和米契爾的獨角獸害怕的吱吱尖叫，但就像牠們的騎手，牠們似乎也無法跑開。史坎德狂亂的四下張望，想找哨兵，可是他們全都繞過了前方小徑的彎處。

野生獨角獸發出刺耳的高亢尖鳴，頭角對著米契爾手臂左側的白樺樹噴發電流。樹幹和枝椏隨之倒塌，葉子還沒碰到地面便蜷縮枯萎。芙蘿怕得尖叫，飛快用手摀住耳朵。史坎德覺得，這頭野生獨角獸接下來的攻擊不會再落空。如果他以前學的關於野生獨角獸魔法的內容正確無誤，那麼米契爾和芙蘿的傷勢永遠不會復原，如果他們能從這場攻擊中存活下來的話。

野生獨角獸一吼，聲音撼動了史坎德的胸腔。野生獨角獸跟五個元素結盟，所以難保牠接下來會用什麼方式攻擊。腐爛的灰色怪獸放低致命的頭角，直直指著芙蘿和米契爾，史坎德內在有點什麼解了凍。

「嘿！喂！」史坎德喊道，在空中揮揮手，另一手緊抓惡棍的繩子。「這邊！」

他不知道自己這麼做的原因。他從來不是個勇敢的人。不管歐文何時要求他把午餐、作業或渾沌卡交出來，他都毫不抵抗，言聽計從。肯娜向來是勇敢的那個。但肯娜不在這裡。

「他在幹嘛？」米契爾喊道。野生獨角獸低吼，轉向史坎德。

牠和史坎德目光相交，他在那雙眼眸裡看到的東西令他詫異。憤怒，是的，但也有無比的悲傷。牠不再咆哮，綠色黏液從牠半開的嘴巴滴落。野生獨角獸細看史坎德的臉龐，幾乎像在找尋什麼，惡棍發出小聲咆哮。史坎德覺得自己從未見過這麼茫然的生物。接著牠往後仰起，以後腿站立，撲動破敗的灰色翅膀，前腿在空中踢了踢。惡棍吼了回去，雖然牠稚嫩的寶寶聲音被野生獨角獸的吼叫蓋了過去。史坎德想都沒想到要躲，只是準備承受衝擊。

可是衝擊一直沒來。野生獨角獸腳蹄砰砰踩著小徑的岩地。史坎德睜開眼睛，就看到牠轉身飛奔而去。

史坎德的雙腿顫抖起來，從大腿抖到腳踝。他癱倒在地上，屈膝抵住額頭，緊閉雙眼。響亮的尖鳴帶著焦慮在他腦袋上迴盪。「好了，小子，」他喃喃道，「我等下就起來——」但這番話無法安撫惡棍，牠嗅嗅騎手的腦袋，然後嚼起他的一束頭髮。

史坎德皺了皺眉，但獨角獸完全沒注意到。「哎，這樣會痛耶！」

米契爾在史坎德旁邊瘋狂的自言自語。「野生獨角獸！在小徑上？就在那裡！我不敢相信他剛剛竟然那樣做了。我無法相信，一個靈行者竟然會——這說不通啊！」

「你這個百分之一百的白痴，史坎德！」巴比的聲音聽起來很冷酷，非常不悅。「放你一個人五分鐘都會出事嗎？你真的對一頭野生獨角獸喊『喂』？」

「欸，蘿貝塔——」米契爾依然顫抖著聲音。

「別叫我蘿貝塔！」巴比兇道。

「欸，巴比，」米契爾說，「我想那是我認識妳以來，妳第一次說出有道理的話。」

「那時間過得還真快！」巴比諷刺的說。

「拜託，安靜一下！」芙蘿的語氣輕柔但堅持。一陣尷尬的停頓，這期間史坎德努力讓自己不要抖得那麼明顯，卻失敗了。「你們難道看不出，他狀況不好嗎？」

史坎德感覺他們三人湊得更近。他睜開雙眼。

「我沒——沒——沒事。」他勉強擠出口。

芙蘿伏低身子，滿臉憂心。史坎德的頸背上感覺到銀刃溫暖的吐息，更讓他無法平靜。

米契爾將芙蘿推開。「快起來！」他低吼，「在別人看見以前，快起來！」

「我什麼都沒做……是吧？」史坎德問，困惑不解。

「唔，你一定做了什麼！牠為什麼沒發動攻擊？」米契爾簡直急得要拔掉自己的黑髮。

他轉向芙蘿。「我就跟妳說，我們應該舉報他的！他是靈行者，他們能跟野生獨角獸有連結。看看那個織者——」

「你是說真的嗎？」巴比說，但芙蘿跟她同時發話。

「米契爾．韓德森，也許你應該謝謝他，而不是指控他？」

米契爾一臉驚駭。

芙蘿雙手插腰。銀刃繞過她的手肘，用鼻子噴氣。「我們幾乎沒對他說過一句好話，他剛剛救了我們的命耶！你是沒注意到嗎？」

「可是——」

「我不知道你怎樣，」芙蘿壓低聲音，「可是，比起因為一個靈行者走上邪路，就對他們全部抱著愚蠢的偏見，對我來說，他救我一命，這點意義更大。」

米契爾咬唇，視線到處飄，就是不往下看史坎德。

「唔，米契，」巴比說，語氣輕鬆，「我們在等你喔！」

米契爾對她擺臭臉，深吸一口氣。「謝了，我想，」他朝史坎德的方向喃喃道，「謝謝你蠢到甘願冒生命危險，把那頭怪獸從我們身邊趕走。」

芙蘿嘆口氣。「唔，我想這樣就可以了。史坎德，我想也許你應該站起來了。我們脫隊太遠，可能會惹上麻煩。」

芙蘿和巴比兩人都伸出手，將史坎德拉起來。他還沒拍完牛仔褲上的灰塵，米契爾已經牽著紅獨角獸大步走開。

「真是的。」巴比說，對著他迅速消失的背影搖搖頭。

「啊啊，還有野生獨角獸的臭味。」史坎德皺起鼻子，「牠們為什麼會那樣？腐爛的肉、氣味，還有——」有東西在他的運動鞋底下嘎吱響起，「黏液？」

芙蘿悲傷的盯著那堆枯葉，就是原本有棵樹的地方。「永遠活著對任何生物來說都太久了。那就是為什麼野生獨角獸會長那個樣子，也是牠們會腐爛的原因。獨角獸跟我們縛定的時候，不朽的壽命就會受到壓縮，可是野生獨角獸呢？牠們的生命拉得太長。所以牠們雖然活著，但也正在死去，永永遠遠停留在垂死的狀態。逃也逃不了。牠們甚至無法被靈行者殺死。」她悄聲說出那些違法的字眼，儘管六月陽光普照，她依然瑟瑟發抖，「牠們滿腦子只有鮮血和謀殺。牠們只剩下這些。有些甚至再也飛不起來。」

史坎德覺得悲傷至極。永遠的死去聽起來真慘。難怪野生獨角獸看起來這麼迷惘。接著他想起某件讓他更難受的事。

「米契爾說過，靈行者跟野生獨角獸有連結……」史坎德打住，看到芙蘿臉上的痛苦神情。

「我對第五元素知道的不多，但我們不應該……」

「哼，妳知道的肯定比我們都多，」巴比打岔，「所以，說吧。」她一手插腰，另一手抓著獵鷹的繩子。

要打破規則，還是善待史坎德，這兩者的衝突展現在芙蘿臉上。最後她瞇起雙眼，壓低嗓門匆匆說：「你們都看到渾沌盃了。織者不只是騎著野生獨角獸。織者操使著那頭野生獨角獸的魔法，彷彿他們之間是縛定的。而大家都說，織者是靠第五元素辦到的。請不要問我怎麼辦到的，我不曉得。」她緊張的補充，「織者從我們出生以前，就開始用靈元素來作惡。所以島嶼判定這太過危險而禁止了那個元素。可是我看得出來，我爸媽這次真的很害怕。所有的大人都很害怕。他們認為那個織者正在密謀什麼重大行動。」

「所以基本上，妳的意思是，如果史坎德最後真的是靈行者，大家都會認為他知道織者的計謀，可能是那些腐爛的野生獨角獸的搭檔？」巴比直截了當。

「就是這個意思，」芙蘿嚥嚥口水，「總之，我們不要再談了。我不喜歡可怕的東西，織者的事情太可怕了。連縛定的獨角獸都讓我覺得有點……」她緊張的朝銀刃一瞥，牠正試著去咬空中的蒼蠅。

巴比翻翻白眼。「來吧，我們最好追上去。」

他們回到隊伍裡，史坎德和惡棍走在其他人後面。沿著岩地小徑一步步走著，史坎德滿腦子只有一個想法。請不要讓我成為靈行者。請不要讓我成為靈行者。

第八章 禽巢

「往上看！」

「看到了嗎？」

「在空中！」

興奮的呼喊沿著整排騎手迴盪。帶翅的陰影掠過史坎德的頭頂，他也仰頭望去。天空滿是獨角獸：俯衝、急降，對著下方的獨角獸寶寶尖鳴和吼叫。牠們肯定是縛定的獨角獸。牠們的頭角有色彩，跟史坎德剛剛遇到的野生獨角獸不同。他必須抗拒閃躲的衝動，那些成年的獨角獸飛得越來越低，彷彿在跟彼此較量，看誰有膽低空飛行。惡棍、獵鷹和其他的獨角獸寶寶長得很快。才過沒幾個鐘頭，就從大型狗長成了小型馬的大小，但是還是不到成年獨角獸的一半大。有駭人的野獸在史坎德頭頂上飛翔，加上心裡一面在為靈元素擔憂，讓史坎德覺得心驚肉跳。

接著史坎德真的嚇得跳起來，獵鷹從頭角放出電流，掃射惡棍。黑色獨角獸被逼得往旁邊跳開。獵鷹平靜的繞過小徑上的水窪。灰色獨角獸竟然不想弄溼自己的腳蹄！巴比氣惱不已，搖著腦袋，棕髮掠過肩膀。「難以置信，我的獨角獸這麼暴力，居然還怕髒！」

史坎德觀望著，惡棍之運盯著上方的獨角獸，頭角指向天空。視線跟著在上方飛翔的獨角獸遊走，眸色從紅跳閃為黑，撲拍著小小的翅膀，彷彿想要加入空中那些成年獨角獸的行列。

「目前那對你來說可能有點危險。」史坎德笑著說。獨角獸昂起腦袋，頭角朝史坎德的眼睛噴水，表達了自己的想法。

「啊啊，不會吧？」史坎德叫道。巴比哈哈大笑。

惡棍拍動翅膀，從眼皮底下淘氣的瞅著牠的騎手。史坎德開始覺得，他的獨角獸還滿有幽默感的。

隊伍又往前進，但史坎德忍不住每幾秒就往上看一次，越來越多獨角獸加入上方的飛行行列。有些順著輕風滑翔，有些吵吵鬧鬧嬉戲著，還有一些在空中對戰，元素就像煙火一樣不停迸發。

史坎德忙著看天空，幾乎沒注意到大夥們正慢慢的登上岩石坡地，最後意識到自己上氣不接下氣。崎嶇的小路蜿蜒繞過龐大的山崗，史坎德瞥見了有幾塊空地臨時被圍起來。有的空地上的草皮有燒焦的痕跡，有的空地上有深深的裂隙。其中一塊草地浸滿了水，比其他塊地都翠綠。他不明白這些高原上的青草地是什麼用途，直到看見了蹄印。

「訓練場？」他對惡棍喘著氣，前面的獨角獸在陡峭的斜坡停下腳步，被史坎德生平見過最大的一棵樹擋住了去路。

節瘤滿布的樹皮朝天空攀去，但一直到史坎德仰起腦袋，才看到枝椏向外展開成遼闊的樹冠。樹葉不只如他原本預期的綠，還混雜了各種深紅、玉米田黃、祖母綠、海藍。在某些地方則是閃亮的白，很搶眼，打破了其他元素顏色的和鳴。

巨木兩側各有一堵高牆，看起來好像是用奇異的植物和花卉糾結纏繞而成，史坎德看不到任何類似磚塊的東西。樹木右側的牆壁裝飾，讓他想起以前看過的大堡礁照片。這些橙色和粉紅的植物看起來就像長在海底的珊瑚。左邊，牆壁上面覆滿苔蘚和深色爬藤、蝸牛和巨型蛞蝓。史坎德甚至覺得自己看到黑莓灌木之間夾雜著野菜。這是什麼地方啊？

兩位銀色面罩的哨兵騎著獨角獸，看守著這棵巨木。新騎手朝樹幹湧去時，獨角獸們彼此推搡，頭角差點要刺到彼此的肚皮。一位哨兵跳下坐騎。她將手掌貼在樹幹上。那天早上，史坎德才在孵化所門上用了同樣的手勢。一行火焰燒成圓圈，部分樹皮往後旋開，留下一個空間，大到足以讓一組新騎手和獨角獸結伴走進去，這個情景令他倒抽一口氣。

史坎德聽到大陸人和島民一同發出興奮的呢喃。年輕島民顯然不曾來過這裡，史坎德很高興，大家難得處境相同。

「歡迎來到禽巢。」芙蘿咧嘴笑著。史坎德的腦袋，接著是惡棍的頭角穿過來，在入口的另一側跟她會合。

史坎德往上一看，驟然停住腳步。他完全沒有心理準備。生者隧道令人大開眼界，孵化所的密室也很了不得。可是這個？他當然知道騎手訓練學校的存在可能會比一般學校更好，也許有獸欄或獨角獸雕像，或是有吃不完的美奶滋。可是他沒料到是這樣的地方。

禽巢是一座有防禦設施的森林，樹木都有護甲。或者說，史坎德和惡棍穿過樹幹形成的幽暗迷宮時，從地面看來就是這個樣子。在這裡，樹木和金屬彼此碰撞，是自然與人工的結合。金屬長梯從低矮的枝椏垂掛下來，粗壯樹幹支撐著有如鋼鐵碉堡般的樹屋。這跟史坎德和肯娜小時候的夢想截然不同。他們當時只是極度渴望能有一間木造的樹屋，外加一間庭院，還有一個會想替他們打造樹屋的爸爸。

樹屋往高高的樹冠裡層層堆疊，搭建成令人眼花瞭亂的高塔。有些疊了八層高，有些延伸得更高，直到樹梢，根本看不到開始與結束的地方。樹屋像是在綠海之中迸發出的灰色，雖然很多樹屋的牆上有鮮豔多彩的塗鴉：藍色是水，紅色是火，黃色是氣，綠色是土。史坎德盡量不去想，靈元素跟什麼顏色相連。

大家擠在鋼索搭成的吊橋上，這些鋼索將同層的樹屋串連起來。橋樑在粗枝之間搖搖晃晃，在中午剛過的陽光中閃閃發光。不管他往哪裡看——鋼索橋樑、活動平臺、樹屋的窗戶——年輕的臉龐俯視著下方的新騎手和他們的獨角獸，他們有說有笑，伸手指來指去。

史坎德吸進森林芬芳的空氣，幾乎可以嚐到空氣的鮮美。從樹屋上眺望島嶼，視野一定可以綿延好幾哩。禽巢在山崗上的家是史坎德所能看到的最高點，樹木有如守衛，蹲踞在崗頂上。在空中，穿透頭頂上的綠意，可見獨角獸在遨翔，灑下帶著翅膀的影子。史坎德知道自己永遠無法如實捕捉這一切的奧妙，即使在素描本裡畫上幾千幅畫。

所以儘管現實有種種麻煩，有織者、靈元素、惡棍身上被隱藏的白紋，史坎德漾起了笑容。「你已經不在馬蓋特了。」他喃喃，努力將一切盡收眼底。

「又在自言自語了，是吧？」巴比牽著她的灰色獨角獸，芙蘿領著她的銀獨角獸，走到他旁邊來。「銀色獨角獸耶！」「看，有一匹新的銀獨角獸！」「就在那裡！」這些喊聲此起彼落，從懸在上方的橋樑傳來。史坎德不得不承認，銀刃器宇非凡。他在大陸上從未想像過有這種顏色的獨角獸，好似液態金屬，頭角有如致命的利刃。

「所以，嗯，現在怎樣？要吃午餐了嗎？」史坎德問，滿懷希望，肚子咕嚕作響。惡棍一臉狐疑，低吼回應。

芙蘿笑了，但受人矚目讓她相當困擾。「我不確定……日落的時候，我們要走斷層線，所以我猜他們可能會先拿一些吃的給我們——」

「我們今天就會知道自己結盟的元素嗎？」巴比的聲音夾雜一絲憂慮。

芙蘿點點頭，指向樹林後方。「元素分界就在那裡，就是斷層線會合的地方。看得到嗎？」

史坎德瞇眼望穿陰影幢幢的樹林，幾個政府人員正忙著將一只金色環圈滾進空地的草皮中央，然後鬆手讓環圈落在堅硬的地面上，發出砰的一聲巨響。接著將它移往右側，然後又往左邊移了一點，直到他們滿意為止。

「禽巢建在元素分界的周圍，這樣可以協助我們的獨角獸徹底發揮牠們的元素潛能，」芙蘿繼續說，「這樣還滿好的，因為在這裡，他們什麼都會教。元素理論、空戰訓練、競技禮儀，甚至是如果我們贏得渾沌盃，某天成為司令時必須知道的事情……」她越說越小聲，大家從金屬橋上呼喚她，全都揮舞著飾有火焰圖案的旗幟。

史坎德讀過走斷層線的事，他知道新騎手和獨角獸要站在元素分界上，也就是四條斷層線交會的地方，那裡也是島嶼結構上的斷層。那些斷層線據說是島嶼魔法的來源，橫越整座島嶼，將島劃分為四個區域：火、水、土、氣。芙蘿談到的那場儀式，即將判定他們即將操使哪個元素。也就是他們之後會最擅長的元素，如同邦垂斯老師在課堂上說的。史坎德又檢查一下惡棍紋路上的顏料，希望能防止別人認為他是靈行者。

新騎手們和獨角獸們緊張兮兮，隱身在樹幹之間。有個黑色短髮、淺橄欖膚色，笑容可掬的年輕女子朝他們走來。她別著金色螺旋的氣元素胸針，客製的黃色夾克由不同質料的拼布組成，精緻的金屬羽毛和五雙翅膀縫在右邊袖子上。史坎德也注意到她腋下勾著一只裝滿三明治的鐵絲籃，心裡鬆了一口氣。

「哈囉！嗨！我是妮娜．卡沙瑪。」她揮手要大家注意，「這是我在禽巢受訓的最後一年。當初我從大陸過來，就像你們當中的一些人一樣。」她眨了眨眼，視線並沒有特定的對象，「我要帶你們去獸欄那裡，你們跟你們的小獨角獸可以在日落前休息一下。跟我來，雛仔！」

「雛仔？」巴比憤慨的問。

「在禽巢這裡，我們都是這樣稱呼第一年的新騎手。」妮娜面帶燦笑，將三明治分給每位騎手，「第二年是幼獸，第三年是羽獸，第四年是新獸，第五年就是我，是掠食者，或者簡稱掠人。」

「噢，哈囉，芙蘿倫斯！」妮娜繞過銀刃，用單臂給芙蘿一個彆扭的擁抱。銀刃腳蹄踩過的地方，都會留下一灘冒泡的熔岩。私人空間受到侵犯，銀獨角獸一臉不高興。

「芙蘿倫斯的爸爸是製鞍師，」妮娜對最靠近的幾位雛仔說，「薛克尼鞍具，是這行裡最頂尖的，我每天都期盼著他會挑中我和閃電之誤，替我們製作鞍座。」

芙蘿的神情摻雜著尷尬和得意。

妮娜往前走，示意要雛仔跟上她。

史坎德路過正在鬼叫的米契爾。「噢，赤夜，你在幹嘛啊？」獨角獸不肯走，腦袋藏進一邊的小翅膀底下，幾乎就像小嬰兒想躲起來的時候，用雙手遮住自己的眼睛。

史坎德不得不佩服妮娜，她可以說是他所見過最熱情的人。他們在樹幹之間穿梭時，她話一直說個不停。

妮娜解釋關於療癒師樹屋的事，就是專門處理騎手傷勢的地方，還有另一間是專門治療獨角獸的。巴比嘀咕說妮娜未免也太開朗，令人起疑。不過，史坎德吞下第二個三明治時，驚奇的睜大眼睛，非常滿足的發現夾餡裡有美奶滋。他興奮的聽著妮娜指著郵務樹，五棵粗壯的樹幹上面標示著雛仔、幼獸、羽獸、新獸、掠食者，每棵樹幹上都挖滿了樹洞。他等不及要寫信給肯娜。

「這樣我們就能寫信給大陸上的家人嘍？」有人問。

妮娜點點頭。「不過，關於孵化所或禽巢的事，你們千萬不能透露太多，」她警告，「而且絕對不能提起織者。關於那一類的話題，騎手通訊處會有特別的反應喔！」

史坎德發現，跟自己並肩走著的，是個金色鬈髮、面色蒼白的男孩。他神情非常焦慮，雖然他的獨角獸很守規矩。「你也是從大陸來的嗎？」他問。

史坎德點點頭。「我叫史坎德。」

「我叫亞伯特，」男孩的笑容勉強，「這個地方讓我不大放心。首先是手掌被刺，再來，日落時分要當著禽巢所有人的面走斷層線，然後還有游牧者的事情。」

「什麼是游牧者？」

亞伯特壓低聲音，惡棍因為他的竊竊私語而發出低吼。「顯然，這裡的這些導師有權力把我們踢出去——隨時隨地！如果他們覺得我們成不了氣候，進不了渾沌盃。顯然，他們可以宣告我們是游牧者，然後我們就必須永遠離開禽巢。就那麼乾脆！」

「你確定？」史坎德無法相信，現在竟然還有別的事要操心。所以，如果他沒因為自己是靈行者而被殺，還是有可能被趕出禽巢？

「別擔心啦，」妮娜聽到了，「還不會有雛仔被宣告為游牧者，導師都想給你們機會證明自己。你們連斷層線都還沒走呢！」

「可是——」史坎德忍不住問，「如果跟獨角獸縛定了，卻不能繼續在禽巢受訓，那到底要怎麼辦？」

妮娜試著安撫他。「身為游牧者，你會學習從事另一種行業，需要獨角獸的那種。當然了，就跟渾沌盃騎手一樣，游牧者每年也都會受召到大陸去，招募大陸騎手。有好幾千個游牧者，他們都跟自己的獨角獸過著充實的人生。沒那麼糟糕啦！」

但史坎德覺得妮娜沒什麼說服力。

妮娜在禽巢牆上一個拱門前忽然停步，騎手們不得不拉緊韁繩，好讓獨角獸慢下來。

「這是獸欄的西門——介於火和水的象限之間。你們會注意到，那扇門的左側牆上有火性植物，有更多紅色和棕色，以及從熱帶地方來的植物，像是仙人掌。右側則是跟水有關的東西，像是珊瑚、睡蓮葉子、海草。要先知道自己在哪個元素象限，要是走丟了就知道怎麼找路。我們的牆上總共有四道門，這一道最接近雛仔的獸欄。進來吧。」

他們隨著她穿過拱型的走廊，走進禽巢圍牆內部，史坎德驚奇不已。獨角獸的聲音在岩石間迴盪。他手臂的汗毛都豎起來，彷彿身體在告訴他，他正要走進掠食者的獸穴。尖鳴、轟鳴、低吼、喊叫、哀鳴——除了史坎德在渾沌盃聽過的聲音之外，還有更多。他受到了一點震撼。

「雛仔的獸欄就在下面這裡。」妮娜說著往前走。金屬獸欄沿著內側的牆壁延伸，燈籠在上方散發溫和的光線，不同顏色的獨角獸頭角從門上方探出來。雛仔路過的時候，那些獨角獸發出威嚇的嘶聲。

兩三個騎手拉上各自獸欄的門栓，妮娜對他們揮揮手，邊走邊繼續說：「獨角獸白天可以自由活動，在訓練之外的時間。牠們喜歡飛越圍牆，到訓練學校下方的岩坡那裡，吃吃草和小動物。要記得，牠們也有自己的生活——友誼、衝突和擔憂。可是這裡能在夜裡保護牠們的安全。要是發生了什麼緊急狀況，只有四個出入口需要防守。」

「要防什麼?」史坎德緊張的問，雖然他猜得到答案。

「在牠們還小的時候，要防範野生獨角獸群的狂奔，或是獨行的野生獨角獸。當然了，還有織者。」妮娜哆嗦一下。「織者一直無法成功闖進禽巢，無法抓走任何受訓中的獨角獸。出入口都有哨兵駐守，他們會在四道牆那裡巡邏。可是誰曉得?織者以前也沒偷過渾沌盃的冠軍啊!」

妮娜從發下三明治以來，頭一次陷入沉默。「總之，我們到了。」

他們到了一排大大敞開的獸欄門口，裡頭用乾草鋪了床。每個獸欄都有金屬水槽以及裝滿可怕生肉的飼料桶。惡棍之運從喉嚨裡發出嚇人的嘎嘎聲，扯動著牽繩，急著想衝進最近的獸欄。牠猛然一踢，史坎德的手指被電流擊中，痛得叫出聲。「哎唷!」

妮娜哈哈笑。「噢，好可愛!我都忘了牠們小時候會這樣。閃電之誤現在更喜歡把整棵樹都燒了。」

史坎德氣喘吁吁，使勁將惡棍往後拉，遠離那些血淋淋的肉。他可以看到亞伯特、芙蘿和米契爾碰上同樣的麻煩。「噢，天啊!抱歉!」妮娜驚呼，「去吧，牠們想進哪間獸欄都可以。不管是寶寶還是成獸，牠們只要聞到血味，你攔也攔不住。」史坎德在惡棍將他拉進獸欄以前，鬆手放開了牽繩。

「牠們吃東西的時候，最好就不要打擾牠們。」妮娜匆匆對著雛仔們說，「把門帶上。轉角過去有吊床。如果你們想要，可以在日落之前休息一下。到目前為止，這天過得很漫長，對吧？」她爽朗的揮手道別，沿著這排獸欄往回走了。

「還沒結束呢，」其他雛仔離開獨角獸身邊時，米契爾嘀咕著，出現在史坎德背後，「我們有個問題。」

「你是來舉報他的，是吧？」巴比說，雙眉挑起。

「不，才不是。」米契爾對她低吼。芙蘿離開銀刃身邊，加入他們緊張的祕密會議。「妳們有沒有想過，史坎德踏進那個圓圈的時候會怎樣？」

「他們不是會直接跟你說，你最擅長的元素會是什麼，然後就送你上路了嗎？」巴比打岔。

「紋路都藏好了，我們不會有事吧？」史坎德說，「他們為什麼要指派非法的元素給我？」

「啊啊——你們這些大陸人！元素不是他們替你選的。」米契爾咬牙，彷彿壓抑大叫的衝動。「芙蘿？走斷層線的事情，妳想過了嗎？」

「我——唔，我不知道，」芙蘿說，語氣憂慮，「對史坎德這樣的人，難道不一樣嗎？」

「當然不一樣，」米契爾嘆道，「我爸爸剛剛當選成為七人議會的議長，所以他有很多內部消息。他恰好跟我仔細解釋過，第五元素的行者不可能踏上元素分界而不被發現。」米契爾忽然停頓了一下，「四條斷層線會同時點燃。轟！」

另外三人都望著史坎德，他正忙著越過獸欄門，伸手揉著惡棍的黑色頸項。他不敢開口，沒把握自己會說出什麼話。他不知道地面的裂隙怎麼可能會「點燃」？不管到時會怎樣，「轟！」聽起來都不太低調。

「他可能不是靈行者，」芙蘿膽怯的說，「你又不——」

「他就是，」米契爾插話，「白紋路就足以證明，之前他跟野生獨角獸之間的互動就更驗證了這件事。等到日落，史坎德一踏上元素分界，那些斷層線都會像烽火那樣燃起，所以——」

「我還以為你不想跟我扯上關係。」史坎德直接說。

「史坎德，他只是想幫忙——」芙蘿開口，神情有些緊繃。

「什——什麼？我才沒有要幫他，我只是點出問題，唔……」米契爾兇巴巴的說。

史坎德嘆口氣。「我知道你們都很擔心惹上麻煩。你們不用幫我可以嗎？真的，我不是你們的麻煩。」史坎德明明知道，只要有人幫得上忙，他都需要。芙蘿在孵化所裡的警告依然在他耳畔迴盪——他們會殺了你們兩個。可是他不希望他們因為他，惹禍上身。艾格莎和極地動也不動倒在沙灘上的畫面，閃過他的腦海。

米契爾整頓心神，兇狠的朝史坎德逼近一步。雖然震懾的效果被他的紅獨角獸破壞了——

牠越過獸欄門，打嗝出一個煙圈。

「噢，不，你別想！」米契爾說，臉部扭曲，「別想要高人一等。你救過我的命，我不想欠靈行者人情。我要幫你和那個討厭的東西——」他指著那匹黑色獨角獸，「走過斷層線，然後我們就誰也不欠誰，聽到了嗎？我們之間就扯平了。結束。句點。」

「我可以接受，」史坎德低聲說，「可是我看不出來，如果情況是像你所說的那樣，那到時候斷層線要怎樣才不會被引燃？如果我真的是靈行者的話。」

米契爾挑起兩邊的黑眉毛。「我們沒有要阻止，」他說，「我們要聲東擊西。」

巴比猛然抬頭。「你說『我們』是什麼意思？」

第九章 斷層線

米契爾的計畫並不好。但無可奈何，他們也只有這個計畫。其他騎手在吊床裡打盹，或緊張兮兮談著自己將會跟什麼元素結盟時，米契爾嚴肅的悄聲下達指示，史坎德則拚命忍住想嘔吐的感覺。

日落前，騎手們牽著獨角獸走進禽巢的空地。那個金圈在元素分界中央發亮，標示出四條斷層線會合之處。政府的人在四周忙碌，確保頭圈扣好、牽繩繫妥。史坎德看著，噁心想吐，一群旁觀者在一座吊橋的側面拉開一面綠色旗幟，上頭寫著「土行者最威」。

史坎德唯一能做的，就是希望他幾個小時前才認識的三個年輕騎手，能轉移大家的注意力，而讓他與惡棍免遭逮捕，躲開必死的命運。他內心仍舊希望這不是真的，希望沒有靈元素這種東西。可是，他們四人各自散開時，芙蘿滿臉憂心，米契爾一臉破釜沉舟的表情，這都讓他的心沉了下去。當然了，還有艾格莎說過的話：「忘了學校教你的東西吧！規則不適用在你身上。」她原本就知道他是靈行者嗎？她說「特別的」就是這個意思嗎？她為什麼帶他過來？

史坎德再也看不到米契爾或巴比的身影，他們的獨角獸融入其他新生獨角獸之中。但芙蘿太顯眼了，銀刃在夕陽餘輝中大放光芒。鐘聲響起。史坎德聞聲抬頭，發現吊鐘就掛在樹木之間，從樹屋上方的樹枝垂掛下來。

幾分鐘過後，艾絲本．麥格雷大步走進空地，披著藍色刺繡的金色披風，好似小河在鍍金的田野之間流淌。身為渾沌盃的贏家，她目前是新任的渾沌司令，也就是這座島嶼的首長。

空地四周以及上方的樹木之間，突然傳來一陣竊竊私語。史坎德納悶，是否司令通常都會騎著獨角獸進入禽巢？是否她原本應該得意的騎著新紀之霜，也就是織者偷走的那匹獨角獸？儘管兜著圍巾，他還是感覺頸背的汗毛豎起。如果他跟織者一樣是靈行者，艾絲本．麥格雷一旦發現了，會怎麼處置他？又會對惡棍之運怎麼樣？

政府人員從史坎德右邊的樹上降下一塊金屬平臺，艾絲本靈巧的跨了上去。平臺逐漸升高，而她絲毫不需要伸手保持平衡。

艾絲本．麥格雷說話的時候，聲音清晰，儘管有著點點雀斑的蒼白臉龐被緊繃的情緒刻出了線條。史坎德覺得，她跟幾天前在終點拱門衝刺而過的那個騎手，看起來判若兩人。現在根本無法想像當時勝利的神情。

「身為新任的渾沌司令，我非常榮幸能歡迎所有的新騎手和剛剛在孵化所誕生的獨角獸。

我尤其歡迎你們當中的大陸人，你們勇氣十足，敢接受一個未知世界的召喚，敢嘗試你們無法想像的新生活。」掌聲不冷不熱。

艾絲本繼續說，大大展開雙臂。「這些新騎手眼前有眾多阻礙，也有許多事情要學習。對這座島來說——」她停頓，字斟句酌，「現在是個充滿挑戰的時刻。我們全都有責任剷除那個邪惡勢力，這股勢力上星期再次現身——」她嘶嘶口水，「並且從我們手上偷走了新紀之霜。」

附和的聲音從橋上和樹屋此起彼落傳來。史坎德覺得自己的心跳比平常快十倍。

艾絲本講話的語氣帶著毫不壓抑的情緒。「十五年前織者和一頭野生獨角獸縛定，奪走了二十四條無辜生命。這些年我們卻自滿起來。那些獨角獸死去之後，織者就像童話故事的反派一樣，躲在荒野裡，在神話和現實的邊緣徘徊。孩子們可能會跟彼此竊竊私語，說自己看到狂奔的野生獨角獸群後面跟著一位騎手，身穿黑色罩袍。人們談論著不尋常的失蹤和無故的死亡。可是我們當中有任何人是真的相信嗎？如果相信，那麼比起野生獨角獸，我們當中有人是更怕織者的嗎？」艾絲本舉拳猛搥支撐平臺的鋼索，聲音在空地裡迴盪。

「可是我們再也不能假裝，再也不能對危險視而不見。織者既然從藏身之處出來，我們也非走出去不可。在這個特別的地方，在這個我們所有騎手都稱之為家的地方，儘管我們與不同元素結盟，我以司令身分向你們發誓，我勢必將織者繩之以法，將新紀之霜帶回家。不管織者在謀畫什麼，我都會奮戰到最後一口氣。羈絆依然在我胸口燃燒，我會激戰到底。死亡元素已經讓織者折磨這座島嶼太久了。你們會和我一起保護這座島嗎？你們會幫忙我將織者追捕到案，永遠剷除死亡元素嗎？」

歡呼和掌聲從每棵樹爆發出來，獨角獸的尖鳴在禽巢裡迴盪。史坎德卻無法跟著大家同仇敵愾。群眾跺腳表示同意，聲音震撼骨髓，禽巢感覺突然像是充滿掠食者的籠子，而他和惡棍之運成了獵物。

「可是我為什麼要在你們走斷層線之前，告訴你們這些事情呢？」艾絲本說了下去，紅髮在微風中飄揚，「因為我希望你們這些新騎手記得，經過長期訓練之後，你會漸漸擁有超過你所能想像的力量。你們會享有的特權就是，手中牽繩的另一端是這世界所知最令人畏懼的野獸，這些生物可以隨心所欲控制元素。你們會同享那份力量，而我只要求你們，運用那份力量為善。」

史坎德確定，自己比起任何騎手，更能感受到這番話的重量。如果他真的就像織者一樣是一個靈行者，那是不是表示，他的力量和惡棍的力量不可能拿來為善？他是不是也會成為怪物？

鐘聲再次響起，四個人從人群裡走出來，在四條斷層線的末梢站定，就是從元素分界的那個黃金圓圈延伸出來的四個等分點。各自披著不同顏色的披風：紅、藍、黃、綠。

兩個銀面罩哨兵護送第一位騎手和她的深棕色獨角獸，走到金圓圈的邊緣。艾絲本唸出他們的名字：「安柏．菲法克斯以及旋風竊賊。」就是那個在孵化所嘲笑史坎德圍巾的女生。她站在其他騎手面前，看起來自信滿滿，對著群眾裡的某人揮手。尖銳的鐘聲響起，安柏牽著旋風竊賊走到元素分界上。

幾乎轉眼就發生了。閃電劈啪響，電光沿著元素分界一側的斷層線燃起。有如蠕動不停的蛇，電流的捲鬚纏繞著地面爆出陣陣強風，吹得草木東倒西歪。呼嘯聲越來越大，迷你旋風沿著斷層線來回掃動，陣陣強風夾雜閃電捲起殘礫。安柏現在的神情沒那麼放鬆了，但史坎德看著她撲上獨角獸的背，引著旋風竊賊踏出黃金圓圈。她在做什麼？

安柏準備好迎向旋風，背彎得很低，但史坎德看到，當她意識到風根本碰不到她的時候，她放聲大笑。安柏和旋風竊賊走到了斷層線另一端的那個黃披風身影，後者向安柏道賀，將一枚黃金別針遞給她。一群騎手在兩棵樹木之間的吊橋上爆出歡呼。他們揮舞著黃色旗幟，展示代表氣的螺旋符號，以示歡慶。

史坎德覺得腸胃不舒服。這個？這個就是所謂走斷層線的方式？除了他們真的必須騎著獨角獸走過斷層線這點很嚇人之外，他和惡棍跨進那個黃金圈的時候，到底會發生什麼事？安柏的氣線被引燃就已經如此，那麼要引起多大的騷動才能轉移注意力，掩蓋四條斷層線同時被引燃的情況？米契爾的計畫永遠不會成功的。

史坎德看著越來越多騎手走過斷層線，感覺就更糟糕。他不只是害怕被發現，他也嫉妒其他新騎手。他希望自己是正常的。他希望自己是氣、水、土或火行者。可是他卻要擔心靈元素。他原本根本不知道有這個元素，這個島嶼司令想要剷除和毀滅的元素。

不久，艾絲本．麥格雷呼喚，「米契爾．韓德森以及赤夜之樂。」男孩和他的獨角獸才踏上元素分界，火線隨即被引燃。兩波咆哮的烈火從地裡的縫隙升起，衝至頂點，沿著斷層線形成一道長長的火焰隧道。烈焰幾乎掩住米契爾和紅獨角獸的身影。突然間，他從火焰中現身，被籠罩在煙霧中，咳嗽不止。他動作笨拙，從獨角獸的背上滑下來，穿紅披風的人遞了一枚火別針給他。人群裡的火行者發出勝利的狂吼，揮舞著紅旗幟。史坎德覺得米契爾跟火元素結盟還滿合適的。他對史坎德的怒氣來得又急又熱，瞬間爆發，就像乾燥森林裡的火焰。

寇比．克拉克帶著他的獨角獸冰王子加入水行者之後，輪到了芙蘿人群安靜下來。連艾絲本．麥格雷的聲音都有些敬畏。「芙蘿倫斯．薛克尼以及銀刃。」

「聽說她連門都不想試開。」站在史坎德附近的女生正在對旁邊的沙色頭髮男孩說。她的黑色長髮簾子似的垂在淺棕色的臉龐兩邊，很難看清她的表情，但史坎德注意到她胸前已經別著火胸針。

「她爸爸就是那個有名的製鞍師。聽說她想繼續當他的學徒。」黃臉男孩說。

「結果她竟然得到了銀獨角獸。簡直難以置信，」她回答，「而且還是多年來的頭一匹。」

「欸，梅依，」男孩嘖了一聲，指向空地對面，「她幾乎應付不了牠。」

史坎德不再聽他們說話，望向元素分界，芙蘿正吃力的應付銀刃。她將牠拉進黃金圈的時候，牠的腳蹄便著火了。

地面在史坎德的腳下震動，一切都模糊起來。幾棵較小的樹木傾倒，掀起塵土。有人放聲尖叫。之前其他人走斷層線時，都不曾在斷層線之外引發騷動。芙蘿手忙腳亂攀上銀刃的背，為了保命緊緊揪住牠的銀色鬃毛。牠順著土線狂奔的時候，土壤和岩石從土線的四面八方噴發出來。芙蘿一到了綠披風的男人面前，立刻躍下銀刃的背。男人將金色土別針遞給她時，抹了抹自己臉上的淚水。

史坎德四周頓時議論紛紛。

「以前土結盟有過銀獨角獸嗎？」

「真不尋常！」

「你感覺到那種魔法的威力了嗎？真是天大的好消息，尤其在織者越來越強大的情況下。」

等著走斷層線的騎手人數迅速減少。最終避無可避，還是輪到史坎德了。艾絲本點到他的名字時，他覺得整片空地彷彿屏住氣息，連樹葉都停止沙沙作響。史坎德急著檢查惡棍的紋路是不是依然完全被掩住，這時哨兵過來護送他到元素分界。他從未這麼恐懼過，為自己，為惡棍，為巴比，為芙蘿，甚至為米契爾。要是有人察覺，他們幫了靈行者進入禽巢，他們會惹上多少麻煩？史坎德艱難的往前走，每一步都比上一步吃力。雙腳帶著他逐漸靠近斷層線，他真正的元素結盟即將暴露出來。

史坎德在黃金圓圈外徘徊，等著他跟其他人說好的信號。他心跳飛快，覺得連在上方平臺的艾絲本都可能聽到了。太陽已經下山，但即使在陰暗中，他身上也感覺得到來自每間樹屋、每扇窗戶、每座橋的視線。太久了。也許米契爾臨陣退縮了？也許在艾絲本關於織者的演說過後，他判定不值得冒這個風險？也許芙蘿和巴比也站在米契爾那邊？

「來吧，惡棍，」史坎德喃喃道，「我們一了百了。」

震耳欲聾的尖叫聲穿透空氣。芙蘿的聲音高亢，充滿恐懼。「織者！織者帶走銀刃了。拜託！救命！」艾絲本．麥格雷從平臺一躍而下，拔腿衝到芙蘿、米契爾和赤夜之樂那裡。巴比的蹤影不在了。米契爾正在大吼。「救命！銀獨角獸不見了！趕快攔住織者！」

「攔住織者」正是史坎德在等待的暗號。

正如他們的計畫，現場立即陷入徹底的混亂。斷層線四周的初生獨角獸在陰暗的空地上噴發元素，火花和煙霧瀰漫，殘礫紛飛，牠們的騎手將牠們拉向四面八方，急著逃離織者的威脅。尖叫與吶喊從禽巢的吊橋和平臺爆發出來。人們或奔走尋找掩護，或陷入恐慌，或望向芙蘿和米契爾。

在這片動亂之中，史坎德微微扯動惡棍的牽繩，抬起一腳，踏進了黃金圓圈。

四條斷層線同時炸開，像是活了過來，正如米契爾警告過的。火焰燃起，波浪撲向水線，颶風逐漸形成，土地沿著斷層線震盪。史坎德趕忙撲向黑色獨角獸的背，而沒有注意到腳下升起的白光。即使惡棍比極地絕唱的身型小多了，要攀上牠也並不容易。史坎德肚子貼著獸身，搖搖欲墜，努力保持平衡，最後好不容易將腿一甩，跨過了獨角獸的背。

惡棍的頭角劃過空氣，將頭晃來晃去，史坎德不得不靠雙膝施力，緊緊扣住獸身。惡棍似乎不知道怎麼使用翅膀，兩片隆起的帶羽毛的肌肉一直撞上騎手的雙腳。可是他們不能待在圓圈裡；他們腳下的白光越來越亮。

史坎德將雙手深深探入獨角獸的黑色鬃毛，盡可能牢牢抓住。他看到了其他騎手這麼做過。他也用雙腳抵住惡棍的身側，讓獨角獸朝著水線偏去。在所有的元素裡，史坎德覺得自己最適合水。他在海邊長大。他現在寧可稍微弄溼身體，也不想遭到電擊、被火灼燒或是被土吞噬，而且如果爸爸的說法可信，水是他媽媽最愛的元素。

史坎德一離開元素分界，其他三條斷層線的魔法便瞬間停止，使得史坎德看起來就跟其他水行者完全一樣。但惡棍不願按照計畫走。牠不是傻瓜，牠很清楚他倆結盟的並不是水。牠想在斷層線上轉身，波浪在四周翻捲。他們渾身都溼透了。

「拜託，小子，」史坎德懇求，將受傷的手掌貼在獨角獸潮溼的背上，「你一定要相信我。」惡棍之運似乎能夠理解，牠不再試圖轉身。波浪猛力撲來，要將他們從斷層線沖開的時候，牠幾乎不閃躲。

走到半途時，史坎德注意到，藍披風女人並未加入其他騎手搜尋銀刃和織者的行列。她別開身子——望著艾絲本在芙蘿和米契爾身邊——但並未離開水線末端的崗位，依然準備要發送下一只水別針。史坎德心頭掠過一絲恐懼——他和惡棍渾身溼透，如果他們真的跟水結盟，水浪並不會碰到他們才對。

惡棍走近藍披風的身影時，史坎德著急想著該如何解釋自己為何全身溼透，但腦袋充塞著恐懼和疲憊。他甚至看不清惡棍的腦袋，無法檢查墨水是否被沖掉了。他們吃了這些苦頭，最後該不會白忙一場吧？米契爾的計畫真的成功了，可是就因為他們弄溼身子，就要功虧一簣了嗎？

接著，奇蹟似的，史坎德感覺雙腿溫暖了起來。惡棍身子逐漸發熱，蒸氣開始從獨角獸的背上升起。

「聰明的小子！」史坎德低語。惡棍正要烘乾他和自己！他將溼掉的兜帽衫袖子貼在獨角獸熱燙的肌膚上，將烘暖的手指撫過髮絲，將臉埋在蒸氣裡——

「下來吧！」惡棍走到面前時，藍披風女人說道。銀色短髮向上梳成刺蝟頭，銳利如她的語氣。「快！我不想嚇你，可是織者有可能闖進了禽巢。」

史坎德盡量裝出慌張的模樣。

「你都要燒起來了。」女人對他皺眉，眼眸如藍色的漩渦，危險的打量著他。「你的獨角獸也是。」

「呣，對，」史坎德嘟囔，「我想是因為我們剛剛很賣力衝過斷層線。」

「唔，是的，你和惡棍之運可以跟水結盟，非常令人振奮。你會在這一年成為水行者，這意義非凡。」

她回頭望向空地上的騷亂，加快語速，「我是禽巢這裡的水導師，負責監督所有雛仔的水元素訓練。現在，你已經驗明是水行者，如果有事情要向我報備，明白嗎？你可以叫我歐蘇立文導師。」

「是，導師。」史坎德迎上她注視的目光。他無法相信米契爾的計畫竟然成功了！他幾乎克制不住笑容。

「你的別針。」她突然說，鬆手讓一個金色物體掉進他伸出的手裡。「你可以很自豪的配戴著它！現在我得去幫忙了——天啊！」

銀獨角獸朝著騎手奔去，背後拖著火焰，地面在獸蹄下劈啪作響。眾人鬆了一口氣，有些人甚至開始鼓掌，銀刃鼓著翅膀，突然停在芙蘿面前。

「虛驚一場。」歐蘇立文導師語氣也放鬆下來，看著芙蘿摟住銀刃的脖子。史坎德想，芙蘿應該在遮掩她其實沒哭的事實。

艾絲本·麥格雷現在回到了平臺上。「基於近來發生過的事件，有這種反應也不奇怪，再怎麼小心都不為過。現在我們回到正事。還沒走斷層線的人應該不多了。再來是蘿貝塔·布魯納以及獵鷹之怒！」

「我們辦到了，小子！」史坎德對著惡棍的黑耳低語。他遞出水滴狀的別針，惡棍嗅了嗅，然後企圖一口咬走。史坎德心中的大石終於落了地，嗤嗤笑著。

獵鷹之怒平靜沉著，踩上了氣線，叉狀的閃電和強勁的風勢猛然襲來，但牠眼睛幾乎眨也不眨。可是史坎德無法專心看巴比走斷層線。他在孵化所的手傷，碰到金色別針時竄過一陣刺痛，令他分了心。史坎德數著手上的線條：五根手指上各有一條。他將手掌貼在臉上。五條線。只有這裡掩藏不住有第五元素存在的事實。

「嗨。」有個人說，很靠近史坎德的左耳，嚇得他彈起來。「結果織者根本沒偷走銀刃。真沒想到。」

史坎德對著巴比咧嘴一笑。但看到她赤裸的前臂上下都是鞭痕時，笑容頓時褪去。

「是銀刃弄的嗎？」他低語，驚恐萬分。

「狠狠燙了我一頓。那個怪物。」史坎德覺得她語氣一點也不難過。「我幾乎抓不住牠。

我還以為你永遠不會帶惡棍走下那條斷層線。我寧可跟獵鷹作伴，即使牠只是無聊的灰色，而不是令人興奮得要死的銀色。」

可是史坎德覺得很過意不去。「真抱歉，巴比。抱歉把妳捲進了這整件事。當初在孵化所，排在我後面也不是妳自願的。」

「老天，鎮定點，可以嗎？只是燙傷，會痊癒的。」

史坎德陰鬱的瞅著地面，巴比狠狠給了他的背一記。「跟你當朋友，肯定會在這裡一直碰到有趣的事情。嘿，繼續加油吧。」

「我們是朋友？」史坎德問她，吃驚不已。

「欸，你戴上別針，開心一點可以嗎？你愁眉苦臉的樣子，實在讓人看不下去。」但巴比咧嘴對他笑著。

史坎德展開手指，將金色別針繫在黑色兜帽衫上。至少他看起來有了歸屬，即使遠離真相。

比起在大陸上一個朋友也沒有，有個朋友實在好太多了。

走完斷層線，夜幕真正降臨。只有雛仔們還留在空地。資深點的騎手消失自己的樹屋中，司令在鐘聲的陪伴下，離開了禽巢。

四個導師各個都還披著元素披風，踏上了艾絲本的平臺，陰影在燈籠光線中舞動。歐蘇立文拍手要大家安靜；史坎德注意到她脖子上有一道紅腫的長疤在發亮。

「在你們躺進吊床，享受應得的休息以前，我們有最後一件事要請你們配合。」她用渾厚的嗓音說。獨角幼獸們正胡亂擺弄著牽繩，對著彼此呲牙裂嘴，氣勢洶洶鼓著翅膀。

歐蘇立文導師不理會那番亂象。「你們走的斷層線或許不同，戴的別針或許有別。可是在禽巢這裡，你們都會接受四個元素的訓練。你們結盟的元素永遠會是你最強大的，你的焦點。不過，最成功的騎手，是那些在四種元素裡都發展出技能的。我們發現，騎手分享知識最好的方式，就是四個不同元素的騎手住在一起，共享一間樹屋。」

雛仔們開始交頭接耳，寸步朝朋友挪去。歐蘇立文導師舉起一手要大家安靜。「我知道你們當中有不少人，尤其是大陸人，才剛剛認識。可是這是你們跟不同元素的行者，建立持久友誼的機會。做出明智的選擇吧。你們有五分鐘可以組成自己的四人組。」

史坎德覺得自己彷彿回到學校，站在天寒地凍的足球場上，等著被人挑選組成團隊。他的運動神經並不差，可是向來都不受歡迎，他身高不夠高，肌肉也不夠發達，無法抵銷魅力不足的問題。巴比說過他們是朋友，不過那可以延伸到同住一間樹屋嗎？他巴不得肯娜就在這裡。她會打破所有的規則，好讓姊弟倆可以不要分開。

「史坎德！哈囉？你還清醒著嗎？我好像在跟一棵樹說話。」巴比的聲音傳到他的耳畔。

「噢。」史坎德一轉身便看到巴比牽著獵鷹，芙蘿領著銀刃，站在他旁邊。

「我們在想，你想不想加入我們的四人組？」芙蘿怯生生問。

史坎德有種可怕的感覺，就是她們可能在調侃他。生怕她們在開某種玩笑。

可是芙蘿急著說下去。「就是……我是土，巴比是氣，而你──」

「假裝是水，」史坎德把話講完，有些驚愕，「妳們不會寧可跟別人一起嗎？」他迫不及待想跟她們同組，可是並不希望她們是因為同情他才開的口。

芙蘿：「其實不會。」

巴比哈哈笑。「噢，來邀芙蘿的人多得是，你甭擔心！我告訴你，單是要勸退他們，就是一場惡夢了。『拜託，芙蘿倫斯．薛克尼，來我們這組好嗎？對我們來說會超級有意義的，芙蘿。有匹銀獨角獸在我們這組裡，會超棒的。』」

「別這樣，」芙蘿小聲說，「我不喜歡成為大家的焦點。」

史坎德真不敢相信。她們選了他，非法的靈行者，而不去選真正的水行者。他拚命忍住不讓嘴角上揚。這種事在大陸上絕對不會發生。

巴比表情認真，「現在我們只要再找個火行者就可以了。雖然我們可以碰碰運氣，看看三人一組能不能過關？這裡的騎手總數是奇數。這樣樹屋的空間會更大！」巴比興奮的說，補了句，「我會打呼，所以為了妳著想，芙蘿，如果我的鼾聲太大，妳可以跟史坎德同一間。我爸媽說我打呼的聲音就像小肥豬。」

史坎德笑了。他喜歡巴比這種不在乎別人看法的態度。要是他，他永遠不會承認自己會打鼾，更不要說聽起來像小豬了。

「哪裡一定有多出來的火行者，」芙蘿嘀咕，瞇眼望著附近的小組，「我們至少應該繼續找人，導師都說了。」

巴比翻翻白眼。「別人說怎樣，妳就照做，妳一直都這樣嗎？」

芙蘿的深棕色額頭蹙起眉頭。「對啊，妳不是嗎？」

「唔，那就一定是我了吧？」米契爾．韓德森牽著赤夜之樂從樹木的陰影中走出來。

「噢，太好了，就是那個以為你會引發世界末日，老是氣呼呼的傢伙。」巴比用很大聲的氣音對史坎德道。

「我還以為你討厭我？」史坎德問，目瞪口呆。

「想到要跟——跟你這樣的人住一間樹屋，我不能說我覺得特別興奮，」米契爾說，「可是邏輯上來說，這是唯一的選擇。要是別的火行者加入你們四人組，你要怎麼隱藏自己的祕密？到時我們全都會因為幫忙你潛入禽巢，被丟進監牢。」

「他說得沒錯，」巴比說，「只是說法很討人厭。」

米契爾嘆了口氣，神情有些痛苦。「這是唯一的辦法。」而且彷彿為了強調這一點，赤夜放了個又久又響的屁，點燃了自己的後腳蹄，然後腿往上一踢，讓那個屁著了火。

紅披風導師走了過來時，四個騎手依然在臭烘烘的煙霧中又咳又嗆。

「夏日傍晚，什麼都比不上一點就著火的屁，」導師嗤嗤笑著說，「啊，太好了。所以我們有芙蘿倫斯，土；蘿貝塔，氣——」巴比做了個鬼臉，「米契爾是我的火行者之一，史坎德是水行者，我想。四人組完成了！」

煙霧散去時，史坎德注意到導師的耳朵。外側邊緣有火焰在舞動。

「這種突變真的很搶眼，安德生導師。」巴比用敬畏的語氣說。

史坎德在孵化課上學到了所有關於騎手突變的事情。受訓期間，騎手的外表有一部分會產生永遠的改變，變得有點，唔，奇妙。史坎德覺得，幾乎像是獨角獸將自己的元素天賦傳給了騎手，好像在說「這是我的騎手」，因為跟縛定不同，突變是肉眼可見的。他和肯娜曾經花了好幾個鐘頭，想像自己成為騎手之後，會發生什麼變化。

安德生導師哈哈笑，火焰調皮的閃了閃，在禿頭的黑色皮膚上映出反光。「我不喜歡吹噓，可是《孵化所先驅報》在我突變的時候，來找我當封面人物呢！那個星期肯定沒什麼新聞好報。」他眨眨眼。接著，手華麗的一揮，從披風內側抽出了一張地圖。「好了，你們四人組的樹屋會在……啊，是的。從西門那裡，先往上爬七道扶梯，再越過四座吊橋，右手邊數來第二個平臺就會找到。簡單！」

史坎德正要請安德生導師再重複一次，但他轉眼已經快步走向下一個四人組，紅披風在背後揚起。

這個新的四人組牽著獨角獸，沿著來時路，穿過獸欄的西門。裡面的獨角獸現在安靜多了，大多都在打盹，發出鼾聲。史坎德和惡棍路過的時候，傳出零星的尖鳴或低吼。史坎德注意到，有個獸欄門外釘了個臨時的標示，上頭寫著「惡棍之運」，底下畫了個水符號。看見它，讓史坎德感覺更糟。他忍不住想著靈的符號會是什麼。

米契爾牽著赤夜之樂，走進隔壁的獸欄。

「看來我們是鄰居。」史坎德向他呼喚，試著示好。如果他們要在同一組裡，米契爾總不會永遠討厭他吧？

可是米契爾完全不理睬他，逕自拴上赤夜的獸欄門，一語不發大步走開。

「好折騰的一天，」芙蘿輕聲說。她走過來，探進惡棍的獸欄門口，「我覺得我一直沒機會好好自我介紹。」她伸出手。「哈囉，我叫芙蘿。很高興認識你。我的獨角獸絕對沒什麼不尋常的地方。」

史坎德越過獸欄的門跟她握了握手。「哈囉，芙蘿，我叫史坎德，我的獨角獸也絕對沒什麼不尋常的地方，沒什麼非法的東西。」

她咧嘴一笑。「你家人都叫你史坎德嗎？還是你有綽號？史坎德聽起來還滿……有氣勢的？」

「我姊姊肯娜都叫我小坎。」他回答。即使說出她的名字，心裡也會湧上想念的感覺。等查清楚怎麼做，他就會立刻寄信給她。

「可以叫你小坎嗎？」芙蘿試探的問。

史坎德對她綻放笑容。「當然。」

「米契爾那樣對你，真遺憾。」

史坎德嘆口氣。「我想他真的很討厭我。」

「我確定他不討厭你！」芙蘿鼓勵道，「那是典型的火行者特質；俗話說，他們評斷下得很快，火氣說來就來。他討厭你代表的那種人，只是這樣。」

史坎德勉強一笑。「唔，妳這樣說讓我好過多了。」

芙蘿神色有些困窘，「噢天啊。我是真的想幫忙！是這樣的，他爸爸在艾絲本的七人議會裡是司令最信任的水行者之一。你也聽到艾絲本講的了，她今年的每個行動，重點都會放在尋找織者，把新紀之霜搶回來，還有毀掉第五元素。米契爾的爸爸對那一切一定深信不疑，他一定很恨靈行者，要不然他也不會進議會。只因為認識了你，要在幾個小時內把以往那些想法拋開，對米契爾來說會滿困難的。」

「不過，妳不討厭靈行者吧？」史坎德滿懷希望的問。

「我爸媽呢，唔，他們認為要給每個人一個機會。我也這麼認為。我爸爸說，很多土行者都很講究公平。發現我和銀刃跟土結盟，是這一整天下來唯一合理的事情了。我只希望銀刃，嗯，別那麼嚇人。」

「謝了，芙蘿，」史坎德輕聲說，「別擔心銀刃的事。妳都還不怎麼認識牠。牠會平靜下來的。」

「希望如此，」她喃喃道，「要來看看那間樹屋嗎？」

史坎德猶豫不決。不知怎的，他覺得自己還沒準備好。他這輩子都住在公寓大樓裡，在大陸的城鎮上。他從來沒擁有過自己的樓梯。這會是他頭一次住在一間房子裡，而在這個地方，框住天上星辰的是樹木，而不是建築物。更不要說獨角獸了，牠們本身就令人難以招架。今天晚上，除了靈元素、織者、米契爾，還有他自己關於艾格莎的所有疑問，再加上一個新家，他實在有些消化不了。

「我想我先待在惡棍身邊一下好了。」史坎德咕噥道，預期芙蘿會跟他理論。

可是她並沒有。她點點頭，漾起笑容。史坎德心想，也許她能了解。

她一離開，史坎德便用手撫過惡棍的脖子。「你介意我跟你一起待在這裡嗎？一陣子就好？」

史坎德走到獸欄後方坐下來，靠在冰涼的黑岩上。惡棍走向牠的騎手，俯視他幾秒鐘，接著癱倒在乾草上，將腦袋靠在史坎德的膝頭。一隻昏昏欲睡的黃蜂飛過了惡棍的鼻子旁邊。史坎德正準備站起來跑開，可是眨眼間，惡棍便咬住黃蜂並吞了下去。感覺像個好兆頭。惡棍振振翅膀，發出滿足的尖鳴。史坎德也頓時有一種幸福的感覺，彷彿剛剛衝進姊姊的懷裡，接受全宇宙最棒的擁抱。人獸之間的羈絆似乎正強化他的感受，讓那些感受大如獨角獸。這世界莫名的變得更廣闊。在那一刻，他能做到的，他能感覺到的——似乎有無限的可能。

史坎德望進獨角獸的雙眼，對米契爾和靈元素的憂慮漸漸飄遠。他倆不用交談就能互相理解。那份羈絆將兩顆心連結起來，替他們進行所有的交談。史坎德知道，自己願意不計一切來保護惡棍。在牠的黑色毛皮底下某處，在細長的翅膀之間，就隱藏著那個可以為他倆招來殺身之禍的元素力量。但他永遠不會讓任何人傷害惡棍之運。永遠不會。

第十章 銀刃的麻煩

在頭一晚之後，史坎德和他的四人組花了幾天適應禽巢。史坎德每次只要看著他現在稱之為家的房子，心情就很雀躍。他們的樹屋就窩在禽巢的外牆往內幾棵樹那裡，只有兩層樓高，是附近最小的幾間樹屋之一，跟他、芙蘿、巴比在探索搖搖晃晃的通道時，攀爬路過的一些鋼製巨屋有著天壤之別。不過，很容易辨認出來；屋頂尖起，二樓的小圓窗就在樹葉茂密的枝椏後方。夜裡，史坎德喜歡坐在入口外頭的金屬平臺，在素描本裡畫著惡棍，傾聽夜間的聲音——蟋蟀唧唧、貓頭鷹呼嘯、從牆內深處傳來的獨角獸隆隆聲、騎手偶爾爆出來的興奮閒聊。

可是雛仔們很快就發現，禽巢這種地方可不准他們賴在吊床上，打混偷懶。就巴比的例子來說，可不允許她在吊床上打鼾偷懶。第一次的訓練時段來得太快，史坎德發現自己在獸欄裡替惡棍做準備的時候，因為緊張而雙手發抖。

就像其他新孵的獨角獸，惡棍一直在禽巢的領地裡作亂。從樹屋窗戶看著那些獨角幼獸，史坎德現在明白，這個地方為什麼打造得像是碉堡。獨角幼獸會將灌木燒成灰燼，以閃電劈打有護甲的樹木，或是用迷你旋風出其不意將騎手吹倒。這些事情再正常也不過。今天，惡棍比平日更難纏。牠朝著史坎德的雙手噴火花，在翅膀之間搧起冰風，讓史坎德的皮膚一下燒燙，一下受凍。

「你可不可以別動啊？」史坎德懇求，獨角獸來回甩著腦袋，「你不想一起弄火魔法嗎？」

史坎德聽到隔壁獸欄傳來一聲訕笑。米契爾正盯著他。

「怎樣？」史坎德越過石牆嗆道。

米契爾聳聳肩，將赤夜之樂牽出獸欄，「噢，沒事。只是在想，如果你有駕馭上的困難，是不是因為你原本就不該在這裡。」

「小聲點！」史坎德低吼，嚇著了惡棍，惡棍用一邊翅膀猛拍他一下。史坎德一直努力不讓米契爾持續的不友善影響到自己，但要跟某個幾乎不講話的人共用一間房間，非常吃力。面對頭一次真正的訓練時段，身為靈行者這件事讓史坎德前所未有的不安。

「要一起來嗎？」芙蘿問史坎德，從他另一側的獸欄現身。米契爾和他的獨角獸闊步經過的時候，銀刃從鼻子高傲的對著赤夜的尾巴噴火花。

「妳先走吧，」史坎德越過門口喊道，「我等巴比。」

幾分鐘過去了，依然不見獵鷹離開獸欄。

「巴比？妳準備好了嗎？」

史坎德的聲音在冷涼的深色石頭上迴盪。

沒有回應。史坎德納悶，獵鷹是不是堅持要人再次擦亮牠的腳蹄，因為這匹獨角獸特別講究自己的外表。

惡棍朝著赤夜之樂的背影發出尖鳴，急著想跟牠一起離開。跟牠們的騎手不一樣，黑色和紅色獨角獸已經變成親密的朋友。惡棍會和赤夜一起在禽巢四處調皮搗蛋，牠們會算好時機在路過的騎手面前便便（並不是彩虹色的），還會混合火和氣的元素，炸掉好幾棵樹，創造出有如煙火表演的熊熊篝火。牠們似乎有類似的幽默感，雖然惡棍肯定是負責出餿主意的那個，而赤夜呢，唔，牠提供的是積極的態度。

史坎德走過去，往獵鷹的門內一瞥。就像其他雛仔的獸欄，原本寫明獨角獸名號和元素符號的臨時標示，現在換成了銅製的匾牌。

起初他沒看到巴比，只有獵鷹扯著山羊屍骸的四肢。接著他在後面的乾草堆旁瞥見一個人影，緊抱雙膝，吃力的喘著氣。

史坎德衝進獸欄。「怎麼了？妳還好嗎？受傷了嗎？」

「你進來……這裡……幹嘛？史坎德？」巴比上氣不接下氣，語氣不悅。

「姆……」史坎德盡量往別的地方看，不去看巴比滿臉的淚水，「我本來就在等妳。我……」他越說越小聲。他不能這樣丟下她不管，但他也知道，他看過她哭，這點會讓她覺得沒面子。他自己也覺得難以置信。

「噢，你人……真好。」她喘著說。

巴比的急促喘息讓史坎德想起了某件事。爸爸以前有過同樣的狀況，就在超市裡頭，在聽到自己又丟了一份工作之後。

史坎德跳起來，衝到用品櫃那裡，在抽屜裡翻翻找找，最後找到塞在梳子下面的一個紙袋。

「喏，」他說，衝回去拿給巴比，「往這裡面呼吸。」

史坎德彆扭的站在她面前，巴比的呼吸緩慢但確實恢復了正常。

「啊啊。」她勉強出聲，將紙袋放在旁邊的乾草上。

「妳還好嗎？剛剛是恐慌發作嗎？」

巴比撕扯著一根乾草。「我有時就會這樣。開學第一天、考試、生日派對、聖誕節之前，有時候根本沒有原因。我不大能解釋為什麼會這樣。」

「沒關係，沒必要……」史坎德喃喃道。

她站起身子。「這是我在島上頭一次發作。」

「今天是大日子，頭一次正式的訓練時段，」史坎德無力的說，「我早餐根本吃不下。」

巴比聳聳肩。「即使有美奶滋也一樣嗎？那真的非同小可。」

「喂！」

「來吧，我們該出發了。」她拉著還在啃山羊殘骸的獵鷹。

史坎德斜瞥著她。「妳知道妳會好好的，巴比，對吧？」

「不，史坎德，」她戳戳他的胸口，「我會是最棒的。」

史坎德打開獵鷹的獸欄門，巴比在他背後低語。「史坎德，別跟任何人說，可以嗎？我不想讓別人知道。」

「好。」他小聲回覆。

要不是因為對方是巴比，否則他會發誓自己聽到了一聲「謝謝」。

兩匹獨角獸開始長途跋涉，穿過禽巢的樹幹入口，路過哨兵，沿著陡峭坡地往下走到訓練場，一路惶惶不安。獵鷹從草地上抓了某個東西，那東西吱吱尖叫。惡棍猛扯牽繩，東張西望，身上湧出大量汗水，眼睛從黑轉為紅，再轉為黑。史坎德伸手要撫搓牠的頸子，然後——

「哎喲！」史坎德揉揉手臂，因為劇烈的電擊而抽痛。

巴比哈哈笑。她顯然好過了點，這讓他滿高興的。

「獵鷹看起來很美，是不是又吵著要妳花半個晚上，再替牠梳一次毛？」史坎德回嗆，知道這會惹她心煩。

「致命又美麗，這又沒有錯，」巴比說，將獵鷹的腦袋轉向史坎德。獨角獸的鼻子、嘴和下巴都滴著鮮血。「可憐的小兔兔，根本沒機會。」

「妳想，安柏．菲法克斯會在我們的訓練團裡嗎？」史坎德問，換了話題。四十三位雛仔分成兩團，這一年都會跟同團的騎手和獨角獸一起受訓。除了安柏，史坎德也一直希望米契爾被分進另一團。但遺憾的是，四人組都會待在一起。永遠都是。

「我知道她會，」巴比回答，「今天早上我看到她跑來跑去，跟大家說以後她的火魔法會有多厲害。」

「也太好了。」史坎德喃喃道，語帶諷刺。

小徑繞著禽巢山坡往下蜿蜒，最後他們終於抵達五層的最底層。現在知道了這段路有多遠，史坎德巴不得惡棍的翅膀趕快長全，這樣上下山坡的時候可以用飛的。雛仔高地環繞著綠草遍地的山坡，邊緣有四個元素訓練場，就像羅盤的四個端點。火訓練場在一側，嵌入禽巢山崗的斜坡。史坎德注意到它微微燒焦的紅色亭子。

安德生導師已經到場，跨坐在自己的獨角獸沙漠火鳥身上。比起那匹深棗紅色的巨獸，獨角幼獸看起來就像玩具。亞伯特，就是那個跟史坎德提過游牧者的大陸男孩，讓老鷹黎明湊得太近時，火鳥出聲咆哮。

「排好隊，跟自己的四人組待在一起，這樣火行者可以平均散開。要召喚火元素，對他們來說最簡單。」導師耳朵尖端的火焰舞動著。「如果這樣叫排隊，那我就是水行者了！把隊伍排直，雛仔！如果可以的話，請別理會元素轟炸。」彷彿要測試這一點，在史坎德左側，銀刃發出吼聲，嘴巴噴出尖冰，力道大到足以讓尖冰扎入訓練場的乾硬土壤。芙蘿怕得直打哆嗦。

「歡迎來到整座島上我最喜愛的地方。」安德生導師對他們咧嘴笑。「很榮幸能帶領你們的第一個訓練時段。整年時間，導師們會教你們怎麼騎和飛，以及如何召喚四個元素，並且用元素來戰鬥與自我防衛，這都是為訓練試賽做準備。」

一陣緊張的吱吱喳喳。

安德生導師吃吃笑，「是的，是的，你們當中的島民早就知道，」巴比做出心煩的鬼臉，「訓練試賽就是渾沌盃的迷你版，在雛仔年快結束時讓你們彼此較勁。你們的家人會受邀觀賽。是的，大陸人，你們的家人也會來。為了在禽巢這裡繼續受訓，你們的競賽結果必須在倒數五名之上。」

「要是沒做到呢？」一個叫蓋布爾的大陸男孩問，語氣憂心。

「沒做到的騎手會自動被列為游牧者，然後離開禽巢。」安德生導師看起來比平日嚴肅了點，耳朵上的火焰靜靜燃燒。

「我們當中的五個？」馬麗安倒抽一口氣，滿臉震驚。她是大陸人，有著淡棕色的面龐。史坎德一樣恐懼。在這一年當中，有導師決定將你列為游牧者，是一回事，但是被自動驅逐？

「天啊！不要愁眉苦臉好嗎？還有一年才訓練試賽耶！」安德生導師對他們送上安撫的微笑。「重要的事情先來。我一發出訊號，你們就坐上自己的獨角獸。」

一聲高亢刺耳的哨音。誰也沒動。

安德生導師從肚子發出大笑。「怕你們不清楚，剛剛那就是訊號！」

史坎德盯著惡棍的背。目前還沒那麼高大，不像成年獨角獸。可是牠從走斷層線以來又長大了，已經滿高的了。

在惡棍的另一側，米契爾拒絕騎上赤夜之樂。「安德生導師不是應該先講解才對嗎？總不會要我們直接跳上去吧？」

「我想那不是他的風格。」巴比嘀咕，她俐落的躍上了獵鷹的背，看起來志得意滿。

「妳怎麼那麼輕鬆就辦到了？」米契爾質問，「把一個個步驟都告訴我！」

史坎德知道，再不久，惡棍就會加入元素轟炸，所以他決定先勉強壓下恐懼。不訓練獨角獸，自己也當不成騎手。他往上一跳，肚子朝下撲上去，一手揪住惡棍的韁繩，再將腿甩過去，好讓自己打直身子坐好。

史坎德一騎上去，立刻渾身緊張。惡棍一定也感覺到了。獨角獸開始顫抖，肌肉緊繃。牠弓起後半身，猛甩頭角，史坎德覺得自己彷彿坐在未爆彈上。惡棍陷入焦慮，展開翅膀又收摺起來，結實的肌肉和羽毛撞上來，讓史坎德的膝蓋發疼。

芙蘿正在哀求銀刃站著別動，牠對自己的騎手似乎毫無耐性。米契爾已經匆匆攀上了赤夜之樂，雖然那匹獨角獸看起來一點都不高興。赤夜不停往後踢，米契爾不得不摟緊牠的頸子，免得自己被彈開。

在目前已經亂掉的隊伍另一端，史坎德看到古老星光脫離隊伍，奔往訓練場另一側的紅亭子。牠的騎手馬麗安為了保命，牢牢攀住獨角獸的頸子。水從星光的頭角噴湧出來。蓋布爾的獨角獸，女王代價，正扯開嗓門大吼，土元素轟炸讓牠腳蹄底下的土地應聲裂開。薩克的獨角獸，昨日幽魂，正企圖去踹野薔薇之愛的側腹，惹得梅依火冒三丈。她憤怒的吶喊加入獨角獸興奮的尖鳴和狂吼。可憐的亞伯特已經從老鷹黎明身上摔了下來。

「在這種關鍵時刻，安德生導師不是該給點指導嗎？」米契爾發牢騷，依然在獨角獸背上搖搖晃晃，他的獨角獸在原地急轉。

「噢，米契小寶寶害怕了嗎？」安柏呼喊，「你希望你的超級大咖爹地來救你嗎？你幹嘛不自行宣布是游牧者，這樣就可以花更多時間獨處啊？」

「閉嘴啦！」米契爾喊回去，不過，赤夜放了又響又長的屁，踢了踢兩隻著火的腳蹄，將屁點燃，破壞了他回嗆的氣勢。這似乎是這匹獨角獸的拿手把戲。旋繞的惡臭煙霧嗆得米契爾咳嗽起來，安柏坐在旋風竊賊的背上哈哈大笑。

史坎德看到一滴淚滑下米契爾的臉頰。他騎著惡棍往前，護住米契爾，擋開安柏與她的棕色獨角獸。笑聲消逝在安柏的唇上。

接著史坎德感覺到了手掌上的刺癢。他往下看著在孵化所受的傷。它發著白光。跟他在元素分界那裡看到的是同一種光，就是在渾沌盃上，夜幕降臨以前，織者所使用的那種光。難道這種白光……就是靈元素？

這份領悟抽光了史坎德胸口的空氣，彷彿肚子挨了一拳。他恐慌起來，無法停下那道光，於是將右手用力塞進黃色新夾克的口袋。害怕即將發生最壞的狀況，史坎德慢慢抬起頭來，預期旋風竊賊會站在他面前。但安柏已經離開。四周淨是五彩繽紛的獨角獸，騷動不停，不斷發出魔法轟炸，史坎德慌忙東張西望，想看安柏臉上的勝利神情，因為那就表示她一定知道了他的祕密。

接著，彷彿有人按下靜音鍵，獨角幼獸全都安靜下來。安德生導師的手掌朝向天空，舉在頭頂上。沙漠火鳥的腳蹄像燒熱的煤炭一樣發亮，絲絲煙霧從草地上冉冉升起，安德生導師的手掌散發燦亮紅光與之相輝映。那道光越來越亮，最後，他第二次將手掌猛然推向天空，一道火柱從他手裡爆發出來。騎手和獨角獸靜定不動，雖然史坎德可以看到，安德生導師的禿頭汗水淋漓。接著那道火柱擊中他們上空的遠處一點，火焰往外展開，並往下朝著訓練場的邊緣降下，好似噴瀉的煙火。

騎手們現在被燃燒的穹頂罩住，再也看不見山丘之外的島嶼風光，堡壘似的禽巢樹木也因為火焰而模糊起來。世界彷彿著火了。安德生導師慢慢放低手臂，騎著火鳥朝雛仔的隊伍而來。火柱消失不見，但穹頂還在原地。強大魔法的氣味讓史坎德聯想到悶燒的篝火、剛剛劃下的火柴，還有微微燒焦的吐司。肯娜一定會喜歡。不管兩人何時聊到自己想跟哪個元素結盟，她總是說火。

安德生導師打斷了他的思緒。「既然那個完成了，我們準備開始第一堂火魔法課吧。」他爽朗的說，彷彿自己剛剛只是發下學習單，而不是赤手空拳創造了火穹頂。

「你們的獨角獸使用了沙漠火鳥創造的火源，」火鳥聽到自己的名字，頓時呲牙咧嘴，「就不能召喚其他種類的魔法。」

史坎德真想發出如釋重負的叫喊。他將手抽出口袋，小心翼翼展開手指。謝天謝地，白光消失了。

「重點是，這樣你們會比較容易共享獨角獸的力量，最終影響牠的力量。任何傻子都可以坐在一匹獨角獸背上，隨牠高興，任意噴發元素。你們的獨角獸從孵出以來一直在做這種事。可是那只是元素轟炸，沒有固定形式。把轟炸想成獨角獸正在宣洩精力或隨意胡鬧。在騎手跟獨角獸縛定以前，牠們只會這樣。」

安德生導師沿著隊伍騎著火鳥，牠的棕色巨翅優雅的舉在身側。「學習魔法是身為騎手的職責，無論是攻擊或防禦，並且透過羈絆來分享那份知識。把你們的獨角獸想成智慧的力量來源。召喚元素順著羈絆而來，進入手掌，你們就有力量可以完全控制元素。隨著你們的進步，獨角獸會學習怎麼運用自己的魔法，來映現與互補你們召喚出來的魔法。所以是這樣的，你們不只是分享牠們的魔法，你們還可以形塑它。」安德生導師的語氣充滿讚嘆。

火鳥打住腳步，金棕色頭角面對雛仔們。史坎德看到莎莉卡的黑色獨角獸，赤道難題，害怕得退後幾步。

安德生導師繼續說。「火魔法是元素類型裡最不低調的。身為禽巢的火導師，我是很衷懇的這麼說。它反覆無常，高度危險。這就是為什麼在頭一堂訓練課裡，要教你們某種程度的控制。」

「說到這裡，」安德生導師清清喉嚨，「只要你們當中有人受傷見血，就必須立刻離開訓練場。我雖然愛說笑，可是這件事我可是認真的。在場騎手的控制力，都不足以阻擋聞到人類鮮血的獨角獸。你自己的獨角獸不會攻擊你，可是其他騎手的獨角獸可不會猶豫。」

「噢不，噢不，噢不。」芙蘿在史坎德左邊一次次喊道。有好多蒸氣從銀刃身上冒出來，他幾乎看不到芙蘿的臉。

「好了，我要你們右手心朝上，就是有孵化所傷口的那邊。手靠在其中一邊大腿上就好……就是這樣。盡量不要用語言思考，而是想像手掌發出紅光，火焰躍入手中的畫面。閉上眼睛有時會有幫助。」

史坎德閉著雙眼，坐在危險的魔法野獸上，覺得自己傻愣愣的。

史坎德右邊傳來勝利的呼喊。巴比伸出手掌給安德生導師看。「棒得噴火！」他說笑。

「很好，氣行者能夠第一個召火出來，很難得。」

這番話似乎惹惱了安柏。「她是怎麼弄的？她甚至不是島民！」

「我們大陸上有個說法，」巴比喊道，「如果披風合身，就先甩它一甩。」

「呃啊，妳到底在說什麼鬼？」安柏轉身走開。

「巴比，我們在大陸上什麼時候那樣說了？」史坎德問，嫉妒的盯著在她掌心裡舞動的火焰。他已經卯足了勁去想他要他的手噴出火焰，要是再更用力，肯定會因為用腦過度而暈倒。

巴比眨眨眼。「這些島民以為他們無所不知。讓他們以為，我們大陸人也有自己的東西，沒什麼壞處。」

「這樣說不通啊，」米契爾氣呼呼，不針對任何人，「我讀過說——」

動。

「你剛剛沒在聽嗎？」巴比得意洋洋，「我們不能用語言跟獨角獸溝通。」

「我聽了啊——」米契爾才開口，但巴比已經失去耐心，火焰開始沿著她的手臂往上舞

史坎德盡量照著巴比剛才說的做。他將手掌貼在惡棍平滑的脖子下面，想像火焰出現在那裡。他的手掌有些發癢。他睜開一眼，看到孵化所傷口發出亮紅色的光，感到一陣興奮。他深吸一口氣，想像得更賣力。

「史坎德，你辦到了！你辦到了！」芙蘿尖聲說。史坎德的眼睛猛然張開，手裡確確實實有小小火焰在舞動。火魔法不會燙傷他，但在手掌裡閃動時，孵化所傷口感覺到陣陣搏動，幾乎像是心跳。惡棍發出非常響亮的尖鳴，鼓動兩邊翅膀，滿意自己做對了事情。史坎德再次感到幸福，幸福感讓胸口像氣球一樣飽漲。他納悶，他的情感到底是否不再完全屬於自己。

「太好了！」史坎德伏低身子，輕拍惡棍光滑的黑頸，「這就對了，小子。我們辦到了！」

召喚出火焰之後，雛仔們進步得很快。主要的難處在於持續控制住自己的獨角獸。史坎德至少看到四個人摔了下來，因為他們的獨角獸用後腿仰立、拱背躍起，或只是隨意在場上奔馳。有個叫羅倫斯的男生飛過了他的獨角獸毒藥酋長的耳朵上方。惡棍為了去咬低空飛過的小鳥提前當午餐，也差點害史坎德摔下來。

儘管眼前一片混亂，安德生導師依然一派輕鬆，沿著隊伍來回騎行，一面給大家提示。作為課堂的最後一次練習，他們將火焰拋向地面。下一堂課準備學習火球攻擊。

史坎德太過專注，等聽到芙蘿放聲尖叫，才意識到發生了什麼事。幾公尺之外，銀刃懸浮在空中，用後腿仰立，前腿高高舉起，翅膀猛烈的鼓動著。芙蘿依然在牠背上，死命抓著牠的銀色鬃毛，可是高聳的火柱包圍住他們。銀刃的眼睛散放紅光，鼻孔竄出黑煙，繞著頭角盤旋。

安德生導師往上對著芙蘿喊了點什麼，但在熊熊火焰中，史坎德幾乎看不到她。其他騎手也都停下了自己的火魔法，驚恐的看著銀刃。銀刃和芙蘿周圍的烈火如此熾熱，史坎德的臉頰開始刺痛，熱氣和煙霧燻得他流淚。史坎德眨眼想排除亮光，努力想看清坐在獨角獸背上的朋友。

芙蘿的手臂依然摟著銀刃的脖子，銀刃往下對著沙漠火鳥嘶吼，嘴裡爆出火焰，但火鳥堅守陣地，大吼回應。過了似乎很漫長的幾秒鐘後，火柱消失，銀刃笨重的降落在地面上。

安德生導師扶芙蘿從銀刃背上下來時，神情十分擔憂。

「回去練習，騎手們！」他語氣頭一次這麼嚴峻，耳朵上的火焰竄得老高。史坎德看到他摟著芙蘿發抖的肩膀，護送她和銀刃回到禽巢。

這堂課接下來的時間，史坎德幾乎無法再專心。等安德生導師要雛仔們解散的時候，整群人看起來可憐兮兮。幾乎全部都曾經摔下坐騎，大多臉上沾有塵土或灰燼，有些人的頭髮或眉毛甚至燒焦了。抵達禽巢的時候，史坎德決心去找芙蘿，問她是否還好，但不知怎的，銀刃獸欄外頭圍聚了一大群人。

史坎德聽出島民梅寶的聲音。「妳運氣好好！莎莉卡，來看看這個。」

「難以置信！不過我猜，金屬對土元素來說也說得通。怎麼發生的？」薩克正在問她，擋住了史坎德的視線。

更接近獸欄時，史坎德剛好可以聽到芙蘿小聲回答。「我不知道。就是……發生了。」

他鑽過人群朝芙蘿走去，不管大家在大驚小怪什麼，他都打算救她出來。但當她進入他的視線，他忽的停下腳步。

她原本像朵雲的黑髮現在夾雜著銀絲。

那天晚上後來，史坎德獨自回到樹屋。他無意間聽到安德生告訴薩克，再過幾個月，土慶典過後，那些穹頂就會撤離，而他滿擔心的。那些穹頂有點像是學騎腳踏車時的輔助輪，沒有它們幫忙維持穩定，史坎德肯定會摔下來。

更不要說，現在他看到芙蘿的突變這麼顯眼，他好怕自己會出現靈行者的變異。所以，訓練完畢，等惡棍安全回到獸欄之後，史坎德悄悄溜去四元素圖書館，看看能不能找到什麼資料，幫忙他隱藏靈元素。

樹屋圖書館非常美麗。每間的屋頂都打造得像是一本半開的書，書背的部分就是頂端的屋脊。這些圖書館都很氣派，共有好幾層樓，依照各自特有的元素做了裝飾。比方說，水圖書館的椅子和架子都採用波浪的造型，牆壁裡裡外外畫滿了水行者施展力量的圖畫。

史坎德在那裡找到了四部元素聖典：《火之書》、《水之書》、《氣之書》、《土之書》。可是圖書館對他那個被禁的元素隻字不提。史坎德禁不住擔心，艾格莎帶靈行者來島上，是否與織者的計謀有關。

史坎德在樹屋門上掛起黃夾克。另外三件夾克——綠、紅、藍——被好好的收在樓上，是準備參加土、火、水慶典用的，這些慶典標示了每個元素季節的遞嬗。較資深的騎手會按照個人風格客製自己的夾克，用有圖案的貼布蓋住破口；用元素圖樣的彩繪金屬或編結，點綴殘留焦痕的袖子。相較之下，雛仔的夾克非常樸素。史坎德夾克的右手臂上有一雙別致的翅膀，象徵著這是他在禽巢的第一年。

燒著柴火的壁爐劈啪作響，煙囪管道往上再往外升出禽巢，除此之外，四人組的樹屋靜得非比尋常。史坎德原本希望能跟芙蘿聊聊，他之前連問她還好嗎都沒問出口，更不要說跟她聊起突變的事。但是儘管史坎德替芙蘿擔憂，儘管害怕安柏看到了他的白手掌，儘管擔心自己即將發生的突變，但環顧四周的時候，一股幸福感卻在心中蕩漾開來。

他很愛以元素色彩呈現、綿綿軟軟的四張懶骨頭沙發，也愛放滿獨角獸必讀書籍的書架，甚至愛那個充作冰箱的笨重石箱。可是他最愛的莫過於穿過樹屋中央的樹幹。金屬梯嵌在樹皮上，有如扶梯，盤繞著往上延伸到樓上。在樓梯頂端，他可以望出那扇迷你圓窗，視線能夠越過禽巢和島嶼，往外延伸好幾哩遠。在樹屋裡感覺很安全。感覺就像家。

這倒提醒了他。史坎德從書架上抓起素描本和鉛筆，要寫封信給肯娜。關於靈元素，他不能向她透露分毫，免得騎手通訊處盤查信件。不過他可以畫畫樹屋，跟她描述火訓練和芙蘿的突變，以及問她跟爸爸獨自生活的狀況如何。他忽然感到一股愧疚。他寫下頭幾件浮現在腦海裡的事情。

親愛的肯娜，

我好想妳！還有爸爸。不過想妳更多（如果妳在朗讀這封信，這部分就不必說）。都還好嗎？學校怎樣？爸爸如何？抱歉，一口氣問這麼多問題。沒辦法跟妳講到話，感覺就很怪。我想我們以前從來沒有一整天都沒說到話，對吧？我不敢相信我竟然這麼寫，（地點在一間樹屋，也畫了張圖給妳！）可是我已經正式成為獨角獸騎手了。我的獨角獸叫惡棍之運。簡稱惡棍。妳喜歡這個名字嗎？牠真的很喜歡軟糖（噢對了，我離開之前從妳的藏寶庫摸走一包，對不起！）。這樣要求可能有點過分，可是妳能不能多寄一點軟糖給我？我甚至不確定島上這裡有沒有那種東西。雖然他們確實有美奶滋，我原本還滿擔心他們沒有……

芙蘿踩著階梯爬下樹幹，嚇了史坎德一跳。

「我不知道妳在！」他朗聲說，雖然一看到她的臉，他便斂起笑容。「怎麼啦？」

她一屁股坐在最靠近爐火的綠色懶骨頭上，史坎德忍不住注意到她髮間的銀絲，在火光中閃耀著。

「小坎，今天我控制不了銀刃，」芙蘿輕聲說，「我還以為牠會害死我。」她說到最後幾個字時哽咽了。

「可是你們縛定了，」史坎德試著安撫她，「牠不會傷害妳的！」

「你不懂，」芙蘿勉強開口，「那就是為什麼牠孵出來的時候，我會那麼沮喪。重點是，我從來就不想當騎手；我想當製鞍師。我原本可以當我爸爸的學徒，我原本就已經在幫忙他，而且——」她深吸一口氣，急著說下去，「我的雙胞兄弟艾伯納瑟就可以當製鞍師，他推不開孵化門。要是我可以那樣，我會很開心，我知道大陸人很難了解這種想法，可是我本來就不想試開那扇門，真的不想。我知道聽起來很自私。」她大大吸口氣。

「不過妳後來孵出了銀刃。」

「對啊！」她吐氣，「簡直就是雪上加霜。」

「為什麼？」

「我不是說我不愛牠。我愛。我無法不愛。我們縛定了，我們一起來到這個世界上。牠等我等了十三年，可是——牠是銀獨角獸。」

「我不懂——」

「銀獨角獸在這座島上是很特別的，小坎。牠們威力無窮，跟這個地方的魔法關係密切。可是銀獨角獸從來沒贏過渾沌盃。今天發生的事情就是原因所在。牠們的魔法如此強大，反而常常耽誤了牠們自己。最糟糕的是，每個人都這麼為我高興！這麼引以為傲。島上已經很久沒孵出銀獨角獸了；我會是銀圈多年來頭一個新成員。銀圈是騎手組成的菁英團體，各個擁有銀刃那樣的銀獨角獸。等我明年開始去參加他們的會議，就會被寄予厚望。」她在最後兩個字一嗆。

「哨兵由銀圈控制，對吧？」史坎德想起艾格莎和極地絕唱在漁人海灘上的情景。

「沒錯！」芙蘿揮了揮雙臂，「他們負責守護這座島嶼。銀圈握有龐大的勢力，而且喜歡運用它。渾沌司令和議會成員年年都會更換，但銀圈成員不會。朵里安．曼寧負責發號施令很多年了，他有個兒子也有銀獨角獸。現在我不得不成為他們的一分子。我連選擇的權利都沒有。」

史坎德從未聽她一口氣講這麼多自己的事，彷彿那些話語一直累積在心裡。「事情沒照妳想要的那樣發展，真遺憾。」他柔聲說。他知道夢想粉碎的感覺。芙蘿眼神裡挫敗的悲傷，跟肯娜相同。他知道縛定改變了一切，而芙蘿一定也心知肚明。縛定將兩個靈魂，將兩顆心，連接起來，永永遠遠。現在芙蘿永遠不會拋下銀刃，永遠無法追求成為製鞍師的夢想。

她嘆口氣。「我努力要勇敢，但過去十匹銀獨角獸裡，有三匹無意間害死了自己的騎手，也害死了自己。騎手一旦死了，縛定的獨角獸也無法存活。」

史坎德倒抽一口氣。「什麼?牠們為什麼要害死自己的騎手?」

「不是故意的。可是牠們的威力太強大，要是元素轟炸失控，擊中了騎手……」芙蘿搖搖頭。

樹幹高處出現一抹影子。米契爾正在聽。

史坎德不理會他。「大家為什麼對銀獨角獸這麼痴迷?在走斷層線的時候，大家都為銀刃興奮得要命。」

「因為牠們象徵著，在獨角獸的族類裡，魔法依然強大。所以現在，在織者的威脅下，像銀刃那樣的獨角獸可以為大家帶來希望。」

「什麼意思?」

「銀獨角獸強大到靈行者都殺不了。」米契爾爬到樹幹階梯的一半。

「我還不想跟他說這個！」芙蘿叉腰，往上對米契爾皺眉。接著她轉向史坎德，眼神帶著懇求，「我不希望讓你以為，我們不能當朋友。你知道的，因為你是靈行者，我是銀獨角獸。我不希望這一點改變任何事情。」

「芙蘿，我不打算殺掉任何獨角獸。老實說，發現我不會在無意中殺死銀刃，是我這一整天聽到最棒的消息。」

「這不是在說笑，小坎。靈元素被查禁以前，銀圈和靈行者是島上勢力最大的兩個團體，自古以來就有競爭關係……」

史坎德聳聳肩。「那又怎樣？我們是朋友。就這樣。」史坎德忍不住覺得開心，芙蘿之所以守住這個祕密，是因為她太在乎他們的友誼，不想要失去。

「你們這種人永遠都這麼說，然後在夜裡帶著你的死亡元素來找我們。」米契爾的語氣不善。

「我不是某一種人，米契爾，」史坎德傷心的說，「我只是人，跟你一樣。真希望你能明白。」

樹屋的門鏗鏘打開，巴比走了進來。她沒打招呼，直接走到冰箱那裡，拿出裡面的東西。她在一片麵包上先抹奶油，再塗覆盆子果醬，然後是馬麥醬。那些一定是從大陸帶來的，他們全都看得入迷。最後以一片乳酪完成那個奇怪的組合，然後折起麵包，咬了一口。注意到大家都以不同程度的嫌惡看著自己時，巴比吞下第一口。「這是緊急事件三明治。」她解釋。

「什麼緊急事件？」芙蘿客氣的問，盯著放滿流理檯的瓶罐。

「我餓了啊！這很明顯吧。」

接著外頭的天空爆炸了。

第十一章 島嶼的祕密

爆炸的音量不大，不會是發生在禽巢內部，但是距離並不遠。巴比距離樹屋的門最近，猛然打開門，衝到外頭。史坎德跟了上去，芙蘿和米契爾緊跟在後。夜幕降臨，黝暗墨黑，首都肆端市的燈火在山下閃爍。四人組站在樹屋外的吊橋上，往外眺望島嶼。黃煙在幽暗中滾滾翻騰。

米契爾沉重的搖搖頭，「是氣行者。」

砰！

這一次史坎德看清了情況。有個煙火似的東西爆入黑暗中，產生了紅煙。天空混雜著紅光和黃光。

「是什麼東西？」莎莉卡問，煙光在她棕色眼皮上舞動。她的四人組的另外幾個人到欄杆那裡加入史坎德他們。

米契爾的臉色陰暗，芙蘿和梅寶的臉色也是。米契爾念誦了一段彷彿摘自教科書的內容：

「哨兵負責守護島嶼的關鍵戰略位置：孵化所、肆端市、鏡面峭壁等等。巡邏期間，每位哨兵的夾克都會有條線繩連接鞍座的求救信號彈。如果騎手離開獨角獸的背，信號彈就會以他們的元素顏色炸開。」

「哼，所以有兩個哨兵從獨角獸背上摔下來？」巴比嘲諷，「就是在大驚小怪這個？」

「哨兵一般不會摔下來，絕對不會，除非——」芙蘿用力嚥嚥口水，「除非死了。信號彈是用來警告其他哨兵，發生了致命攻擊，防禦陣線出現漏洞，必須有人遞補上去。」

「可是會是誰做的呢？」蓋布爾質問，臉色慘白，「誰會攻擊哨兵？」

「我可以想到某個人。」米契爾嘟囔，一邊在口袋裡翻找著什麼。

現在有更多騎手走出樹屋。燈籠映亮了憂慮的臉龐；發問的聲音在樹幹間迴盪。

「安靜！」歐蘇立文導師奔上附近的一座橋，背後的藍色披風在夜風中鼓漲。「安靜，拜託。」她透過鼻子沉重的呼吸著，「剛剛肆端市向禽巢發送訊號，說一切安好。」

「可是怎麼——」莎莉卡開口。

「今晚失去性命的兩位哨兵，已經有新守衛替補上去。」

「他們在守護什麼，歐蘇立文導師？」薩克問，顫抖著聲音。

「攻擊他們的是誰？我們的家人有危險嗎？」梅寶質問。

「是織者，對不對？」巴比問，但語氣是肯定的。

歐蘇立文導師嘆口氣。「我們懷疑是這樣沒錯。可是你們不需要擔心。要擔心的是我明天要帶的訓練時段。上床就寢，馬上！」可是她臉上的緊繃藏也藏不住。

歐蘇立文導師離開去安撫其他人。米契爾鑽過人群，抵達平臺前面的欄杆。他頻頻低頭查看掌心握著的東西，然後抬頭望向遠方的彩色煙霧。

「呣，米契爾，你在幹嘛？」史坎德試探的問。

米契爾舉起食指，彷彿要他安靜。

「是羅盤嗎？」巴比問，試圖窺看他的手心。

他啪的闔上那個物件，轉身面對他的組員。「沒錯，蘿貝塔，就是羅盤沒錯。它確認了我的猜測。」

「是什麼？」史坎德問。

「那些信號彈直接在鏡面峭壁上方爆開。哨兵在鏡面峭壁守衛什麼，你們知道嗎？」

芙蘿倒抽一口氣，巴比和史坎德搖了搖頭。

「大陸。」米契爾陰沉的說。

織者、野生獨角獸幽魂般的頭角被月光照亮——這些影像頓時飛入腦海，史坎德全身緊繃起來。肯娜。爸爸。

「歐蘇立文導師為什麼不跟我們說？」芙蘿大聲提出疑問。

「我猜他們是不希望引發恐慌，」米契爾聳聳肩，「所有大人都擔心織者在打鬼主意，如果牽扯到大陸，那麼……」

「你也可能弄錯啊，」巴比反駁，雖然語氣夾帶一絲憂慮，「那個羅盤看起來不怎麼先進。」

米契爾聳聳肩。「羅盤不需要先進，它們只要發揮自己的功能：指引方向。我只是把它告訴我的，說給你們聽而已。」

史坎德轉身面對米契爾，「如果你說得沒錯，如果織者把防禦陣線上所有的哨兵都殺了，會發生什麼事？萬一織者突破防線，到大陸去呢？」

那一刻，米契爾彷彿想說點安慰人心的話，但接著他的嘴抿成一條直線。「你告訴我啊，靈行者。」

史坎德雙手抱胸，「你沒必要討厭我，你知道的，不用因為你爸爸不會支持我們成為朋友。你有權擁有不同意見。你有權相信，我不像織者。」

「不，我做不到。」米契爾怒斥，轉身獨自回到他們的樹屋。

幾個星期後的某個星期六傍晚，史坎德走進食槽，就是騎手吃三餐的地方。那是一間巨大的樹屋，建在幾十棵樹木之間，樹屋兩側都是成排的樹幹。多層的圓形大平臺建在枝椏之間，高度各不相同，一路延伸到高聳的屋頂，每個平臺上都散放著桌椅。騎手可以在一樓用托盤盛好餐點，然後上樓找個位子吃飯。等史坎德習慣端著托盤爬梯之後，那些高高依偎在樹葉和枝椏之間的餐桌，感覺變得相當舒適。只是得防範松鼠，牠們喜歡從餐盤裡偷點吃的。

芙蘿從一個高臺往下朝史坎德揮揮手，指著巴比旁邊的空位，他感到一陣開心。在大陸上，從來沒人替他留過座位。

史坎德過來會合時，芙蘿和巴比正在聊突變的事。除了近來的哨兵襲擊事件，自從芙蘿的頭髮起了變化以來，雛仔們開口閉口聊的都是突變。史坎德不確定哪個讓他更擔心。其他雛仔忙著推斷喪命哨兵在守護的是什麼，但史坎德滿腦子都是艾格莎在沙灘上跟他說過的話：「你看到織者指著攝影鏡頭了。那不是意外，那是威脅。」可是是威脅什麼？織者打算用新紀之霜做什麼？難道被米契爾說中了嗎？織者的計謀包括攻擊大陸？

如果那還不夠讓人操心，說起突變，史坎德對自己即將發生的變化，毫無興奮的感受。靈突變會洩漏他的身分，就跟在元素分界那裡一樣。確實，目前有那些穹頂在，他不大有什麼誤用靈元素的風險。他和惡棍就跟別人一樣，朝著標靶拋出迷你火球或噴出水柱，召喚陣風或地面的小小震顫。讓他夜不成眠的是，想到那些穹頂被撤除的時候，還有白光回到手掌的時候。除了怕洩漏祕密，他有可能無意間殺掉獨角獸嗎？畢竟，靈的別名是死亡元素。

「你們看到蓋布爾的頭髮了嗎？」巴比翻翻白眼。

芙蘿熱忱得多，「他是早上在土訓練的時候突變的，我看到整個過程了！」

蓋布爾正坐在附近的平臺上，跟薩克和羅米莉一起。他的深棕色頭髮變成了石頭，看起來就像希臘雕像的小鬈髮，顏色跟他的獨角獸女王代價的淺灰色相輝應。

「他那個模樣很有看頭，」巴比因為自己的笑話笑了，「懂嗎?看『頭』，石頭的『頭』！」

「莎莉卡和梅寶這個星期也突變了，別忘了。」芙蘿補充。

史坎德沒忘。莎莉卡的突變很酷，史坎德不得不承認，她的指甲看起來時時都像著火似的。梅寶的也滿不錯的，她手臂上的雀斑現在像冰晶一樣閃閃發亮。他忍不住有些嫉妒起來。

「他們的突變都沒有我的搶眼，」巴比吹噓，將黃夾克的袖子往上一拉。讓巴比很高興的是，她是第二個突變的雛仔。藍灰色迷你羽毛從手腕冒出來，一直延伸到她的肩膀。她溫柔的將它們往下撫平，然後繼續吃她那塊蘋果派。

「你們今天晚上要上大陸人課程，興奮嗎？」芙蘿問。

「絕對的。」史坎德說。巴比發出嫌惡的嘲笑聲。

「我們才不需要額外的課程，」巴比一字字惡狠狠的說，「我比目前在受訓的那些島民都厲害。無意冒犯，芙蘿。」

「唔，我很高興有這種課，」史坎德堅持，繼續低著嗓子說話，「這樣我就可以跟導師打聽哨兵攻擊的事。」

「噢，小坎！我不知道這樣做好不好，」芙蘿細聲回應，「要是導師懷疑你是那個呢？」

「我不會那麼明顯，」史坎德說，「我只是想知道米契爾說的對不對，織者是不是真的想到大陸去。」

「可是——」

「我家人在那邊；巴比的家人也是，」史坎德堅定的說，「我們至少有權知道織者的計劃。」

「我會盯著他的，別擔心。」巴比用湯匙戳戳史坎德。

安柏突然在附近的平臺上高聲說起話來。「大陸人當然摸不著頭腦，不過要教他們的是裘比．沃森。他們肯定會滿震驚的，他幾乎不像個人類，更不要說像騎手了。」

她四人組的其他幾位——梅依、阿雷斯帖、寇比都睜大眼睛聽著。芙蘿和史坎德替他們取了「威嚇四人組」的綽號，因為他們一向對別人很惡劣。安柏將鬆鬆的栗色頭髮往一邊撥，集中在腦袋的同一側。史坎德看過那些老是與她為伍的女生也會這麼做，他不確定那種偏一邊的髮型哪裡酷了。

「我聽過他！」梅依說，音量略小，「我媽叫我不要靠近他。你永遠不知道，那樣的人什麼時候會徹底失控。」她故意發出哆嗦的聲音。

寇比擺弄著耳上的髮辮。「幾年前我哥在禽巢受訓的時候，有天晚上看到沃森走過禽巢頂端的一座橋，喃喃自語，就像發了瘋的鬼魂，好像在找什麼東西似的。」

就在那時，亞伯特爬下餐桌，弄掉了一只盤子，寇比和阿雷斯帖嚇得彈起來。

「嗯，唔，關於沃森，我知道一件超級扭曲的事，肯定會讓你們心裡發毛。」安柏吹噓。其他人苦求安柏說細節，但她在嘴前比出拉起拉鍊的手勢，「我的重點是，讓那樣的人待在禽巢裡面？」安柏挑起眉頭，「我媽說她一直很反對讓沃森在這裡教書。我想說的是，為什麼會想讓獨角獸被殺的人來教新騎手？這不算是好模範吧。」

芙蘿從桌邊驟然起身，深色眼眸因怒氣而發亮。史坎德和巴比困惑的面面相覷，然後跟著她爬下扶梯，走出食槽。

「我真不敢相信，安柏有時候實在太刻薄。」一等他們踏上了外頭的金屬平臺，芙蘿急著開口。

「她到底在說誰啊？」史坎德皺眉。他根本聽不懂那段對話。

「沃森導師。他負責教你們的大陸人課程，」芙蘿解釋，神情悲傷，「大家都講他閒話，因為——」她壓低音量，「唔，因為他身邊已經沒有獨角獸了。牠死了。」

巴比聳聳肩，「人都很蠢。尤其是安柏，她連突變都還沒有。無意冒犯，史坎德。所以這個導師的獨角獸沒了，這有什麼好八卦的？」

芙蘿嘆口氣，「如果獨角獸死了，羈絆就會瓦解。但騎手會繼續活下去。」

「可是如果我死了，獵鷹會跟著我死去，是吧？」巴比想確認。

「沒錯，妳身為牠的騎手，牠跟妳的壽命相連。可是妳並不跟牠的壽命相連。如果獨角獸死了，騎手被拋下，唔，騎手就不比從前了。想像原本擁有的那些力量，那些魔法，那些愛，一切都被奪走了，獨角獸也沒了。難怪人會跟著改變。變得不如以前……完整。」

史坎德心想，芙蘿在談的事情，他以前或許稍微體驗過，就是沒參加孵化所考試就回家的時候。他知道自己當時的感受，那還只是失去了跟獨角獸縛定的機會，失去成為騎手的夢想。現在他可以在自己的每個心跳裡感受到跟惡棍之運的連結。有時他甚至覺得自己感受得到獨角獸的情緒。他的心思受到獨角獸牽引，有如羅盤方位點，一旦沒有了，就會迷失。史坎德腦海突然浮現一個可怕的畫面——夜裡在禽巢的吊橋上漫步，尋覓自己永遠找不到的東西。

史坎德推開沃森導師樹屋的門，門在生鏽的鉸鏈上嘎吱打開時，他的心跳稍微加快。莎莉卡、蓋布爾、薩克、亞伯特、馬麗安已經在裡面了，一片靜默。他們坐在懶骨頭沙發、大枕頭或鬆蓬蓬的地氈上。他們的神情都有點害怕——莎莉卡焦慮的撥弄手腕上的鋼手鐲；亞伯特咬著嘴唇；蓋布爾臉色好蒼白，一副可能會暈倒的模樣。史坎德納悶，他們是不是從安柏那裡聽過了沃森導師的事。

沃森導師正坐在紫色懶骨頭沙發上，盯著小窗外頭，彷彿沒意識到自己屋裡來了人。

「要當鬼魂還嫌年輕了點，對吧？」巴比對史坎德低語，他們兩人朝蓬鬆的橘色地氈一坐，小小客廳裡只剩這個空間。

巴比講話可能很直白，但史坎德不得不承認，她說得有理。沃森導師的金髮紮成了高馬尾，髮絲纏結，看起來不超過三十歲。

沃森導師似乎突然注意到他們來到自己的樹屋裡，於是清了清喉嚨。好幾個大陸人倒吸一口氣。

不過，沃森導師開口的時候，語氣和善，雖然他的藍色眼睛悲傷而失焦。「正式來說——」他對他們微笑，「我是沃森導師，但請叫我裘比就好。你們可能已經注意到，你們都是大陸人雛仔。」他以手勢示意大家坐到他面前。「我不是從大陸來的，可是我對大陸做過詳盡的研究，自從大陸人騎手為我們的海岸增光以來，我就成了這方面的專家。請不要以此推算我年紀有多大。」完全沒有人笑。

「這堂課的重點在於，」他繼續說，不理會彆扭的沉默，「你們在訓練時，甚至在社交生活中，會碰到一些事情，因為出生在大陸上而無法完全了解。」他攤開雙手，「我想，幾千年前，頭一批獨角獸騎手，也就是今日島民的祖先，來自地球上的各個角落，所以對他們來說，這座島也是陌生的。記住這件事，可以幫助你穩定心神。不過，在你們這些雛仔安頓下來以前，我會陪在你們身邊幫忙解惑，如何？」

鴉雀無聲。大多大陸人依然一臉害怕。亞伯特的目光四處遊走，就是不看裘比的臉，似是希望只要不四目交接，導師就不會注意到他。

裘比嘆口氣，史坎德從未聽過這麼悲傷的聲音，「你們都這麼怕我的樣子，我想有人跟你們說了我的過去。」

沒人答話。

「好吧。」裘比皺了皺眉，語氣平靜，彷彿這個故事已經講過很多遍，「就跟你們一樣，我在十三歲的時候，成功開啟了孵化門。就跟你們一樣，我孵蛋時被我獨角獸的頭角做了標記——」他舉起右掌，展示他的孵化所傷口，「而且就跟你們一樣，就像所有的騎手，我跟我的獨角獸縛定了。牠叫冬季魅影。」裘比破了嗓，停頓片刻才能說下去。史坎德幾乎不敢呼吸。

「我在禽巢受訓的第一年，當時跟你們一樣是個雛仔，魅影就被殺——殺——殺了。從那時到現在，我一直是一個人。」裘比透過皺巴巴的白襯衫揪住胸口，彷彿突然感到一陣痛楚。要不是史坎德知道騎手和獨角獸的羈絆直接裹住他們的心臟，他可能會覺得裘比表現得太誇張。但他所揪住的是他自己的心，也就是和冬季魅影之間的羈絆原本應該存在的地方。

亞伯特和莎莉卡的臉龐有淚水淌下。連巴比看來都有點心神不寧。

裘比在懶骨頭沙發上重新坐好，想要平定自己的心神。「我不是幽魂也不是鬼魅。我沒瘋掉也沒錯亂。關於我最可怕的事情在於，我跟你們沒什麼不同。我的突變可能褪去了，但我這裡面還是個騎手。」他再次碰碰自己的胸口，「我跟你們唯一的不同，就是你們的羈絆是完整的，而我的永遠不會再完整。」

想到自己可能會跟惡棍永遠分開，史坎德可以感覺那份羈絆燒灼起來。他第一次發現當他專注在胸膛裡的那份感受上，他幾乎可以感覺到獨角獸的存在。莫名的，他可以感應到那匹獨角獸的個性——大膽、聰慧、愛玩、一絲元素力量、對軟糖的貪戀。就在他裡頭。幾乎不經意的，史坎德喃喃道：「我真的很遺憾，沃森導師。」

裘比將哀愁的藍色眼睛轉向他，漾起笑容，「謝謝，史坎德。」另外幾個大陸人也說了類似的話，最後屋內的氣氛稍微好轉。

裘比站起來，「好了，你們來這裡不是要知道我的事。你們來這裡，是要認識自己、認識你們的獨角獸和這座島嶼。有問題嗎？記得，你們想問我什麼都可以。什麼都行。」幾隻手忽的舉向空中，他哈哈笑，一臉如釋重負的神情。

「我們會被宣告為游牧者的可能性有多高？」薩克問，語氣擔憂，「既然我們都是大陸人，是不是就已經處於劣勢？」

裘比一副希望當初先選了別人發問似的，但還是勉為其難回答了，「在訓練試賽以前被宣告為游牧者，對任何雛仔來說都是機率很低的。」

「可是他們要剔除我們當中的五個！」亞伯特哀號，血色從蒼白的臉龐褪去。

裘比對他們露出悲傷的笑容，一手搭在胸口，那裡原本應該可以感受到羈絆，「你們必須記得，重要的是羈絆。身為騎手的重點，不只是在禽巢受訓，或是贏得進入渾沌盃參賽的榮耀。」

巴比發出不以為然的哼聲。

裘比繼續道，「沒有羈絆，島嶼就是個致命的地方，元素會轟炸摧毀穀物、野生動植物和人。但獨角獸擁有我們騎手，只有野生獨角獸才會引發真正的毀滅。你們想，渾沌盃為什麼叫渾沌盃？發明這項競賽，就是為了展現羈絆的強度，示範騎手可以如何控制混亂。」

裘比回答一個接一個的問題，有的是關於參觀元素區，有的是問受訓期間能不能因為過印度萬燈節、猶太光明節、聖誕節或穆斯林開齋節而放假，還有人問肆端市哪裡買得到零嘴。不過，偶爾裘比會思緒中斷，盯著窗外，忘了自己話才說到一半。課堂即將結束的時候，史坎德問了一個從他開啟孵化所門以來就一直困擾他的問題，他也希望這個問題不會洩漏任何訊息。

「沃森導師，嗯，裘比。」史坎德支支吾吾。他可以感覺自己的臉頰漲紅而滾燙，只要他想掩蓋什麼時就會這樣。「島嶼是如何根據孵化所考試裡的題目判斷該讓誰來試開那扇門？還有，有好幾個大陸人被遣送回去，所以……」

「唔——」裘比再次一臉不自在，「重點是，史坎德，真正的測驗根本不是紙本考試。每場考試之所以都有騎手輪流跟每位人選握手，是因為他們可以認出潛在的新騎手。不要問我他們是怎麼知道的，他們就是知道。他們有時會弄錯，但騎手對於現場這裡的每位大陸人都能感覺到某種連結。」

「所以孵化所考試其實跟命運和魔法有關？」巴比的語氣讓「魔法」兩字聽起來像是咒罵。

亞伯特搖搖頭，「他們至少可以先知會我們一聲吧。」

「這座島嶼喜歡保有自己的祕密。」裘比難為情的說。

莎莉卡舉起手，「你可以跟我們說一下第五元素的事嗎？就是司令在演講中提到的那個。我知道我們不該問起，但是……」她懷抱希望，但沒有把話說完。

「妳說的沒錯；你們是不該談這件事。」

莎莉卡在蓬鬆的地氈上彆扭的挪了挪身子。

「可是雛仔島民肯定全都知道；他們的父母會記得……」裘比闔上眼睛片刻，繼續說下去的時候，模樣比之前更是憂鬱。

「第五元素就是所謂的靈元素。十年前，織者用靈元素來跟野生獨角獸縛定。我們的司令在演說中提到的那二十四條無辜生命，就是織者除掉的頭一批。也就是殞落二十四，二十四匹獨角獸在不同場的渾沌盃資格賽裡被殺。二十四份羈絆在同一天被截斷，騎手們失去獨角獸之後，只能過著生不如死的生活。這是無法想像的殘忍暴行。從此以後，身為靈行者就是非法的。」

裘比低著聲音說，「在殞落二十四之後，所有已知的靈行者都遭到囚禁，因為議會不知道他們當中哪個是織者，也因為他們害怕有更多靈行者會用自己的元素作惡。靈是唯一能殺死縛定獨角獸的元素，就像它殺害了我的冬季魅影。」

一陣長長的沉默。「可是他們怎麼阻止靈行者去開孵化門呢？」亞伯特驚慌的問，「我們怎麼知道，禽巢裡目前沒有靈行者？」

史坎德努力保持淡定，但他感覺得到汗水浸溼了他的夾克背面。他的臉頰比火魔法還要滾燙。

「唔，就大陸人來說，是在孵化所考試的時候，」裘比回答，「騎手可以偵測你是否注定要打開那扇門，同時也可以隱約知道會是什麼元素力量，不見得符合走斷層線的結果，但如果騎手在大陸上跟一個孩子握手，感應到第五元素，那個孩子就會自動被淘汰。我們也在島上進行類似的篩檢。」

史坎德突然明白艾格莎做了什麼事。她知道一等監考的騎手跟他握手，他的孵化所考試就會過不了！不讓他去參加考試，艾格莎等於救了他，讓他不因為身為靈行者而喪失資格。她給了他一個試開孵化所門的機會。而或許那也是肯娜沒通過考試的原因！她就像其他無數的潛在靈行者，並沒有一個艾格莎來幫她。可是艾格莎為何要幫史坎德？如果是為了曾經向他媽媽許過的承諾，這樣似乎冒險過頭。

「唔，這樣滿好的，」馬麗安說，幾乎快陷進巨大的懶骨頭沙發，「我很高興。靈行者不應該得到獨角獸。看看織者對那些哨兵做了什麼！」

裘比什麼都沒說，空洞的雙眼又轉回窗戶。史坎德盯著地毯上的圖案，把玩著翻領上的水別針。織者、殞落二十四和靈元素基本上互有關連。他覺得頭暈想吐。

十五分鐘過後，其他大陸人雛仔離開裘比的樹屋時，史坎德和巴比磨磨蹭蹭。

沃森導師注意到了，他拿著一顆萊姆綠的枕頭拍了拍，藍色眼睛停在他們身上。「還有什麼想問的嗎？」他的語氣和善。

「嗯，有，算是，」史坎德劈頭就說，「關於幾個星期前被殺害的哨兵。」

裘比嘆口氣，放下枕頭，「悲劇啊。」

「唔，我想煙霧也許是從鏡面峭壁來的？有人跟我說，駐守峭壁的哨兵守衛著大陸，所以我想要問——」

「織者是不是想突破防線到大陸去？」裘比替他說完。

「是。」

裘比倚靠在樹屋中央的樹幹上。「就官方的說法，我們並不知道那些哨兵是在哪裡被殺害。不過，非官方的說法是——」裘比手戳著樹皮，「你說得沒錯。沒理由騙你。」

史坎德覺得胸口感到一陣恐慌，「可是那不就表示大陸有危險了嗎？那不就表示有人該做點什麼嗎？」

「那個你倒不需要擔心。我們的新司令下定決心非抓到織者不可。她決心要找到新紀之霜，想也知道。其實如果他們當初沒囚禁所有的靈行者，要做到這點會容易得多。這滿諷刺的，不過，認為需要靠靈行者才能阻擋織者，我想這個想法在這裡並不會被支持，但事實就是這樣。」

史坎德險些嗆到，「什麼意思？你認為織者在計畫什麼？靈行者可以幫忙做什麼？」

巴比狠狠踢了一下史坎德的小腿肚。

裘比的眼神迷濛起來，顯然意識到自己說了太多。「我又懂什麼了？」他語氣尖銳，「反正想這件事也沒用，不存在真正的靈行者了。如同司令提醒我們的，靈是死亡元素。事實上，我們根本不該談這件事。」

「沒錯，」巴比低吼，「是不應該。」她幾乎拖著史坎德才到門口。

「你們自己保重。」裘比嘟囔，轉身關上屋門時，眼神流露好奇。

回到樹屋之後，史坎德不停踱步，「所以艾格莎為了幫助我到島上來，阻止我去參加孵化所考試，還親自帶我飛過來。」

「我還是不敢相信，當初複習老半天，原來是白費功夫。」巴比埋怨。

「現在我們知道織者的計謀牽扯到大陸，這件事艾格莎說得沒錯。」

芙蘿滿腦子繞著同一個問題打轉，也是史坎德自從在公寓大樓看到成年獨角獸以來，就一直在問自己的問題。

「可是，艾格莎是什麼人？」芙蘿問，「我還是不懂她為什麼要幫助你到島上來，只是純粹好心嗎？」

「又或者，」巴比陰沉的說，「她在替織者工作？」

芙蘿打了個哆嗦，「妳為什麼不能假設艾格莎是在做好事？」

「可是這樣說得通啊，不是嗎？」巴比堅持，「織者想要史坎德幫忙靈元素或什麼的，所以派這個叫艾格莎的去帶他過來。」

「就跟妳們說了，」史坎德氣急敗壞，「艾格莎警告過我織者的事！如果織者想要我，艾格莎幹嘛不直接把我帶到密穴或什麼地方去？」

芙蘿咯咯笑，「織者沒有密穴啦。織者住在荒地裡，跟所有的野生獨角獸一起。」

「強大的反派風格真令人發毛。」巴比的語氣幾乎帶著佩服。

「可是最重要的是，我們從裘比那裡查出──」史坎德又繞了樹屋一圈，「靈行者可能阻擋得了織者。如果裘比說得沒錯，那麼艾格莎帶我到這裡來，可能是因為我幫得上忙？」

「可是靈元素是非法的，小坎，」芙蘿悲傷的說，「如果你試圖要幫忙，那麼你和惡棍會被丟進牢裡，或者更慘。艾格莎不可能希望帶你過來結果讓你被逮。」

鏗鏘聲從頭頂上傳來。他們全都抬起頭。

「我完全忘了米契也在。」巴比輕聲說。

「妳們想，他都聽到了嗎？」史坎德低語，「關於艾格莎的事？」

「我們剛剛還聊得那麼大聲。」芙蘿摀住嘴。

驚慌之下，史坎德一次登上兩階，爬上了樹幹，猛然打開他們的臥房房門。

米契爾一臉驚嚇。他正坐在地板上，企圖把什麼東西藏到腿下。

史坎德看到一張卡片的邊緣，上面的顏色一閃而過。「你在翻我的東西嗎？」他質問，關於艾格莎的思緒一時拋到腦後，「那些是我的渾沌卡。」他說，走得更近。

「我在你的吊床底下找到的。我想看看大陸——我們——我們這邊沒有這種東西。我喜歡那些數據資料。」他說得語無倫次，顯然很難為情。

史坎德嘆口氣，往地上一坐，就在米契爾旁邊，「我喜歡那些獨角獸的圖畫，雖然是用畫的，但很逼真。真希望我有那種素描功力，畫得真是鉅細靡遺。」

米契爾拿起另一張描繪夕陽之血的圖卡，就是和佛德里哥．瓊斯締定的獨角獸。「沒錯！那些細節好迷人。比較歷屆渾沌盃冠軍每分鐘鼓動翅膀的次數，這特別有趣——」米契爾清清喉嚨，制止自己再說更多。「不過，你來找我一定只是要告訴我，別把你非法飛來島上的事說出去。省省力氣吧。說出去也會牽連到我，我最不希望發生的就是這種事。」

史坎德盡量不要露出如釋重負的樣子。

米契爾突然站起身，「欸，我本來很興奮能夠認識大陸來的騎手。我那時等不及要組成四人組，我確定我的組員們會成為我的朋友！我只是想要一個全新的開始。結果你出現，毀了一切。」

史坎德也站起來，兩人大眼瞪小眼，「想想我有什麼感受！我這輩子最想要的，莫過於成為騎手。結果我竟然跟一個我根本不知道的元素結盟！我根本不知道等那些穹頂撤除的時候，我該怎麼辦！現在，很顯然，我和惡棍或許能夠阻撓織者的詭計，不管那是什麼。可是只要我們一出手就是死路一條。噢，還有，我的室友討厭我。說到一切都毀了，這聽起來怎樣？」

米契爾爬進吊床，神情無比悲傷，「我們不能像這樣說話。要是你被發現，我爸爸以為我幫忙藏匿祕密靈行者……老天，他可是議會裡的司法代表，他負責監禁你這樣的騎手！他會失望透頂；永遠不會再跟我講話。我還得考慮到我們家族的名聲。你是個危險人物。」

史坎德搖搖頭，「你知道我怎麼想嗎？我想真正的米契爾．韓德森是個我百分之一百想當朋友的人。可是這個為了爸爸而自欺欺人的人呢？我就不確定了。」

他離開房間去找其他夥伴。他傷心、失望又害怕。

可是他爬下樹幹的時候，卻感受到一股快樂的搏動，讓他少了點悲慘的感覺。是惡棍嗎？他想。也許這份羈絆召喚來的，不只是魔法。

第十二章 突變

令巴比心煩的是，雛仔們不能參加八月初的土慶典，這時大家都把黃夾克換成了土季節的綠夾克。依照導師的說法，慶典的時間剛好是他們訓練的關鍵階段，雖然巴比認為這也「太剛好了吧」。於是，當秋葉開始從有護甲的樹木紛紛飄落，有張告示宣布，再過幾星期，雛仔就可以參加火慶典，她相當高興。

史坎德也等不及要參加，但芙蘿沒那麼熱衷。

「慶典很吵鬧，人山人海，」芙蘿說，他們在早餐過後走向郵務樹，「我寧可待在這裡，也不要跟別人擠來擠去。」

巴比搖搖頭，「我們才不要待在這裡呢。聽說有煙火，還有食物攤。什麼都攔不住我。」

芙蘿哈哈笑，「巴比，妳完全就是典型的氣行者。」

「什麼意思？」巴比懷疑的問。

「我媽說，氣行者很外向。說他們喜歡變動、跳舞、熱鬧，所以基本上他們喜歡派對，但是土行者……」

「寧可待在家裡，啃一本好書和巧克力餅乾？」

「沒錯。」芙蘿咧嘴笑了，扭開她的金綠雙色膠囊。史坎德現在已經習慣了這個系統。每位騎手在郵務樹裡各有一個洞，裡面放著一只金屬膠囊。他的膠囊則是半金半藍，屬於水元素，他必須扭開來查看是否有信件。如果他想寄信，放膠囊的時候就必須藍邊朝外，顯示裡頭有東西。不同顏色的膠囊像珠寶一樣，將樹幹妝點得氣氛活潑。

史坎德好整以暇打開自己的膠囊，把肯娜寄來的包裹塞進口袋。遇到別人談論元素和個性的時候，他總是覺得彆扭。關於其他元素類型，他聽過各式各樣的事情：火行者很有想像力，滿腦子主意，脾氣說來就來；水行者個性寬容，適應力良好，善於解決問題。似乎沒人知道或想討論靈行者像什麼樣子。而且，拿他的個性跟其他水行者比較，感覺很虛假，也不對勁。他跑了幾間圖書館都沒有用，巴比和芙蘿都陪他一起搜尋過了。他們翻遍了四元素聖典，還有其他書本，想看看是否提到了靈行者或任何在訓練穹頂撤除時，可以幫助史坎德因應對的資訊。可是一無所獲。

芙蘿讀著抓在手裡的信，倒抽了一口氣。

「怎麼了？」史坎德連忙問，立刻想到哨兵攻擊。想到織者突破防線到了肯娜和爸爸那裡，他依然會做惡夢。雖然從第一個星期以來，峭壁那裡一直平靜無波。

「我爸媽的朋友——一個療癒師，從肆端市失蹤了。」

「妳說『失蹤』，是什麼意思？」史坎德問，聲音低沉。

芙蘿還是盯著那封信，「我爸爸說，她是兩天前的晚上，在一次野生獨角獸群狂奔事件中被帶走的。不少人都說織者是始作俑者。」

「不過，為什麼是織者？」巴比問，「人失蹤的原因有很多。」

芙蘿說得如此小聲，史坎德幾乎聽不見，「顯然療癒師的樹屋上留下了白色記號。一道白漆。你們知道，就像織者臉上那樣。」

還有惡棍的腦袋，史坎德陰鬱的想。

芙蘿將那封信翻過來，「爸爸似乎真的很擔心。只要有騎手和獨角獸在荒地附近失蹤，大家就習慣怪織者，不過他們也可能是受到野生獨角獸的攻擊。織者以前從未直接將人從樹屋帶走，也不曾留下記號。」

史坎德忍不住想像二〇七號公寓窗戶上出現白色記號的樣子。想像眼神瘋狂、身軀腐爛的野生獨角獸，還有織者罩袍在海風中飛揚，一隻手伸向在床上睡覺的肯娜。

芙蘿指著那封信，「我爸爸說，他覺得島嶼現在不應該舉行任何慶典。也許我們明天也不該去火慶典。」

巴比翻翻白眼，不過史坎德覺得她的白眼不如平時那樣有說服力。

過一陣子之後，他們在土訓練場上，帶著獨角獸排好隊伍，這時安柏路過惡棍、獵鷹和銀刃身邊。她來勢洶洶，甩著頭髮，身後跟著威嚇四人組的其他成員。她在他們面前讓旋風竊賊停下。

「嗨，史坎德，」安柏對著他搖搖手指，「你聽到那個超級好消息了嗎？」

巴比朝著她瞇起眼睛，「安柏，我想妳的腦袋上沾了點噁心的東西？噢不，那只是妳的突變。抱歉。」巴比假裝鞠躬。安柏額頭上閃著一枚白星，呼應她獨角獸的白紋。

史坎德就跟巴比一樣不喜歡安柏，但他希望巴比可以無視她，而不是調侃她。他依然擔心安柏在他們的頭一次訓練時段裡，已經撞見他掌心發出了白光。

「這邊發生的事情，你們大陸人竟然沒概念，未免也太可愛了吧！我很訝異你們竟然還可以分清楚獨角獸的頭跟尾。」她發出高亢而虛假的笑聲。

史坎德看到，巴比握著韁繩的手緊了緊。

芙蘿推著銀刃往前，「我也不確定妳講的是什麼消息，安柏，」芙蘿柔聲說，「而且我是土生土長的島民。要不要解釋一下妳的意思？」煙霧從銀刃的鼻孔裡噴出。

安柏頓時一臉彆扭。芙蘿只是一如往常試圖當和事佬，但因為她有匹銀獨角獸，她對任何人來說都散發著某種威嚴。

「穹頂今天要撤除了。」在陽光中，安柏的牙齒像鯊魚那樣發亮。

冰冷的恐懼攀上史坎德的背脊。他原本以為會有一些預警，他以為會有更多時間！

芙蘿倒抽一口氣。「現在嗎？在這個土季節？」任由銀刃召喚四個元素，對她來說也不算是好消息。訓練期間，芙蘿在控制銀刃時就已經常常覺得吃力，可是對史坎德來說更糟，他覺得自己在惡棍身上就快吐了。

「你幹嘛老是圍著這個？」眨眼間，安柏已經騎著竊賊向前，一把揪住史坎德的黑圍巾，差點讓他噎住。惡棍尖鳴抗議，企圖去咬栗色獨角獸的肩膀。

「別這樣！」芙蘿喊道，「那是他媽媽的東西。他手上只有這件遺物。」

史坎德盯著芙蘿，難以置信。被歐文折磨多年，史坎德知道對惡霸揭露任何一點個人資訊都是個錯誤。安柏果然露出一副已經贏得渾沌盃的樣子。

「所以我們有個共同點囉，是吧，史——坎德？」她拖長了他名字的前半部，讓它聽起來很蠢。「我爸爸跟將近一百頭野生獨角獸交戰，最後英勇戰死，可是你不會看到我悶悶不樂，隨身帶著他的遺物。真是超級可悲。」她鬆開圍巾，史坎德險些從惡棍身上側摔下來。

「也或許，你在底下藏了什麼東西。也許是……突變。嗯？」

「史坎德還沒突變，」芙蘿說，銀刃發出低吼，「還有——如果妳爸爸真的以英雄之姿死去，那麼我想妳有時對人的方式，他不會引以為榮。妳太刻薄了。」

安柏的臉因憤怒而扭曲，騎著竊賊到隊伍的另一端，威嚇四人組的成員緊跟在後。

「後會有期。」巴比對她的背影大喊，舉起手假裝在脫帽致意。

「你們覺得我剛剛那樣太嚴厲了嗎？她爸爸被野生獨角獸殺了，她一定滿傷心的。可是，攻擊她爸爸的野生獨角獸究竟有多少？她每次講的數量都不一樣，所以我不確定——」

「她知道了。」一等安柏走遠，史坎德打岔。

「知道什麼了？」芙蘿和巴比齊聲問，騎著獵鷹和銀刃更靠近惡棍。

史坎德降低音量，免得附近的騎手聽到，「安柏知道我是……那個。妳們沒聽到她說穹頂要撤掉，還有用圍巾藏住突變的事嗎？要不然她何必這麼說？」

芙蘿蹙起眉頭，「嗯。可是如果這樣，她到現在應該已經舉發你了啊？」

「也許她想先好好折磨你，然後再去舉發。」

「巴比！」芙蘿喊道，「別這樣說！」

「我習慣實話實說，」巴比聳聳肩，「我就是這麼誠實。」

韋伯導師坐在月光之塵背上，吹響了哨子。在韋伯逐漸光禿的腦袋上，土突變的苔蘚悄悄爬過稀疏的髮絲之間，史坎德依然看不習慣。「今天，我們要嘗試一些簡單的沙盾牌。在空戰裡，為了保護自己，你們會創造這樣的屏障，擋住接踵而來的攻擊。很實用，對吧？有三個簡單的步驟。先召喚土到羈絆裡，再將右手掌向外一翻。」他的手翻動，讓騎手們看到那道綠光。「抬起手肘，讓手指朝向左邊。然後在自己面前上下揮動。」韋伯導師帶著皺紋的臉龐消失在一堵紮實的沙牆後面。這種魔法聞起來像是新挖的土壤、松針和陽光烤過的岩石。

「可是還沒升起土穹頂，韋伯導師。」亞伯特站在遠處，跨坐在老鷹黎明背上。

韋伯導師輕笑一下，盾牌隨著他跳下坐騎而崩垮。「現在再也沒有穹頂了，小雛仔。你們必須靠自己的力量，就像離巢的小鳥。所有的導師都認為你們準備好了。」

「不會有事的。」芙蘿對史坎德耳語，他勉強點了點頭。

史坎德一直低頭瞥瞥手掌，看看還是不是皮膚自然的粉白色。隊伍裡，其他騎手的手掌開始發出燦亮的綠光，史坎德別無選擇，只能深吸一口氣。他想像盾牌的細沙和土魔法的氣味。手掌像其他人一樣散放綠光時，他大大吁了口氣，然後將手臂往上一揮，嘗試防禦的動作。

可是毫無預警的，惡棍在訓練場上疾速狂奔起來。史坎德拉住惡棍的韁繩，將手指探進牠的鬃毛裡，急著想抓牢。透過手指，史坎德可以看到靈元素的幽幽白光。「不，惡棍！不可以！我們不行！」

史坎德卯盡力氣，想靠意念將手掌再變回綠色，但是不知打從哪來的一股怒氣，如此猛烈，讓視線隨之模糊起來。史坎德很確定惡棍在生他的氣，因為他一直試著阻擋靈元素。他們狂奔一圈之後，黑色獨角獸用後腿仰立，嘴裡迸出火來，前蹄向上踢蹬時，水從腳蹄噴進了空中。轉眼間，淋得整排騎手渾身溼透。

惡棍的身側因為水和汗而滑不溜丟，史坎德的雙腿幾乎攀不住獨角獸。韋伯導師要史坎德停下來，但史坎德拉不住惡棍。導師吹響了哨子，但只是激得惡棍更加狂野。獨角獸衝過了導師身邊，撞得他摔一跤，月光發出氣憤的尖鳴。

「拜託，惡棍。住手！」史坎德緊緊攀住，一面大喊，現在不得已只好拋下韁繩，用雙臂牢牢扣住獨角獸的頸子。惡棍怒吼，氣惱之餘企圖咬騎手的雙手，一道白光映亮了牠翅膀上的黑羽毛。史坎德看到的時候，發出恐懼又絕望的呼喊，他苦苦哀求，但什麼都阻擋不了惡棍。一陣冰風繞著牠的翅膀四周呼嘯，刺痛史坎德的臉頰。突然間，史坎德感覺胸膛就要爆開，彷彿裡面有太多空氣。靈元素的氣味灌滿他的鼻孔，是肉桂的香甜，夾帶一絲皮革味。

接著，不經意的，史坎德不再去想土元素的事。在那幾秒鐘時間，靈元素灌滿了羈絆，史坎德和惡棍感受到的那份喜樂，勝過了所有關於死亡或織者的思緒。他們無所不能。這就是他倆的元素。召喚它，比呼吸都還容易。色彩在騎手的隊伍四周爆開，各種色調的紅、黃、綠、藍。幽幽的白色光球開始在手掌中形成，不知怎的，史坎德就是知道，如果拋出那個光球，可以用來攻擊、防禦、贏得賽事……可是接著惡棍猛然轉身，左翅撞上騎手的腿，史坎德回過神來。

「惡棍，我沒辦法！」他在風中號叫，淚水滑過臉龐，「我們不能！很抱歉。我們可能會誤殺某匹獨角獸！我沒把握——」

惡棍壓下一肩，將史坎德往旁邊拋。他重重跌在地上。惡棍在他旁邊用後腿仰立，腳蹄踢著史坎德腦袋上方的空氣，噴出了火花和煙霧。史坎德抱住腦袋，害怕獨角獸在堅決的暴怒中會狠狠踩他。

一壟土壤不知從哪兒升起，擋開惡棍，護住了史坎德。韋伯導師靠了過來，現在安穩坐回了月光之塵背上，咻咻喘著氣，朝他飛馳而來。頭髮稀疏的導師跳下獨角獸，將史坎德從地上拉起。史坎德從未見過他火氣這麼大。

「天啊！那匹獨角獸失控了！」他嚷嚷，語氣異常嚴厲，「牠會威脅到你和其他騎手的安全！」他朝惡棍之運戳戳手指，惡棍正怒吼著，雙眼從黑變為紅，再變回黑。「把惡棍帶回獸欄裡，拜託讓牠平靜下來。我剛剛還以為牠會害死自己跟你。」

韋伯導師瞇眼看著史坎德，「你受傷了嗎？小子？你手臂上是什麼東西？」

年邁的導師忙著往綠色披風裡摸找眼鏡。史坎德意識到，韋伯導師沒看到他用了靈元素，如釋重負的感覺一湧而上。史坎德低頭看著自己的手臂。夾克的綠袖子已經縮到了手肘上方。他將手掌往上翻，盯著左手臂內側。彷彿有人拿了刷子，從史坎德手肘內側漆了一道白紋，一路畫到他的手腕。可是最怪的是，那道白是半透明的。穿透皮膚，他可以看到自己手臂的肌腱和骨骼。他握起拳頭，看到所有的肌肉緊繃起來。惡棍在他身後發出開心的隆隆聲。

「燙傷了是嗎？我來瞧瞧。」史坎德正要把左手臂舉給導師看的時候——砰。有人把史坎德往旁邊一推。

「沃森導師！你在——」史坎德太過震驚，連問題都沒講完。

韋伯導師張開嘴巴，然後又合上。

「抱歉，我注意到史坎德受傷了，我會帶他去療癒師那裡。」

老人一臉震驚，甚至害怕，「可是——你來這邊做什麼？這也太不尋常了。真的太不尋常。是的，沃森導師。我建議你回到自己的樹屋去。」

一抹陰影掠過裘比的臉龐，看起來比在大陸人課堂上嚇人得多。「我會順道帶史坎德到療癒師的樹屋去，」裘比僵硬的說，「來吧，史坎德。惡棍可以跟月光之塵一起回到獸欄去。」

「我不想丟下牠——」史坎德開口，試圖伸手去抓惡棍的韁繩，可是裘比推了他的背一把，離開其他雛仔們的身邊。

「別停下腳步，」裘比在他背後低語，「把袖子拉下來，還沒到我的樹屋以前都不要停下腳步。懂嗎？」騎手登上禽巢的山坡，越走越遠時，惡棍發出慌張的尖鳴。

「好——好的。」恐懼開始激發史坎德的腎上腺素。裘比因為失去獨角獸的悲痛，終於精神失常了嗎？就像安柏和她朋友們幾個月前暗示的那樣？

回到禽巢那裡，裘比猛然甩上樹屋的門，走向史坎德，「以五元素之名發誓，你到底在搞什麼鬼？」

「我，呣，什麼？」史坎德支支吾吾。

裘比踱步的時候，金色馬尾左搖右擺。「我知道你是靈行者！」他吼道，「我看到五條斷層線被你引燃。我沒有被織者那招騙到，我想你朋友們幫忙出了力！」

史坎德悶不吭聲，驚慌得腦袋嗡嗡作響。樹屋感覺像在搖晃，在震顫。他做了什麼好事？

「然後今天你決定在訓練的時候，使出靈元素？你到底在想什麼？只是因為被惡棍踢倒了，所以韋伯才沒注意到！」

「我不是故意的！」史坎德忍不住，反正現在也太遲了。他完了。裘比會跟每個人說，然後他和惡棍都會被……他連想都不敢想。

「我不是故意的，」史坎德更小聲的說，「可是惡棍用很大的力道，一直拉著我朝靈元素去。我根本沒意識到我在做這件事，然後——」

「啊啊啊，」裘比扯著馬尾尾端，苦惱的將頭猛然一仰，「我們連這個都不能談的，史坎德！」

「是你把我帶來這裡的！」史坎德抗議，「我沒事。我沒受傷——」

「要不是我把你拉開，韋伯導師會看到你的手臂。」裘比突然出現在他前方，將史坎德綠夾克的袖子往上一拉。

「這個，」裘比低吼，「就是靈行者的突變。」

史坎德往下盯著自己的手臂，肌腱和骨骼清晰可見。白色條紋讓他想起惡棍的紋路，以及織者塗在臉上的標記。

「你必須隨時藏好，」裘比嘀咕，鬆開他的手臂，「你知道這會有多困難嗎？」

「有什麼意義？」史坎德說，垂頭喪氣。

「有什麼意義？」裘比忿忿的說，「你說『有什麼意義』是什麼意思？」

「你會舉發我，不是嗎？」史坎德斷然的說，「我們跟靈元素結盟，我們是非法的。既然你知道了，所以……」他聳聳肩。

裘比盯著史坎德的模樣，彷彿挨了一記。「舉發你？」他皺眉，「史坎德，我——」他頹坐在懶骨頭沙發上，怒氣消散無蹤，「我不會舉發你的。」

史坎德的心跳飛快。「為什麼不會？」

裘比嘆口氣，「因為我跟你一樣，也是靈行者。或者說，至少我以前是。」接著，不知為何，裘比將左腳的靴子脫下，褪下芥末黃的襪子。

「喏，」裘比說，抬起那隻腳，「以前更像你這樣——如果你的獨角獸死了，突變就會漸漸退去，可是還是能隱約看得見。」

起初，史坎德以為裘比的腳只是特別蒼白，可是仔細一看，可以在他的表層皮膚底下隱約看出肌腱、韌帶和骨骼。某些地方的新生皮膚已經接合起來，產生了不同色調的皮膚，所以根本看不出突變。

史坎德盯著他，「可是你說過，你的獨角獸是被靈行者殺害的。」

「沒錯啊！」裘比驚呼，語氣裡帶著苦惱，雙眼在房間裡亂飄。「織者頭一次出現，在資格賽的時候殺掉二十四匹獨角獸，當時我是靈行者雛仔。後來銀圈開始圍捕我們，很快的……我們的靈獨角獸都死了。」

「可是他們沒殺了你，怎麼殺得了冬季魅影？唯一能做到的騎手只有靈行者，不是嗎？」

裘比嘸嘸口水，「銀圈給所有的靈行者一個被饒恕的『機會』——最後只有一個人上鉤。他們告訴她，她有個選擇：跟其他的靈行者一起死，或者幫忙銀圈殺死我們的獨角獸，奪走我們的力量。他們稱她為行刑官。」他抹去一滴淚，「在靈元素被宣告非法以前，靈行者和銀圈是島上最強大的兩個騎手團體。他們互相憎恨。徵召行刑官，就是銀圈的完美復仇。」

裘比深深吸了口氣，「我想她救了我的命，救了所有靈行者的命，但——」他搖搖頭，「我永遠不會原諒她將冬季魅影從我身邊奪走。看看我成了什麼樣子——沒了魅影，我什麼都不是，比什麼都不是還糟！你千萬不能讓這種事發生在自己身上，發生在惡棍之運身上。」

裘比的眼神發亮，帶著瘋狂與堅決，「你千萬不能操使靈元素，史坎德，永遠不行。」

「我不想啊，那是死亡元素耶！我好怕我會誤殺獨角獸。我今天也不想用，可是好難停下來。我不想像織者那樣——」

「聽我說，」裘比跪在史坎德面前，彷彿在哀求，「靈行者——像你這樣，像我這樣——都有能力殺死獨角獸，但事情不會就這樣隨便發生。如果靈行者想殺死獨角獸，他們必須有這樣的意願。懂了沒？不要以為自己會不經意殺死朋友的獨角獸，別用這種想法來自我折磨，可以嗎？」

史坎德如釋重負的感受如此強烈，膝蓋幾乎發軟。他點點頭。原來他並不危險——除非他想要。

「就像其他四種元素，每匹獨角獸的內在，每位騎手的內在，都有靈，」裘比繼續說，「可是因為沒人在教導——再也沒人使用——所以騎手們不了解，雖然靈也在他們的羈絆裡流動。我之所以要你別再用靈元素，不是因為它是邪惡的。我要你別再用，是因為銀圈如果發現你的身分，勢必殺了你。那些哨兵的死，艾絲本．麥格雷急著找人來當代罪羔羊。他們不會饒過你或你的獨角獸。」

「可是我今天控制不住惡棍——我無法阻止靈進入羈絆裡。」

「你一定要學習擋住它。盡可能把另一種元素想像得同樣強大、同樣威猛。」

「我當時就是這樣啊！」史坎德嚷嚷，「可是根本不管用！」

「你必須學習聚焦，」裘比啐道，「你的心思、你的意念，必須要很堅強。你一定要跟惡棍纏鬥——千萬不能讓步。」裘比站起來，開始踱步，史坎德從未見過他這麼有活力的樣子。

「你怎麼隱藏惡棍的紋路？」

「之前用墨水，現在用黑色的腳蹄亮光劑。」史坎德解釋。

「還有誰知道？」裘比質問。

「巴比．布魯納、芙蘿．薛克尼——」

裘比身子一僵，「有銀獨角獸的那個？」

「她什麼都不會說的。我們是朋友。」

「銀獨角獸和靈行者。危險啊！」

史坎德不理會這個說法。「噢，還有米契爾．韓德森。」

「伊拉．韓德森的兒子？他在議會裡！」裘比驚呼，難以置信，「你是認真的嗎？」

「噢，可能還有安柏．菲法克斯，她是我最擔心的一個。」史坎德急急說道，以為裘比會發飆。

然而，裘比只是不以為然的擺擺手，「她什麼都不會說的。」

「你見過她沒有？」史坎德語帶諷刺，「她當然會說出去了！」

裘比面對著他，「她不會想跟靈行者扯上關係。她不會希望被議會質問，而且她不會希望自己的臉跟你一起登上《孵化所先驅報》的頭條。」

「為什麼不？」史坎德急道，「登上島嶼的報紙聽起來就像安柏會很愛的事！」

「她父親賽門．菲法克斯正在坐牢。」

史坎德火冒三丈。他媽媽是真的死了，可是安柏怎麼可以亂說她爸爸的事情！「她說他被野生獨角獸殺了！」

裘比冷笑，「唔，我想她跟她母親都寧願是那樣。不，史坎德，賽門．菲法克斯是靈行者，就跟我們一樣。」

疑問紛紛在史坎德腦海裡爆開，彼此碰撞，有如鳥兒逃離一群飢餓的獨角獸。他問了第一個衝到嘴邊的問題，「你怎麼沒跟賽門．菲法克斯一起坐牢？跟其他的靈行者一起？」

「他們決定對我展現一點慈悲，」裘比的笑聲空洞，「當時我是禽巢裡最年輕的靈行者。他們覺得，既然我的獨角獸都死了，我作不了什麼亂。他們讓我讀關於大陸的書，我在那方面的學識變得淵博，他們讓我負責教導大陸過來的騎手。可是我並不自由。從他們奪走冬季魅影那天以來，我就不曾自由過。不過，我想今天以後，情況可能會有所改變。剛剛跟韋伯來過那招之後，我再也不會溜出去偷偷盯著你受訓了。」

外頭的橋上傳來鏗鏘聲，兩人同時抬起頭來。「聽我說，史坎德。不要再使出靈元素了，也不要再跟我談起靈元素。然後行行好，千萬別讓任何人看到那個突變。」

「可是我有好多事情想問！如果靈元素不會傷害任何人，那麼也許它有用處？你跟我說過，靈行者有可能幫忙阻擋織者？是什麼意思？你知道織者有什麼計畫嗎？也許我幫得上忙？有人帶我到島上來，裘比——也許那就是原因所在？」

裘比已經趕著他朝門口走去，彷彿害怕有人就要上門來。「有人失蹤，哨兵遇害。要是有人發現你跟靈元素結盟，不管你是不是試著幫忙都無所謂。」

「可是我需要知道更多。大陸呢？我家人呢？」

「即使你幫得上忙，那也不表示你就該幫忙。第五元素被稱為死亡元素是有道理的，史坎德。別讓它也害死你。」

接著裘比把史坎德關在了門外。

第十三章 巧克力卡士達

史坎德因為震驚、恐懼和失望而發抖，踩著沉重的腳步走回他的樹屋，拉著吊繩晃過平臺之間危險的縫隙，一次跳下四階樓梯。他無法相信，他認識的唯一一個靈行者裘比竟然拒絕伸出援手，也不肯多說織者的事。回到安全的房間裡，他拆開肯娜寄來的包裹，就是那天早上從郵務樹那裡取回的，希望能夠平定自己的心神。他讀信的時候，一袋軟糖砰咚掉到黑靴旁的地氈上。

小坎！

真不敢相信你已經在學元素魔法了。我猜你最愛的課程一定是水，因為你跟水結盟，對吧？好以你為榮喔，小弟。我真的覺得你好勇敢，竟然敢騎真正的獨角獸。好了，我有一大串問題想問，準備接招吧！我什麼都想知道！學校的每個人也都是。因為你，我現在簡直出了名！他們都想知道惡棍、你的訓練、你表現得多好等等的事情。他們希望我在朝會的時候談談你。別擔心，在我的下封信裡，我會詳細描寫歐文臉上的表情！

PS. 希望軟糖不會被壓得太扁。

史坎德將信揉成一團。她的問題他都沒辦法回答，不能說真相。他一點都不覺得自己勇敢，尤其裘比的警告還在耳邊迴盪。讓他忍住不落淚的，就是將注意力集中在胸口裡那份羈絆的感受，微微震顫且活生生的，惡棍用這種方式告訴他：「我們永遠擁有彼此，即使全世界都跟我們作對。」

最後，禁不住飢餓，史坎德前往食槽吃午飯，在外頭撞見了米契爾。

「你變成游牧者了嗎？韋伯導師把你踢出來了嗎？沃森導師說了什麼？」米契爾明明認為史坎德很邪惡，卻還這麼關心他，真奇怪。

「沒有，這次沒有。不過差一點就完蛋了。」

米契爾皺眉，「噢，那就好。如果你這麼早就變成游牧者，對我們四人組來說，你也知道，還蠻——蠻沒面子的。」

「嗯。」史坎德徹底困惑。

「你掉了這個，」米契爾突然說，將媽媽的圍巾遞給史坎德，「在訓練場那裡。」

史坎德的手立刻伸向自己的脖子，他真不敢相信自己竟然沒察覺。「謝謝你，米契爾，那真的很——」

「那我走了。」米契爾說，然後快步走進食槽。

幾分鐘過後，肚子咕嚕叫，史坎德正準備拿起一個盤子，這時又看見了米契爾。米契爾正在挑選甜點，安柏朝他走去，身旁是其他的威嚇四人組成員。

史坎德聽到安柏做作的尖銳的聲音。「還是沒朋友嗎？小米契？」

「走開，安柏。」米契爾小聲說，沒抬起頭。

「怎麼啦？不想跟我們一起玩嗎？」黑髮梅依柔聲逗弄。

「欸，我只是想吃吃東西，又沒打擾到任何人。嘿，寇比，還來！」寇比一把搶走米契爾裝點心的碗，舉在米契爾搆不到的地方。「那是我的！」

「不，才不是。」安柏對他低吼，朝他胸口推了三次。

經過整天一連串的事情，史坎德內心有什麼啪嚓斷了。突然間，安柏化為曾經說史坎德是怪胎的每個女生，曾經說他爸爸是魯蛇、說他最後也會步上後塵的每個男生。但他不是從前那個史坎德了——困在學校，沒朋友，需要肯娜替他撐腰。他現在是騎手了。他有芙蘿、巴比和惡棍之運。他不打算再繼續容忍惡霸。尤其是謊稱自己父親過世的人。

史坎德大步走向米契爾。威嚇四人組忙著哈哈笑，甚至沒看到他走過來。他走到他們身後，一把從寇比的手中奪走米契爾那碗巧克力卡士達。

「嘿！」寇比大喊。其他人不再笑了。

「你好大膽子！」安柏怒罵，朝史坎德跨出一步。

他開始恐慌。除了阻止他們霸凌米契爾，他還沒想清楚該怎麼應對。所以，當威嚇四人組圍上來，他用了自己唯一的武器，將米契爾碗裡的東西甩出去。

巧克力卡士達正中安柏的眉心，還有一大坨落在寇比的頭上。梅依縮到地上，尖叫著說她的頭髮也沾到了。只有阿雷斯帖沒事。他朝史坎德逼近，緊握拳頭。可是史坎德有了個點子。

「你們要是敢動我或米契爾，」史坎德盡可能用脅迫的語氣低吼，「我就叫惡棍之運對付你們。即使會被踢出禽巢，我也會這麼做。」

威嚇四人組怒瞪著他。

「你們今天都看到牠受訓的狀況了，」史坎德聳聳肩，「試看看啊！看看會發生什麼事。」他的語氣平穩，自己都暗暗驚奇。

四人組緊張的面面相覷，不確定下一步該怎麼行動。史坎德決定讓他們自己好好想想。但他有最後一件事要說。他走近安柏，她正抹掉翹鼻上沾到的卡士達。

「要是你敢輕舉妄動，」安柏低吼，「我會跟大家說——」

「賭妳不敢，」史坎德拉長了臉，聲音低沉，「等我進了監獄，一定會跟妳爸爸打聲招呼。」

安柏像金魚似的嘴巴開開合合。「他不在那邊，」她終於啞著嗓子說，她扯的謊讓史坎德忽略了自己為了自保利用她的祕密所湧上的一絲愧疚感。

他若無其事似的走開，抓起一只盤子。他的耳朵發熱，心臟瘋狂跳動，但他先往自己盤子裡堆了些吃的，再往米契爾碗裡盛了更多卡士達。他轉過身來的時候，威嚇四人組已經不見了。

「要更多甜點嗎？」史坎德問米契爾，看到對方的表情，忍不住咧嘴一笑。

「老天！真不敢相信你剛剛這麼做了。那是——那是我這輩子見過最帥的事。」接著米契爾笑了起來。史坎德從沒看過米契爾的笑容，更不要說聽到笑聲了。他也一起笑了。

「安柏臉上的巧克力，」他喘著氣，「我一直希望能發生那種事，不知道想多久了。」

史坎德背後響起咳嗽聲。巴比和芙蘿正站在哈哈笑著的男生們背後搖頭。

「你打算叫惡棍之運對付他們？」巴比挑眉，「我剛剛真的聽到你說那種話嗎？」

米契爾對她微笑，眼裡噙著笑出來的淚。「沒錯！你剛怎麼說的，史坎德？即使會被踢出禽巢？」

巴比激賞的點點頭，「算你有種。」

芙蘿表情並不高興，「史坎德——」這是她從來到禽巢第一晚以來，頭一次沒叫他小坎，這使得他止住不笑。「你不能隨便跟別人說那種話，有人可能會當真。你可能因此被宣告為游牧者。更不要說，有人可能會認為你真的很危險！」

「妳沒看到今天受訓發生的狀況嗎？」史坎德小聲說，望著她憂心的臉龐，「我們是很危險沒錯。」

芙蘿扭著手，「我不知道啦，小坎，但也許把風險降到最低？」

史坎德對她微笑，「我盡量。可是我要先跟妳說，那真的不容易。」

這一回，四個人全都笑翻了。

幾個星期以後，史坎德早早醒來。他爬下樹幹，往火爐裡丟了幾塊薪柴，寫了封信給肯娜。將自己的感受告訴她總是能讓他覺得更好過，彷彿在寫信的時候，她就坐在身旁，若有所思的將頭髮撥到耳後。

小娜，

我不想騙妳，這裡的狀況並不好。惡棍目前很反常，而擁有羈絆似乎沒有幫助。牠老是亂咬東西，跳來跳去，一直尖叫。老實說，大多時候我幾乎都控制不了牠。其他騎手都怕牠，有些甚至說我們會被趕出禽巢。可是我擔心那都是我的錯。

史坎德不只認為那是他的錯，他知道那完全是他的錯。可是他不能提到他時時掙扎著要阻止白光湧入手掌。也不能提到他阻擋它的時候所感到的愧疚，以及從惡棍那裡傳來在他胸口震顫的怒意。如果他倆的羈絆像拔河比賽，即使感覺得到彼此的情緒，那又算什麼？狀況變得如此之糟，有好幾次在大陸人課程結束後，史坎德都試著要找沃森導師，想要一點建議，可是裘比幾乎是推著他將他趕出樹屋。

妳知道我跟妳說過，惡棍喜歡在空地跟赤夜鬼混，或是對著獵鷹噴水，故意惹獵鷹生氣，或是嚼我的頭髮？唔，牠現在其實已經不這麼做了。而且牠也對軟糖失去興趣了，連紅色的軟糖都不愛了。真希望妳也在這裡，小娜。我還有好多事情想跟妳說。比以前都更想念妳。

愛妳的小坎

他附上一張素描，是他畫惡棍用後腿仰立的樣子，然後往下爬到郵務樹那裡。回來的時候，史坎德感到那份羈絆忽然被扯動，是來自惡棍的快樂搏動，想要問他怎麼了，想要逗他開心。於是他轉個方向，朝獸欄走去。

史坎德抵達的時候，嚇得魂都差點飛了。鐵鎚在金屬上敲得鏗鏘響，熱鐵發出滋滋聲，歡聲笑語在牆壁間迴盪，混雜著獨角獸們平日的尖鳴和號叫。

有個男孩叉著手臂，站在惡棍獸欄旁邊，挑起雙眉。他只比史坎德大幾歲，髮色金中帶棕，雙眸眸色不同，一棕一綠，看起來不怎麼高興。

「這頭怪物是你的嗎？」他忿忿的問史坎德。

史坎德不確定該說什麼。煙霧從惡棍鼻孔捲繞而出，下唇沾著早餐的鮮血。

「他電擊我兩次，朝我的腿丟火球，幾乎用水柱把我趕出獸欄。這樣正常嗎？」

「惡棍目前比較活潑。」史坎德難為情的說。這種說法也太過輕描淡寫了。

「唔，」男孩發牢騷，「別讓我後悔當初選了你。」

「選了我？」

「我是牠的鐵匠。」

「噢噢噢！」史坎德以前在大陸上夢想過這件事。從小到大，他畫過無數次素描，描繪獨角獸身披戰甲的模樣，想像自己的盔甲會是什麼樣子。打空戰時為了保護所有年幼獨角獸，都會替牠們穿上全套戰甲。騎手的盔甲會保護自己，也因為羈絆連帶保護者獨角獸的性命。

「抱歉，我本來不知道——」史坎德幾乎得用喊的才能壓過金屬相碰的噪音，「只是你看起來——」

「年紀很小嗎？」男孩雙手叉腰，「是啦，我是鐵匠學徒又怎樣？有問題嗎？」他靠在獸欄門上，滿臉不悅。他穿著深綠色馬球衫搭棕色長褲，腳踩棕色短靴。就像其他鐵匠，他也兜著髒兮兮的皮革圍裙，腰間有條插滿工具的皮帶。這男孩可能只比他大一歲，可是不知怎的，卻讓史坎德覺得自己像個嬰兒。

「不，不，沒什麼問題。我只是很抱歉惡棍想要轟炸你。」史坎德嘟囔。

「唔，現在你來了，狀況可能會好一點，」鐵匠粗聲說，「我叫傑米·密多狄奇。」他伸出一手，手比圍裙還髒。

「史坎德·史密斯。」史坎德回答，覺得有點太正式。

「我知道。」傑米回答，從圍裙口袋掏出量尺，滿懷期待看著史坎德。

「噢，那我先進去了？」史坎德抓起刷子，在男孩不同眸色的凝視下，覺得相當彆扭。

「沒問題。」傑米說，這一次唇邊隱約帶著笑意。

史坎德走進去的時候，惡棍從鼻子噴出一道水，他不得不閃躲。獨角獸的黑皮毛嘶嘶竄過電流，牠用力拍著持續長大的翅膀，有些羽毛冒出火來。

「又是那種日子了，是嗎？」史坎德嘆口氣，對著惡棍挑眉。他把手貼在獨角獸滾燙的黑頸上，試圖使牠平靜下來。

「現在可以嗎？」傑米的聲音從獸欄門口傳來。

「行啊！」史坎德喊道，然後小聲對著惡棍呢喃，「這位是傑米，他想替我們兩個鑄造盔甲。這樣我們跟其他獨角獸對戰的時候就可以得到保護。拜託，拜託盡量不要弄死他。」

傑米走了過來，惡棍的鼻孔賁張，紅通通的。史坎德做好迎接另一次元素轟炸的準備，但一直沒發生。傑米壓低嗓門對著獨角獸唱歌，是一段撫慰人心的旋律。獨角獸垂下頸子，嗅了嗅傑米的靴子，再聞聞鐵匠的圍裙。傑米伸手摸摸獨角獸的腦袋。

「住手！」史坎德突然說，生怕鐵匠會注意到惡棍的紋路。

惡棍和傑米都詫異的盯著他。史坎德思緒飛轉，「牠不喜歡有人碰牠腦袋。抱歉，我應該先提醒你的。」

「沒問題。」傑米說，轉而摸摸獨角獸的頸子。

史坎德驚愕的看著。就在前幾天，芙蘿想要輕撫惡棍的鼻子，而牠竟然想咬掉她的手指。

「惡棍從來不讓人這麼靠近，更不要說——」

「我們鐵匠有種天賦，」傑米衝著獨角獸微笑，「只要牠不噴火炸我，我就喜歡牠。」

「我有同感。」史坎德說，然後兩個男孩吃吃笑起來。

傑米展開量尺的時候，惡棍玩鬧似的想去咬量尺的末端，有個問題在史坎德腦海浮現。

「你近來有沒有織者的消息？」他之前沒碰過不住禽巢的島民，忖度自己是否能從傑米身上探聽出什麼。「我們在上頭這裡看到了哨兵的信號彈，可是沒得到多少消息。」

傑米背對史坎德，拿著量尺貼在惡棍腿上。「我敢說，他們寧可讓你們待在這個金屬建造的禽巢裡，平平安安，無憂無慮。他們不喜歡你們分心。」

「聽說有個療癒師被抓走了，」史坎德脫口而出，想起芙蘿之前收到她爸爸的信，「有沒有人看到新紀之霜，你知道嗎？」

傑米比了個手勢，要史坎德移到距離門口最遠的牆壁那裡。「沒有新紀之霜的蹤跡，可是現在有更多人失蹤了。」他小聲說。

史坎德等著他說下去。

「從那屆渾沌盃以來，野生獨角獸群狂奔事件比以往都頻繁。大家都知道狂奔事件背後的主使者就是織者，把那些野獸從荒地趕出來。可是每次只要發生過狂奔事件，我們就有更多人失蹤。」

「你們更多人？」史坎德問。

傑米打起哆嗦，「沒有騎手被帶走。被帶走的都是像你提過的療癒師那種——一般的島民。非騎手的島民。像我這樣。」

「有多少人失蹤？」史坎德問，驚恐不已。

傑米沉重的嘆口氣。「一個店主人、一個吟遊詩人、一個製鞍師學徒、一個酒館主人，至少還有兩個鐵匠。你能想像嗎？我們本來以為我們很安全，不是騎手應該不會被織者盯上。」

「不過，我不懂織者為什麼要把人帶走。」

「我也不懂，」傑米聳聳肩，「雖然有很多關於實驗的傳言。」

「什麼樣的實驗？」

「不曉得。可能不是真的。」

「有人試著去找那些失蹤的人嗎？」史坎德憤慨的問。

傑米發出空洞的笑聲，「艾絲本．麥格雷急著想弄清楚織者在盤算什麼。可是，她的焦點顯然更放在找到新紀之霜，而不是失蹤的島民。當然，議會到處張貼告示，要大家看到可疑的狀況就通報上去，可是到目前為止都沒有什麼用。」

史坎德將綠色夾克袖子往下拉了拉，確保自己的突變完全被遮住。

「我覺得我們的司令因為失去新紀之霜而糊塗了。織者準備大幹一筆，這我確定。是比起偷走新紀之霜，比起殞落二十四還大的計劃。織者以前從未殺過哨兵。你們必須要小心。」

傑米輕拍惡棍的頸子，獨角獸發出友好的尖鳴。「我可不希望惡棍的戰甲落入可怕的織者手裡。」

史坎德看著傑米測量了一陣子，然後舉起一塊塊金屬片貼在惡棍腿上。「戰甲什麼時候會好？」史坎德心想如果情況一直沒改變，戰甲至少可以用來保護他自己不被惡棍傷到。

「火慶典之後。」傑米說著便直起身子。

史坎德想起傑米之前說過的話。「呣……你剛剛說選了我們，是什麼意思？」

傑米輕笑，「導師把所有獨角獸的檔案送了一份過來，我們必須從裡面挑一匹。」

「然後你選了惡棍之運？」史坎德問，無法置信，「牠近來紀錄不良，一直不守規矩，也不是牠的錯啦，」史坎德補充，「只是牠有點……不一樣。」

「唔，史坎德，我知道跟別人不一樣是什麼感覺，」傑米嘆口氣，「我的家族都是吟遊詩人，他們以唱歌為生，可是我一直想當鐵匠。跟別人不一樣，需要有膽識。想贏得渾沌盃就是要靠膽識。那就是我挑中你和惡棍的原因。」

「你從檔案裡可以看出這些東西？」

傑米哈哈笑，「那份檔案讀起來很有趣喔！你常常摔下來，對吧？」

史坎德嘆了口氣。

「可是你又爬回去啦，」傑米用更和善的語氣說，「那就是我挑中你們的原因。」

他對史坎德揮揮量尺，「換你囉！」

那天晚上，雨打在屋頂上的聲音在禽巢迴盪，就像手拍著鋼鼓似的。每間樹屋各有自己的節奏，添進了夜間原本的雜音。可是連雨都削減不了史坎德的士氣。明天就是火慶典，他第一次要騎著惡棍之運進入肆端市。最棒的是，他要跟朋友一起去。當然了，現在穹頂已經撤掉，史坎德在訓練時段總是心驚膽顫，生怕被人發現他是靈行者。不過，他們樹屋的四面金屬牆壁給了他莫名的安全感。在巧克力卡士達事件以前，史坎德並未意識到米契爾對待他的方式放大了他對於靈元素的憂慮。現在樹屋感覺像是截然不同的地方，甚至更像家了。

「我可以再看一次嗎？」巴比問道，打斷了史坎德的素描。

史坎德把綠色袖子往上一拉，露出暴露骨骸的突變。他握緊拳頭，巴比盯著在皮膚底下移動的肌肉和肌腱，骨頭閃閃發亮。

在角落那裡，米契爾用手遮住眼睛，彷彿那個突變會閃瞎他的眼睛。

巴比翻翻白眼，「噢，你也夠了吧。」

「抱歉了！」米契爾抗議，「整件事我總算稍微覺得可以接受大概五分鐘，如果我要花更久時間才能適應靈行者的突變，那對不起了！」他低頭繼續看自己的書。

「你在讀什麼？」史坎德問，試著打圓場。

「我媽寄來這本超有意思的書，在講獨角獸的鞍座。」米契爾把書舉高讓史坎德看封面。

「她是議會的圖書館員。」他語氣相當得意，而不是像提起他爸爸那樣害怕。

「所以她會不會知道《靈之書》？」史坎德忍不住問。

米契爾皺了皺眉，搖搖頭，「她在水圖書館上班。」

不過，巴比對米契爾說的其他事情起了興趣，「我們什麼時候可以拿到鞍座？」

「要等我們成為幼獸才行，」芙蘿回答，「我爸爸說他明年會把新設計的鞍座帶到典禮上，到時候我會很不好意思。」她綻放笑容，彷彿在想像那個場景。

「唔，希望能馬上拿到，」巴比哀嘆，在懶骨頭沙發上扭來扭去，「我屁股碰傷的地方比蘋果烤奶酥還多。」

「什麼意思？」芙蘿客氣的問，「那是大陸專有的說法嗎？小組裡有兩個大陸人，你不覺得很有趣嗎？米契爾？島上的人都已經互相認識，所以大陸人帶來一些新鮮事還滿不錯的。」

「唔，別聽巴比亂說！」史坎德努力憋笑，「我們在大陸上才不會這麼說。」

「你永遠都不讓我來點樂子。」巴比嘀咕。

「你在畫什麼？小坎？」芙蘿問，一面起身。

她站到史坎德身後，史坎德覺得自己臉逐漸漲紅。

他畫了四人組加上獨角獸。赤夜和惡棍正聯手炸開一棵樹，米契爾和史坎德在附近找掩護。巴比正忙著梳理獵鷹的鬃毛，她的獨角獸堅持端出自己最美的模樣。他畫了芙蘿仰頭望著銀刃微笑，一手搭在牠頸上。

芙蘿哭了出來，史坎德趕緊放下素描本。「我把妳畫錯了嗎？這是給我姊姊的。我要和信一起寄出去，可是我不——」

「不，史坎德，很——很美，」芙蘿打了嗝，「我就是希望我跟銀刃可以這樣望著對方，可是我們兩人的連結就是不像你們其他人那樣。我看過你們在一起的樣子，就像天造地設的。米契爾，你在赤夜的獸欄裡睡覺的時候，赤夜會替你保暖。牠會像煤炭那樣發熱發亮，我親眼看到的！」她轉向巴比，「獵鷹也許有公主病，可是牠知道妳很好勝，總是盡量為妳做出最好的表現。還有，史坎德——」芙蘿使勁吸口氣，「你說你都感覺得到惡棍的情緒！那種狀況通常要到羽獸那年才會發生！你們跟自己的獨角獸都很契合，都能在那份羈絆裡感覺到愛。可是銀刃根本不喜歡我，沒有喜歡過。牠不明白我為什麼怕牠。」

巴比站起來，做出了徹底反常的動作——給芙蘿一個擁抱。「會好起來的，我會幫妳的，好嗎？」

芙蘿抹掉淚水，「可是我辦不到——」

「不要放棄！」巴比狠狠看著芙蘿，「因為如果妳放棄，妳得先給我一個交代。相信我，芙蘿倫斯，我這個人可以比銀獨角獸更恐怖。」

「這點我不懷疑。」米契爾對史坎德嘀咕。

史坎德壓低嗓門笑著。但他看到巴比把芙蘿摟得更緊，心想其實她是刀子嘴豆腐心。

砰！外頭傳來爆炸聲。

史坎德衝向屋門，猛然打開，巴比緊跟在背後。他們奔向平臺的欄杆，朝遠處眺望。綠煙果然再次從鏡面峭壁裊裊升起。

「又是哨兵的信號彈嗎？」芙蘿連忙捂住嘴，和米契爾一起來到平臺上。

「是土行者的信號彈。」米契爾說，語氣悲傷。

砰！又一聲爆炸在禽巢四周迴盪。這次是黃色煙霧。

砰！現在，在鏡面峭壁那裡，紅色煙霧跟黃色、綠色煙霧混雜在一起，看起來更像是翻騰的篝火。史坎德知道自己應該想到的是那些喪命哨兵的家人和朋友，但肯娜驚恐的臉龐闖進他的腦海。

其他騎手現在也走出樹屋，站在橋上，指著哨兵倒下的地方。大陸人的聲音最響亮，從大陸人雛仔到大陸人掠人都議論紛紛。

「絕對在鏡面峭壁那裡！」

「織者想到大陸上去！」

「剛剛是三個人嗎？」

「一個接一個嗎？」

「織者一定突破防線了吧？」

「我們必須採取行動！」

「肆端市發出訊號了嗎？」

陷入混亂幾秒鐘之後，下方空地燃起火把，火光從樹木的護甲反射回來。禽巢的導師們騎著獨角獸穿越森林，一面放聲大喊，「大陸很安全，陣線守住了。大陸很安全。」

「可是能安全多久呢？」史坎德說，整組人回到樹屋，癱倒在懶骨頭沙發上。「織者越來越可能對大陸發動攻擊，我們卻只是在這上頭乾等！」

巴比點點頭，雙眼燃起跟史坎德一樣的熱火。他們的家人都在大陸上，不受保護。這件事對他們來說不一樣。

「你在說什麼？」芙蘿問，滿臉驚恐。

可是史坎德正在看別的東西。報紙的一角從米契爾的書中突出來。他一把抽走。

「你把我標示的地方弄不見了！」米契爾抱怨。

可是史坎德瞪著《孵化所先驅報》的頭版，幾乎不敢相信自己的眼睛。

「怎麼了？出了什麼事？」芙蘿問。

「艾格莎還活著。」史坎德啞著嗓子說，指著頭條新聞的黑白照片。新聞標題寫著「返回監牢：行刑官潛逃終結」。

「就是她嗎？」米契爾急切的問，「載你飛到島上的女人……就是行刑官？就是背叛靈行者，把他們的獨角獸都殺了，也殺了裘比的獨角獸的那個人？」

「你確定嗎？」芙蘿問，瞇眼瞅著那張照片，「你確定嗎？小坎？」

「確定，」他說，「我記得她臉上的記號。我本來以為是燒傷——不過是她沒錯。那一定是她的靈突變。」

片刻的靜默。

「行刑者為什麼要帶你來這裡？」巴比問，皺起眉頭。

不過，有個念頭在史坎德的腦海裡成形。艾格莎跟他一樣是靈行者。艾格莎帶他來這裡。她會有他需要的答案。

「米契爾，你爸爸負責管理坐牢的靈行者，對吧？」

米契爾一臉警惕，「對……」

「你能把我弄進他們的監牢嗎？」

米契爾在眼鏡後方瞪大雙眼，「什麼？你想到哪裡去？」

「裘比不肯跟我談靈元素的事。他太害怕了。可是艾格莎……不知怎的，她知道織者打算攻擊大陸。是她當初幫忙我到這邊來。我必須知道原因。即使她不肯幫我，那裡也有一堆靈行者可以告訴我怎麼控制靈元素。搞不好他們知道更多織者的打算？」

「太危險了，」芙蘿立刻說，「她是行刑官啊，小坎！」

「可是她之前幫過我！而且她被關在欄杆後面，還能怎麼樣？」

米契爾一副快吐的樣子，「可是我爸爸怎麼辦？要是他——」

「魚與熊掌不能兼得，米契，」巴比直白的說，「你要幫史坎德嗎？你說你想還是不想？」

「唔，我想事情沒那麼簡單，」米契爾兇巴巴的說，「你竟然要求我闖進監獄！你查過圖書館了沒？如果我幫忙找書的話，也許我們可以找到……」

史坎德已經在搖頭了，「圖書館沒有任何靈元素的資料。欸，問題不只是艾格莎或織者的計畫。要是我沒學會怎麼控制靈元素、怎麼隱藏它，我很快就沒辦法在禽巢受訓下去。惡棍幾乎每天都把我甩下來。他們最後肯定會宣布我為游牧者。即使我成功進入了訓練試賽，也只會敬陪末座。拜託，米契爾。要是有其他辦法，我也不會提出這種請求。」

「唔，我確實有個建議……」米契爾思索著。

「所以你願意囉？」史坎德問。

「你們全都瘋了！」芙蘿喊道。

「絕對不行！」巴比大喊。米契爾也說：「絕對不行，我們需要四個人一起。」

「我會去，」芙蘿小聲說，「我只希望某個人記錄一下我說過這個點子並不好。」

史坎德看著她，「你們不用全部都來。只要我跟米——」

「必須從長計議，」米契爾已經站起來了，「我需要你們全員出席我們的第一場四人組會議。」

「我想大家一般只會叫做閒聊。」巴比說。

他對她瞇起眼睛。「這很嚴肅好嗎！」

「好啦。什麼時候？」

「就是現在，」米契爾語氣激動，「如果我們不想被抓到，就必須趁哨兵——和我爸爸——在忙的時候闖進監獄。」

「忙什麼？」史坎德問。

「火慶典。」

「可是那不就是明天晚上了嘛！」芙蘿驚呼。

「對，」米契爾說，「沒錯。」

第十四章　火慶典

一夕之間，雨水變成了雪，於是在火慶典的早晨，當陣陣樹鐘將騎手喚醒，他們睜眼看到的就是閃閃發亮的雪白禽巢。史坎德從他們的樹屋圓窗望出去，視線越過屋頂、吊橋以及新雪重壓的樹頂。禽巢在十一月初的陽光中閃閃發光，片片白雪遮蓋了樹幹部分的護甲。史坎德一覺醒來，彷彿面對著全然不同的世界——一個冬季仙境，而不是訓練學校。

芙蘿興奮得不得了。雪在這座島上很罕見，在火季節之前降雪更是稀奇。所以當米契爾和巴比睡眼惺忪爬下樹幹時，芙蘿已經裹好外套、圍巾和手套。

「來啊！快點！我們可以在水訓練以前提早到訓練場，趁初雪融化以前。我想讓銀刃見識一下。也許可以讓牠放鬆。」

「為什麼——」巴比哀嘆，「妳對一切的興致都這麼高？真是累死人了。」

「不是一切，」芙蘿衝到巴比面前，「只是對雪有興致！別這麼無趣，巴比。」

「等我在雪球戰裡幹掉妳，妳絕對會後悔曾經說我無趣，」巴比咆哮，「西班牙的內華達山脈每年都下雪，我媽是那裡長大的。我外公外婆還住那邊，所以我技巧很厲害。」

芙蘿一臉開心。

米契爾在火爐邊，伏在肆端市的地圖上。

「嘿，要來嗎？」史坎德問。

「唔，我不確定。監獄計畫還沒擬完，我們必須有萬全的準備——」

「可是下雪了耶！」芙蘿懇求，拉著他站起來。她哈哈笑，拉著他轉圈圈。他們旋轉的時候，他的眼鏡滑到了鼻尖。「我是銀色騎手，你必須照我說的做。」芙蘿開玩笑。

米契爾神情又慌又喜，紅暈悄悄爬上他的棕色肌膚。「聽說雪球戰還滿好玩的，」他若有所思的說，「要不我跟巴比一組，跟史坎德和芙蘿對打？」

「為什麼你可以跟巴比一組？」芙蘿哀號。

「喂！」史坎德嚷嚷。

「說句公道話，」芙蘿打開樹屋的門，走到門外，嘎吱嘎吱踩著積雪的平臺。「我們這邊有銀獨角獸和靈獨角獸，所以雙方勢均力敵。」

可是最後發現，獨角獸在雪球戰裡幫不了什麼忙。牠們只是跟芙蘿一樣，對滿地奇怪的冰冷物質興奮不已。獵鷹之怒花了半天才放下豎起的鬃毛，小心翼翼讓腳蹄下方的雪融化掉，免得弄溼腳蹄，可是當惡棍衝過去想要一起玩耍時，獵鷹就忘了那一切。赤夜興奮過度，結果失控打滑，頭角卡進雪堆裡。惡棍想扯赤夜的尾巴，將赤夜拉出來，結果弄得芙蘿和巴比雙雙笑倒在地上。連銀刃都過來湊熱鬧，倒在雪地上滾來滾去，揮動著翅膀。

「噢，看，致命的雪天使！」史坎德笑到臉頰發疼。（雪天使就是人躺在雪地上，上下揮動手腳，留下天使形狀的冬季遊戲。）

「應該說是『雪獨角獸』吧？」米契爾糾正他，史坎德朝他的臉丟了顆雪球。芙蘿嘆口氣，大家一起看著銀刃在雪地裡放鬆下來。「我真希望牠永遠都是這個樣子。」

整整一小時，他們只是四個普通的雛仔，跟獨角獸一起胡鬧。史坎德完全忘了擔心擅闖監牢的事，或是艾格莎帶他過來到底是為了行善還是作惡。他不去想新紀之霜、織者、死去的哨兵或所有失蹤的人。他甚至忘了害怕即將到來的水訓練，忘了害怕他會輸給惡棍，露出自己真正的元素。史坎德撲進風吹出來的雪堆裡，想要躲開惡棍。惡棍一發現史坎德，就企圖扯掉他的黑靴，逗得他哈哈大笑。

後來，獨角獸顯然因為玩得起勁，肚子餓了，決定抓各種因為天氣而跑出洞穴或窩巢的動物來吃。當牠們在雪地上拖著那些死去的生物，玩雪的樂趣便戛然而止。氣味刺鼻、場面血腥，皚皚白雪染成粉紅，騎手便不大有捏雪球的興致了。其他雛仔的獨角獸準備前來受訓，也加入這場血腥的盛宴，現場更加喧鬧。

冰風呼嘯不止，吹過禽巢的山崗。歐蘇立文導師終於讓大家恢復秩序，在風聲中大喊指示。「今天你們要用水魔法來召喚浪潮。浪潮在攻擊或防禦上很實用，因為產生的水量很大。比方說——」歐蘇立文導師總是會舉例，「我曾經看過騎手在渾沌盃上用氣元素讓一波大浪導電，結果打敗了一半的獨角獸。」史坎德有時會想，歐蘇立文導師舉例提到的騎手是不是就是她自己。

她示範的時候，看起來好簡單。她騎著天堂海鳥，發出藍光的手掌向外，然後迅速將手指往下輕點，再往上劃出流暢的弧線。完美的波浪便在訓練場上空湧漲與沉落，在遠處碎成了水沫。

「換你們了。」她吼道。

巴比和米契爾幾乎立刻成功做出小波浪，不少雛仔也是。幾加侖的水從銀刃的耳朵和鼻孔湧出，芙蘿盡量平靜的對銀獨角獸解釋什麼是波浪。

「史坎德？」歐蘇立文導師騎著海鳥走來，「讓我來看看你和惡棍可以做到什麼程度。我在我的課堂上看過不少水行者在學年結束前的訓練試賽中，利用波浪替自己掙得了優秀的名次。你們表現得如何？」

史坎德深吸一口氣，全心集中在水元素上，將關於靈的所有思緒從腦海拋開。他想像水元素帶著薄荷、鹽巴和溼頭髮的氣味灌滿自己的鼻腔。他的手掌發出藍光。也許惡棍會理解。也許他們兩個不會有事。史坎德舉起顫抖的手掌，就像歐蘇立文導師示範過的，然後——

惡棍發出尖鳴，用後腿往後仰起，站得比以前又高又快。獨角獸的怒氣在史坎德的心中爆開，因為騎手永遠不讓牠使出自己結盟的元素。惡棍的翅膀猛然展開，擊中史坎德的大腿，史坎德從獨角獸的背上被掃下來，吧唧一聲撞上訓練場溼軟的草地。看史坎德現在並未主動阻擋靈元素，惡棍心情比較平靜，好奇的看著跌在地上的騎手，彷彿很詫異他怎麼會在那裡。

歐蘇立文轉眼就從海鳥背上躍下，「別動，」她命令道，「你受傷了嗎？」

「只是一時喘不過氣，」史坎德嗆出一口氣，緊抓胸口，「我想我沒事。」

歐蘇立文導師如釋重負，嘆口氣，「可能摔斷肋骨了，但總比跌斷脖子好。」她細細端詳他，「不過我會親自帶你到療癒師的樹屋那裡。」

「不需要——」

「我需要和不需要做什麼由我自己決定，史坎德，多謝了，」歐蘇立文導師喝叱，一把抓住惡棍的韁繩，「你來騎天堂海鳥。」

「不要，拜託。」史坎德哀求，但她不肯接受拒絕。

這是史坎德到島上來最丟臉的一次。班上其他人都留在後頭，竊竊私語。歐蘇立文導師牽著惡棍之運回頭登上山崗，史坎德抓著胸口，坐在海鳥上保持平衡，就跟在她身旁。

禽巢的大樹在一股迴旋的水流中，為歐蘇立文導師敞開了入口。

「我想帶你去看個東西。」她說，語氣異常輕柔。

在禽巢有護甲的樹幹間穿行一陣子之後，歐蘇立文導師停下腳步，指著跟其他樹木距離較遠的一棵樹。

史坎德困惑的眨眨眼。樹幹在近晚陽光中閃閃發光。

「這是什麼？」史坎德從海鳥背上下來，走得更近。樹皮上頭布滿金色金屬。

「如果騎手被宣告為游牧者，禽巢就會將他們的元素別針敲碎成四片。」

史坎德害怕又著迷，湊上前去。確實，他可以看出有金色火焰的尖端、破損的螺旋、孤立的岩石、半個水滴，全用槌子敲進樹幹裡。

「游牧者四人組裡剩下的三個成員，可以各拿到四分之一，」歐蘇立文導師解釋，「第四片被帶到這裡來，敲進這棵樹裡，提醒著我們他們曾經跟我們一起受訓。」

「為什麼要帶我來看這個？」史坎德驚慌起來，話語如連珠炮似的，「妳是不是——我不能被宣告為游牧者！成為獨角獸騎手是我最大的願望。我保證我會更努力。我想參加比賽，我想為我爸爸、我姊……為我媽參加比賽。我媽很愛渾沌盃，我想說也許有一天我能參賽，也許有一天她會以我為榮。我會更努力，我保證。請再給我一次機會！」

歐蘇立文導師舉起雙手，陽光在她的孵化所傷疤反射。「我沒有要宣告你為游牧者什麼的。時候未到。我之所以帶你來這裡，是因為我想你有真正的潛能。」她指著那棵樹，「我想，成為游牧者這條路並不適合你和惡棍之運。你的魔法有參加戰鬥的能力，我在穹頂還沒撤除的時候就看出來了。可是我不能讓其他雛仔冒險。說得直白點，你近來的訓練時段簡直是災難。所以我需要警告你，除非你控制住惡棍之運，要不然我別無選擇，只能要求你離開禽巢。而我並不希望我的水行者有這種下場。」

「我們會表現得更好，」史坎德小聲道，「惡棍只是在生我的氣。」歐蘇立文導師原本面對樹木，突然轉過身來，「你的意思是你認為牠在生氣，還是你感覺得到牠的怒氣？這兩個狀況不一樣。」

「我——我想我確實能夠感覺到牠的情緒，」史坎德吞吞吐吐，「我今天確實感覺到牠的怒氣。如果我對，嗯，什麼事情覺得傷心，就可以感覺到牠幾乎在輕推我的胸膛，彷彿在查看我是不是沒事。牠會傳送快樂的感受給我，好像牠的心努力要讓我的心再次微笑起來。那樣……正常嗎？」

「那就是我在說的事，史坎德！」歐蘇立文導師瘋狂的轉動雙眼，「這很令人佩服。能夠在這份羈絆裡感受到情緒，對你來說是非常進階的。表示你們彼此有強韌的連結。」她輕撫惡棍的黑鼻，「你必須為你們兩個更加努力。要記得如果牠覺得害怕，你可以為牠而勇敢。這份羈絆讓你們能夠相互扶持。我們會讓你成為水行者的。」她輕拍史坎德的肩膀，但最後一句話讓他感覺更糟了。

突然間，從艾格莎那裡取得答案，似乎比以往都更要緊。因為他永遠無法成為水行者，不管他有多努力嘗試。

那天下午，禽巢裡所有的騎手都套上紅夾克，出發前往火慶典。放眼到處都是獨角獸，空氣瀰漫著汗水和魔法的氣味。史坎德從開始受訓以來，已經習慣了元素的氣味。和他當初在前往禽巢的路上面對的野生獨角獸氣味完全不同，後者潰爛腐臭，就像瀕臨死亡。縛定的魔法則不一樣。對每一個騎手來說，每個元素有特定的氣味，所以水魔法聞起來對史坎德來說跟四人組其他成員聞到的不同。不過，現在全部混雜在一起，史坎德覺得聞起來滿刺鼻的，就像橙橘加上煙霧的味道。

樹木大門一打開，資深的騎手並未停留太久，他們的獨角獸在尖鳴和振翅聲中升騰入空。史坎德納悶，幾個星期後，當他學會駕著惡棍飛行會是什麼樣子，然後感到一絲興奮。但最後他想到惡棍很可能會在半空中將他從背上拋下來。

在這一切的混亂中，赤夜朝著獵鷹的方向打嗝。發臭的泡泡破開，灑得灰色獨角獸的脖子到處都是灰。

「叫你別讓赤夜那樣，都說多少次了？」巴比喊道，將赤夜嗝出來的灰燼從她手臂的羽毛上拍掉。「你明明知道獵鷹受不了這些！」

「那是自然反應啊！」米契爾平靜的說。

「不，那……」巴比越說越小聲，似乎有些反常。史坎德覺得她的深橄欖色肌膚看起來有點蒼白，瀏海黏在額頭上，彷彿出了汗。史坎德擔心她是不是恐慌又發作了，但他想她不會希望他當眾提起這件事。

他們騎著獨角獸逐漸遠離禽巢。芙蘿頻頻看向惡棍，神情憂慮。

「牠不會有事的，」史坎德安慰似的喊道，「牠今天心情很好。是吧，小子？」史坎德撫摸惡棍的黑頸。「哎唷！」獨角獸給了他小小的電擊。

「真是的。」史坎德壓低嗓門咕噥，他敢發誓如果獨角獸會笑的話，那份羈絆正因為笑聲而震顫著。

他們繼續往前騎，不曾離開禽巢這麼遠過。頭頂上空，獨角獸從東飛往西，翅膀映射出白晝最後幾道光線，彷彿與夕陽賽跑。從地面上甚至看不出那些獨角獸是縛定的還是野生的。史坎德感覺那份羈絆在自己心臟周圍嘶嘶響，惡棍發出尖細的怪叫，將陣陣興奮感送給史坎德。史坎德將脖子上的圍巾纏得更緊。他真希望媽媽可以親眼看看他駕馭惡棍的樣子。不管她在哪裡，他都希望她可以看看這些獨角獸。

史坎德判斷他們現在正要進入肆端市，可是這裡跟他在大陸上看過的城鎮都不一樣。道路兩側樹木繽紛多彩，有如嘉年華。不管是樸素的單層樹屋，或是蓋得亂七八糟的高塔，腥紅色和金絲雀黃互相碰撞，葉綠色穿透天空藍，連樹幹和枝椏都以布料妝點著。史坎德覺得這裡不區隔元素顏色還滿好的，讓他聯想到他們四人組的生活。

更往前，樹木夾道的街道出現商店，比史坎德在馬蓋特看過的都有趣得多。很多都有金色漩渦的標示，以及專門針對獨角獸、騎手和競技的櫥窗展示。店面在一樓，這樣顧客就可以從人行道走進來。史坎德經過火傷療癒師的店面時，發現店主人就住在上頭的樹屋。沿著整排樹木望去，尼姆洛鞍座、貝蒂毛刷店、軟膏油品百貨、精彩靴子公司也都是如此。親眼看過元素轟炸之後，史坎德完全能夠理解島民為什麼將住家建在架離地面的地方。縛定的獨角獸轟炸已經夠糟糕了，可是想起孵化課堂上看過的影片，他想像整群野生獨角獸狂奔而過會有多危險，不禁打起哆嗦。

「你信任他嗎？」巴比問史坎德，打斷他的思緒。

「誰？米契爾嗎？」

「對，當然是說米契爾。」巴比低吼，獵鷹跟著一起尖叫。「要是他把我們引進圈套裡呢？你有沒有想過？」

「不，我——」史坎德開口。

「你潑了一碗卡士達，他就突然說『我們來開四人組會議』。你不覺得有點可疑嗎？幾個星期以前，他死都不肯被人看到跟你講話，現在他竟然要幫你闖進監牢？」

史坎德聳聳肩，「妳以為每個人心裡都有鬼？」

「每個人都有，史坎德。」

「不，才沒有！」

「瞧瞧你，」巴比指指他，一手還握著韁繩，「老實說你外表看來就是個軟弱無力的雛仔，但實際上卻是一個非法的靈行者，騎著靈獨角獸，被潛逃的行刑官帶到島上來。噢，而且你的獨角獸有一道紋路，從你來到這裡就一直掩藏著，那道紋路跟史上最邪惡的騎手織者畫在臉上的完全一樣。」

「小聲點！」史坎德提醒。惡棍來回擺著頭，對著新環境噴火。他確認了獸蹄亮光劑依然好好掩住了獨角獸的紋路。他不得不承認巴比說得有理。才幾個月以前，她讓他明白儘管看來是個性最外向的氣行者，但她卻要跟自己內在的惡魔搏鬥。也許人真的就像元素一樣。面對火，你碰到的不只是火花或翻騰的火焰，還有很多不同變化。變化之間的差異之大可比輕柔的微風和颶風。也許屬於某種元素，不只是說明你是某一類人。元素就像人一樣，由各種可見和不可見的特質所組成。

要不是當初無意間撞見，史坎德希望巴比有一天會主動跟他提起自己的恐慌發作。現在要理解她比較容易，彷彿看到了她的整張臉，而不是有部分被陰影遮蔽。而且這樣絲毫不會影響她身為一個氣行者。

巴比聳聳肩，「我只是想提一下。看看你自己隱瞞了多少事情。我誰也不信任，尤其是勢利眼的米契爾．韓德森。」

「好吧，」史坎德說，「可是我們又有什麼選擇？如果我可以問問艾格莎怎麼控制靈元素，就有可能救得了自己，救得了惡棍。妳不擔心妳在大陸上的家人嗎？關於織者，要是艾格莎知道的是艾絲本．麥格雷所不知道的呢？要是她幫得上忙呢？要是我幫得上忙呢？這就是唯一可行的計畫啊，巴比！」

「唔，我就是不喜歡，」她悶哼，電流劈劈啪啪竄過獵鷹帶羽的灰色翅膀，「要是你錯看米契爾，他可以直接把我們送進最簡單的陷阱。我們可是要踏進真正的監牢啊！」

雛仔們離開主要道路之後，肆端市就成了由老舊商店、木製攤子、樹屋酒館構成的陰暗迷宮。街道太過狹窄，獨角獸和穿著紅衣的島民無法成群結隊擠過去。夕陽正要西下，他們抵達了元素廣場。廣場中央四座石雕周圍點燃了火把。

廣場上擠滿了獨角獸，聲音震耳欲聾，魔法的氣味濃烈逼人。他們騎得更近時，看清了雕像的形狀。火焰是火元素，波浪是水元素，參差的岩石是土元素，閃電則是氣元素。史坎德還來不及思考以前是否有靈雕像，五匹獨角獸便橫越上空，火焰從牠們的尾巴、鬃毛和腳蹄翻湧出來。牠們以「之」字路線飛行，翻筋斗，往下衝向廣場，群眾激動得倒抽一口氣。

「是火焰箭矢隊！」芙蘿興奮的對史坎德和巴比呼喊。特技騎手彷彿聽到似的，朝著夜空噴出造型優美的火花、火球和火焰。對史坎德來說，空氣聞起來是火魔法向來的氣味——篝火、點燃的火柴和烤過頭的吐司。史坎德真希望肯娜可以看看，她一直喜歡煙火，而這又比煙火好看一千倍。

籬笆圍起的長條區域裡，立著一排熊熊的火炬。兩端各站一匹全副戰甲的獨角獸，牠們的騎手對著聚集的人群揮手時，月光反射出深淺不一的金屬色調。

有人在隊伍中央舉起一面旗幟，火炬兩側的獨角獸以全速衝向彼此。史坎德看到騎手的手掌發了光，一邊綠一邊紅，而閃亮的武器在他們手中顯形。

火行者召喚出一副完全由火焰構成的弓箭。兩匹獨角獸即將錯身的時候，他將火熱的弓弦往後拉，射出那把箭。不過，接著土行者召喚了沙子組成的長劍，她橫空一劈，攔截了火燒的箭矢，將它熄滅。兩匹獨角獸高速錯身時，厚重的沙粒狠狠襲上火行者的胸口。群眾發出歡呼。

獨角獸們放慢速度，轉為快步走，現在到了相對的兩端。裁判舉起一把旗幟，上頭印了個數字二，朝著土行者揮了揮。

米契爾注意到史坎德在看，大喊壓過噪音，「你們在大陸上有比武大賽嗎？」

「不像這樣！」史坎德興奮的回喊。

「我們明年會學習怎麼召喚武器，」米契爾說，「會有一場幼獸比武大會。」

「那是妮娜·卡沙瑪嗎？」芙蘿正瞇眼看著下一組。沒錯，正是頭一天帶他們四處參觀的那個掠人，她正戴上頭盔準備跟對手一決高下。

芙蘿嘆口氣。「她很棒吧？我爸爸說他覺得她肯定有機會取得進入渾沌盃的資格。」

為了看得更清楚，史坎德將惡棍往前推，但被正在走路的一男一女兩個島民給擋住。

「如果妳是認真的，把這個拿去再跟我說，聽到沒？千萬別說出去。」赭色頭髮的男人說，將一張紙塞進金髮女人的手裡。女人接過去的時候，史坎德看到有個符號閃過：一個寬闊的弧形，底下有個黑色圓圈，一條參差不齊的白線，從頂端一路穿到底部。他從惡棍收摺的翅膀上方望出去，想要看清紙上寫了什麼。

「你還好嗎？」芙蘿問。那兩個陌生人讓路給銀獨角獸。

「我剛剛看到……」史坎德皺眉。他看到了什麼？他覺得有些冷，將媽媽的圍巾拉得更緊。

「來吧，」米契爾催促，「時間到了。」

「我們不能先吃點東西嗎？」巴比問，「芙蘿說會有攤位，賣各式各樣的——」

米契爾打斷她，「我們沒時間。那個計畫，記得嗎？我們進度都落後了。」

巴比一副想給他一拳似的。

他們離開元素廣場，騎過一位吟遊詩人身邊，詩人正在吟詠一首關於火焰和命運的悠揚歌曲。他們路過以火為主題的點心攤，有的賣「瓦爾火山辣椒」，標榜著辣到嘴巴會爆開；有的賣「煤渣太妃糖」，直接用鏟子從悶燒的火堆裡取出一塊塊糖來。空氣中瀰漫著誘人的香氣。當史坎德看到有個攤位在賣火燒巧克力，巴不得可以停下腳步。

除了食物攤子，你也可以買到紅夾克、知名火獨角獸的畫像和紅圍巾，更不可思議的是你還能買到活的寵物火蜥蜴。四人組推著獨角獸，一路上都是笑容滿面的島民。島民們提著燈籠或舉著火把，從頭到腳打扮得紅通通。惡棍一直轉身要咬史坎德靴子的鞋尖，頭角差點刺到騎手的小腿。這匹獨角獸近來對於吃鞋子執迷不已，除此之外還算守規矩。時不時就有島民停下腳步，目瞪口呆看著銀刃。

隨著每個曲折的轉彎，人潮漸漸稀疏。遠離元素廣場的喧鬧，街道不久便變得闃暗冷清。慶典正進行得如火如荼，肆端市一時間萬人空巷。可是米契爾一直到城市的邊界，才讓赤夜之樂放慢腳步。

「到了。」其實並不需要他的宣布。他們上方有塊巨石懸在半空。金屬鍊子從四棵高聳的樹木懸吊下來，纏繞著那塊岩石的中央，讓它高懸在月光之中。岩石呈灰色，表面光滑，看起來……堅不可摧。

四位哨兵站在那座監獄的正下方。他們的獨角獸靜如雕像，就和負責看守禽巢的那些獨角獸一樣。看來米契爾說得沒錯，其他人今晚都為了火慶典而忙碌。

「開始我們的第一階段，蘿貝塔。」米契爾小聲道。

巴比對他擺了個臭臉，下了獵鷹之怒，將韁繩交給史坎德，這樣牠和其他三匹獨角獸就可以躲進灌木叢，避人耳目。

「記得要客氣點。」芙蘿朝著她的背影低語。

史坎德聽到巴比的聲音響亮清晰，「你們好，耀眼逼人的各位銀面大大們！」

「她在玩什麼把戲啦？」米契爾哀嘆，「講的什麼話！」

巴比清清喉嚨，很有派頭的樣子，「司法代表要你們立刻趕往元素廣場上提供奧援。」

哨兵們依然動也不動。

騎著黑獨角獸的那位率先開口，「離開看守監獄的崗位，違反我們所受的命令。」

巴比站得更直，「後援正要過來。別怕！在他們抵達以前，我會暫時待在這裡。」

另一個哨兵坐在栗色獨角獸上輕蔑一笑，「妳是騎手嗎？妳的獨角獸呢？」

「你們這是在質疑伊拉．韓德森的權威嗎？」雖然這在計畫之中，但聽到爸爸的名字，米契爾還是覺得有點不自在。

哨兵不再笑了。「妳又不是伊拉．韓德森。」

芙蘿和史坎德互換了憂慮的眼神。這就是關鍵時刻。

巴比吼出一個詞。他們希望可以藉此翻轉情勢。

「激流！」

立即有了效果。幾秒鐘之內，四匹獨角獸全都疾馳離開。

哨兵離開之後，史坎德、米契爾和芙蘿騎著獨角獸離開灌木叢，牽著獵鷹一起。

「好順利喔！」芙蘿詫異的低語。

「也很令人擔心。」巴比喃喃道，意味深長的看了史坎德一眼。

「我不知道你們剛剛幹嘛那麼擔心。我知道那是我爸爸的緊急暗號，」米契爾聳聳肩，「我跟你們說過——如果你手裡有本書，就不會有人懷疑你在偷聽。」

「如果你要朋友負責開口，就永遠不會有人懷疑是你要闖進監獄。」巴比對史坎德挑眉。

「總之，我們不是應該趕快進入第二階段，趁他們還沒意識到根本沒有緊急事件？」

芙蘿仰望那座監牢，「可是我們要怎麼上去？」

「好問題，」巴比也仰起腦袋，「我喜歡挑戰，可是那個至少有五十公尺高！」

「而且門在哪裡？」史坎德的目光在監獄那塊毫無瑕疵的岩石表面上搜尋。他猛然意識到，那四條鍊子各自微微泛著一種元素的色彩，讓他覺得自己真的像個非法的靈行者。

「我爸爸教過我要怎麼進那座監牢，因為萬一他出事，我得去拿屬於他的物品、文件那類的東西。」米契爾挺起胸膛。

「萬一他出事？」巴比用嘴型對著史坎德無聲說。

「當時他真的像個爸爸，」米契爾嘆口氣，「我們之間真的有羈絆。」

「可是我們要怎麼做？」芙蘿急道，「你為什麼這麼放鬆？」

「都計畫好了，所以我還滿放鬆的。」

「可是，那些哨兵馬上就要找到你爸爸了吧？」

「好啦，好啦，」米契爾沒好氣的說，「相信我，可以嗎？既然守衛離開了，要進去就沒那麼困難。看看那四條鍊子——靠著元素魔法就可以打開監牢。如果我們各自挑出那條符合自己元素的鍊子，然後對著鍊子拋出魔法，效果會最好。如果我們同時一起來，應該就能成功。」

「你沒在小組會議裡說到這件事！」巴比低吼。

「這種資訊又沒必要提前說。」

「呣，米契爾，」史坎德說，「有個小問題。我是靈行者，記得吧？可不是水行者。」

「你不必真的是個水行者，只要召喚那個魔法就好。」米契爾不耐的說。

幾分鐘過後，四人組在懸空的監牢下方就定位。芙蘿、巴比和米契爾的手掌已經發出綠光、黃光和紅光，但史坎德決定等到最後一刻再召喚自己的水魔法。他希望這樣可以減少和惡棍為了靈元素抗衡的時間。

米契爾開始倒數。「十、九……」

「好了，惡棍，」史坎德傾身向前，在獨角獸的耳畔低語，「如果你希望能用靈元素，我要你先讓水元素通過。」

「六、五……」

「幾秒鐘就好，拜託，小子。我會送你一整包軟糖，我會抓隻鳥給你。我會讓你在訓練結束後跟赤夜玩。」史坎德知道惡棍聽不懂，但他希望惡棍能夠透過那份羈絆感應到他有多迫切。

「二、一……」

史坎德召喚水元素，手掌散放藍光。惡棍發出尖鳴。

「就是現在！」米契爾大喊，天空爆出火焰、電流、岩石和……一噴泉的水。

「這就對了，惡棍！」史坎德歡呼，水擊中了他頭頂上方的鍊子。

四條鍊子開始發出各自元素色彩的燦光，魔法順著金屬鍊子盤旋而上，朝著石砌的監牢而去，然後——

呼咻！

一道門在他們頭頂上方的石塊底部打開，一道金屬扶梯像閃電似的劈過來，尖尖的末端重重插進米契爾腳邊的地面。

米契爾沒給他們時間慶祝。「我們再把獨角獸藏進灌木叢吧，免得哨兵比預期還早回來。」

他們現在有條明確的路可以進入監牢，史坎德反而覺得自己又緊張起來。米契爾告訴他們，哨兵只看守外頭，可是要是他弄錯了呢？沿著扶梯每跨出一步，他的心就跳得更快。他很不想把惡棍留在下頭。而且巴比說過的話一直在他腦海裡盤旋——你信任他嗎？你信任他嗎？要是史坎德害自己和朋友們踏進了圈套呢？史坎德認定米契爾現在是他朋友，這個想法難道太天真了嗎？這個火行者也許能把他們弄進牢裡，但是要是他不打算放他們出去呢？要是他在幫他爸爸逮捕另一個靈行者呢？

他們一進監牢，史坎德感覺更糟。這個地方令人毛骨悚然。他們的腳步聲在圓弧形的石牆之間迴盪，小小火炬在托架上燃燒，他們的陰影隨之晃動、分裂，彷彿被人跟蹤似的。米契爾領著他們迅速穿過走道，裡頭掛著模樣駭人的獨角獸畫像，往下盯著他們。有些畫像呈現了血腥的空戰，有些描繪戰勝的獨角獸和倒地落敗的對手。四人組快步穿過一條通道，循著圓弧的巨石外牆，前往牢房。畫像的場面變得更加駭人。史坎德納悶，畫像裡那些落敗的騎手是否就是靈行者。

「我想我應該單獨跟艾格莎談談。」史坎德低語，內牆逐漸換成了金屬欄杆。

「當初不是這樣計畫的，」米契爾反駁，「我列了問題清單，而且——」

史坎德嘆口氣。「我知道。可是我擔心如果我們全都試著跟他們講話，靈行者什麼都不會告訴我們。他們為什麼要信任我們?可是艾格莎認識我。」

「你確定嗎?小坎?」芙蘿問,一手搭在他的肩上。

他點點頭。他可以聽到囚犯在前方低聲說話。

「我們會在這裡等你。」米契爾的語氣彷彿正在重新調整那項計畫,「我們會負責把風,看看哨兵是否回來了。記得——你沒有多久時間。」

史坎德走得越遠,四周越陰暗,剛剛聽到的人聲也越大。

「艾格莎?」他喊。

沒有回應。

「艾格莎?可以跟妳談談嗎?」

依然毫無動靜。

史坎德覺得自己的心一沉。原來她不在這裡。他必須問問其他靈行者,也許他們知道可以到哪裡找她?也許他們幫得上忙?史坎德絞盡腦汁想說點什麼讓他們開口。接著他靈機一動。他怎麼會忘記安柏的爸爸呢?

「賽門.菲法克斯,你在嗎?」

欄杆後方的聲音戛然而止。

「他不在這裡,」一個高亢的聲音回喊,「你很清楚,司令官也知道。」

「你說他不在這裡，是什麼意思？」史坎德問，心如搗鼓。

「你是誰？」一個粗啞的聲音喊，「你聽起來年紀很小。」

「我叫……」史坎德遲疑了。艾格莎會知道他是誰，但是向這些陌生人揭露身分似乎太危險。

「我不是守衛，可是我沒辦法透露我是誰。抱歉，真希望我可以。」

一陣興味盎然的低語。陰影在欄杆後方晃動，卻始終沒有化為足以辨識的面孔。「唔，不管你是誰，賽門．菲法克斯都不在這裡，」有人粗著嗓子說，低沉乾啞的聲音透過欄杆傳出，「小子，跟你說個真話。是他們沒告訴你、沒告訴任何人的真話。他一直沒被逮到。行刑官殺了菲法克斯的獨角獸沒錯，可是他從來沒踏進這座監獄，而司令官還逼問我們織者是誰。」

史坎德的心開始狂跳。這有可能是真的嗎？織者會是安柏的爸爸嗎？他張嘴要再問個問題，但又嚥了回去。用暗號那一招無法阻擋哨兵多久。他有更多事情需要問。

「行刑官在這邊嗎？」史坎德顫抖著聲音問，「艾格莎在這座監獄裡嗎？你們知道她在哪裡嗎？或是極地絕唱？」

「我們在這裡不講那些名字！」有人喊道。

「你是誰？」那個蒼老的聲音再次啞著嗓子說。

史坎德拔腿就跑，沿著弧形的石牆一直往前衝，希望自己可以回到同伴們那裡，可是眼前的景象相當陌生。月光幾乎照不進監獄有欄杆的窗戶。史坎德不喜歡陰暗的地方，一點都不喜歡。他放慢腳步。他現在完全聽不到靈行者們的聲音。他迷路了嗎？這是個錯誤。天大的錯誤。他害惡棍之運陷入危險，又是為了什麼？還有安柏的爸爸呢？如果安柏爸爸是唯一的另一個自由靈行者，那是否真的表示，他就是織——

「史坎德，」一個虛弱的聲音呼喚，「等等。」不遠處一隻手從欄杆探出來。一隻蒼白而骨節扭曲的手，彷彿手的主人曾經跟人打鬥過。

「艾格莎？」史坎德頓時停步，「是妳嗎？」

「我就覺得聽到了你的聲音！以五元素之名，你來這裡做什麼？」

「來找妳，」史坎德低語，面對欄杆，「我剛剛出聲叫過，以為妳不在這邊。其他人都不肯跟我說妳的事。妳還好嗎？」

「我沒跟其他人在一起，」艾格莎輕聲說，史坎德勉強看出她在陰影裡的輪廓，「他們把我單獨監禁。我在這裡不大受歡迎。可是你為什麼要來找我？」

雖然找到她了，史坎德卻不確定該從何說起。

「你是靈行者。」艾格莎說。

「妳怎麼知……」

「憑直覺。」她說。史坎德覺得他可以在她的話語裡感受到一絲笑意。

「靈元素我要怎麼隱藏，又要怎麼控制？」史坎德問，心急如焚。「我試著阻擋它，可是不成功，我隨時都會被宣告為游牧者——」

「讓它跟著另一個元素一起進入羈絆，」艾格莎匆匆說，「要阻擋也是可以，可是我想你的獨角獸會找你麻煩？」

史坎德嚥嚥口水，「我不讓牠用靈元素的時候，牠很恨我。」

「牠不恨——牠只是不懂。讓靈元素進來，應該可以幫助你控制別的元素，控制獨角獸的反應。」

史坎德如釋重負，很想要雙膝跪地，可是他不知道自己還剩多少時間。守衛回來會要多少時間？要是米契爾的爸爸已經過來查看了怎麼辦？

「織者，」史坎德焦急的問，試著回想裘比說過的話，「靈行者有沒有可能幫忙把新紀之霜奪回來？那是妳帶我來這座島的原因嗎？有沒有什麼是我可以學著做，幫忙對抗織者的？」

短暫沉默。「我不確定。我不知道織者真正的計劃，可是會跟羈絆有關，史坎德。織者的關鍵一直都在羈絆上，而且你看得到它們。」

「看到羈絆？不，我沒辦法！」話才剛吐出口，史坎德就想起他突變時看見的那些奇怪的彩光。難道那些就是其他雛仔的羈絆嗎？

「你很快就能夠看到，如果你放靈元素進去的話。那就是靈行者可以阻擋織者的唯一方式。只有靈行者看得到羈絆。」

「可是妳難道不能——」他的心跳飛快，可以感覺胸口的皮膚抵著棉衫跳動。他有好多問題要問，可是時間不夠。他原本多少希望裘比弄錯了，多少希望自己幫不上忙，希望到頭來織者不會是他的責任。

「非你不可，史坎德。我辦不到，我不夠強大。更何況我的獨角獸在他們手上。真抱歉。非你不可了。」艾格莎的語氣前所未有的痛苦。

「可是現在我要怎麼學習靈元素的事？怎麼使用它？圖書館裡什麼都沒有。要是被人發現了，我會被丟進這裡——或是更糟。外頭那裡沒人願意幫我！」史坎德氣急敗壞，嗓門拔高。

「這個拿去。他們把它跟我一起鎖在這裡——他們認為這個跟我一樣危險。」

一本白色皮革裝幀的厚厚的書穿過欄杆縫隙被遞出來。光線恰好足以讓史坎德看出上面的符號——四個彼此纏繞的金圓圈。封面上的凸印金色字體寫著：《靈之書》。

「拿去吧。」艾格莎啞著嗓子說。史坎德伸手去拿第五本也是最後一本的元素聖典。捧在懷裡沉甸甸的。

史坎德忍不住隨手翻了幾頁，讀了一點片段。

靈行者有能力增強他們對其他元素的運用，意思就是那些與火、水、土、氣結盟的人以自己的元素應戰時，靈行者足以與他們匹敵……

雖然靈並不是特別強大的進攻元素，但就防禦能力而言，遠遠超過其他四個元素……

真的有靈這個元素！而且聽起來滿棒的！他手裡捧著的書認定世界上有五種元素，而不是四種！他又翻過幾頁。

那些與靈元素結盟的人，之所以讓野生獨角獸覺得有親切感，這一點可以用他們跟羈絆的連結來解釋，這是其他元素的行者無可比擬的。野生獨角獸可以在靈行者身上感應到靈元素的力量，因而懷抱一種興趣和敬意，是牠們不會對其他行者展現的……

與靈結盟的獨角獸有能力變身，進而化為各種元素的形貌。

艾格莎又開口了，「去找靈窟，那裡應該有更多書，更多關於靈元素的資訊。盡可能多學一點。」

「什麼是靈窟？」史坎德問。但艾格莎正要回答時，警報聲響起了。

「快走！快走！你得走了！」艾格莎催促，可是話才一說完她就一把揪住史坎德的手腕，將他拉近欄杆。

她的聲音粗啞而急切。「請不要殺掉織者，史坎德。盡可能阻撓計畫，可是請不──」

「什麼？」史坎德在尖亢的警報聲中問。

「我求你，別殺織者。」接著她便放開他，手臂消失在欄杆之間，彷彿不曾存在過。

在一陣狂亂中，史坎德跑回到同伴那裡，他們雙手摀住耳朵，正急著到處找他。史坎德立刻升起的念頭是哨兵已經回來了，觸動了警報。但接著芙蘿和米契爾大喊，「是獸群狂奔！」

第十五章 獸群狂奔

「我的老天！」史坎德趕到他們身邊時，米契爾嚷嚷，「那是《靈之書》嗎？」

「我們能不能把讀書俱樂部延後一下，先想辦法保住小命再說？」巴比喊道，他們趕往出口，獸群狂奔的警報聲不停，她的臉揪成一團。

到了外頭，低沉的嘶吼充斥著黑夜，伴隨著雷鳴似的腳蹄聲和遠處的尖叫聲。

「我們必須去找獨角獸！」芙蘿喊道，躍下最後幾階，跳到地面上。

「那是什麼？」巴比勉強開口。

一股可怕的氣味。史坎德以前碰過，就在抵達島上的頭一天——永恆死亡的惡臭。狂奔的獸群越來越靠近了。

史坎德以最快的速度拔腿奔向惡棍在樹林間的藏身處。黑色獨角獸看到牠的騎手，發出開心的尖鳴，摺起的雙翼竄過電流，似是在招呼。

雷鳴般的獸蹄變得越來越大聲，史坎德躍上惡棍的背時，擔心會看到野生獨角獸正往他們這邊靠近。他盡量不去注意混雜在野生獨角獸的吼叫和尖鳴聲之中的人類驚叫。

「快走啊！快走！」米契爾喊道，雖然只剩他一人還在地上，掙扎著要將赤夜的轠繩從樹上解開。

惡棍嗅嗅空氣，史坎德感到一絲恐懼透過羈絆，從牠身上傳了過來。「別擔心，」他摸摸獨角獸的深色頸子，「我會帶你離開這裡的。」

米契爾騎著赤夜之樂疾馳，帶頭穿過曲折冷清的街道。史坎德希望米契爾比他更能分辨野生獨角獸從哪個方向過來。他們在煉冶場那裡碰到了死巷，鐵片和鐵鎚散落滿地，史坎德驚慌起來。他努力將心神集中在心中那份羈絆安撫人心的力量、夾在腋下的《靈之書》和惡棍規律的呼吸上。可是，他們在肆端市穿梭奔逃的時候，獸群的聲音氣勢逼人，感覺每個轉彎都可能碰上。

穿過狹窄的街道之後，他們進入了元素廣場。人群散盡，那四座巨大的石雕聳立在面前，令人毛骨悚然。野生獨角獸的氣味如此濃烈，史坎德不得不用嘴巴呼吸，免得作嘔。吼聲如雷貫耳。

史坎德試著催促惡棍之運往前穿過廣場，但獨角獸開始後退。另外三匹獨角獸也有同樣的反應，皮膚底下正在醞釀元素轟炸。赤夜的背開始冒煙。惡棍的恐懼填滿了他倆的羈絆，放大了史坎德自身的恐懼。

「牠們怎麼了？」芙蘿說，焦急的拚命催促銀刃往前。

「因為那個。」巴比語氣肯定，指著廣場對面的邊緣。

野生獨角獸群抵達了。

芙蘿放聲尖叫，使得銀刃向後仰立。惡棍在原地打轉，拍動翅膀。史坎德推算，他們只剩不到三十秒的時間，就會被狂奔的獸群踩扁。

「用飛的！我們必須用飛的！」巴比大喊。

「別傻了！」米契爾回喊，「我們連第一堂飛行課都還沒上。還要等好幾個星期。」

「我不會，牠們也還不會！」芙蘿尖叫。

「如果我們留在地面上，牠們會逮到我們。野生獨角獸不像受縛的獨角獸那麼會飛。牠們可能不會追過來，可能會去找更容易攻擊的目標。」巴比堅持道，她已經收攏獵鷹的轡繩，在牠背上伏低身子。

「可能？」米契爾急得語無倫次，「妳願意冒這個險？」

「走吧！」巴比對獵鷹之怒大喊，不理會米契爾。獨角獸將灰色頭角直接對準逐漸逼近的怪獸……然後朝著牠們狂奔而去。

「這也太瘋狂了！」米契爾嚷嚷。

「他們會撞成一團！」芙蘿尖聲說，一手摀住眼睛。

可是並沒有。獵鷹的灰色翅膀迅捷的朝外展開，快速鼓動，乾淨俐落離開了地面，升到了野生獨角獸的上空。巴比的高呼在廣場裡迴盪。

米契爾將之前說的話拋諸腦後，催促赤夜之樂奔向狂奔的獸群。芙蘿騎著銀刃緊跟在後，史坎德和惡棍之運在後頭押陣。史坎德看著米契爾往前伏低身子，赤夜迅速展開厚實的羽翼，前腿往前踢，試圖起飛。但兩條前腿卻再次猛力踩回地面，似乎無法將自己提到空中。

「加油啊，赤夜！」史坎德壓低嗓門說。米契爾抬頭看到越逼越近的獸群時，驚恐大喊。不過，接著赤夜鼓動翅膀，一次、兩次，到了第三次，四隻腳蹄終於離開地面，升入了天空。

接下來輪到銀刃，牠似乎就在等待這一刻。這匹銀獨角獸就在惡棍的眼前鼓動翅膀，優雅升騰入空。芙蘿驚恐的牢牢攀住獨角獸的頸子。史坎德幾乎可以確定，芙蘿一定雙眼緊閉。不過，獨角獸這回難得為牠的騎手著想，平穩升入了天空。接著史坎德用雙腿催促，並在心裡許願，懇求惡棍模仿銀刃升入天空，帶他們遠離險境。

史坎德在膝蓋附近感覺到惡棍的翅膀關節在移動，黑色翅膀大大展開，比史坎德見過的都還開。深暗羽毛灌滿了風，史坎德將雙腿抵住獨角獸滾燙的身側，催促牠加快速度。《靈之書》夾在他的腋下，但肌肉卻逐漸失去力量，惡棍奔馳的腳步不太平穩。書一滑。史坎德抓住了一把紙張，但是書本太過笨重，那幾頁從他手中滑了出去，最後只抓住一頁，書懸在半空。惡棍又一踉蹌，那張紙在角落被撕破，《靈之書》狠狠摔向地面。

「不！」史坎德放聲尖叫。但沒時間去想是否拿得回來了。惡棍將翅膀朝上，呼吸混亂，全速朝向狂奔的野生獨角獸奔去。和那些生物如此接近，史坎德可以看到牠們骨骸畢露的臉龐，眼睛和鼻子滴下黏液。他捨棄韁繩，手臂摟住惡棍的頸子，盡可能伏低身子，以減少空氣的阻力。就在史坎德以為他們可能不會成功時，他感覺胃部一抽，惡棍的腳蹄離開了地面。

史坎德突然覺得暈頭轉向，雙眼不敢直視惡棍兩隻黑耳之間縫隙所看到的天空。夜間的空氣在史坎德四周呼嘯、撲騰，吹起他額頭上的髮絲。那一刻，他心中湧現先前不曾有過的特別的感受。他是超級英雄。是巫師。不，更好——是獨角獸騎手。惡棍朝著昏暗的天際飛去，將狂奔的怪獸拋在下方。有如巴比預測的，那些怪獸並未試圖追上來。

史坎德不曾這麼快速的從純粹的恐懼，轉換成無盡的歡喜。飛翔的感覺美妙非凡。飛翔是一切。跟艾格莎、極地絕唱的那趟旅程一點都不一樣。騎著自己的獨角獸飛行，與自己一直以來命定的獨角獸共享天際，既不可怕也不危險，史坎德事先預期的狀況都沒發生。感覺就是對了。那份羈絆告訴他，即使他摔下來，惡棍之運也會接住他。

四人組的獨角獸排成了菱形。巴比在前面，芙蘿和米契爾分別在兩側，史坎德在後方。史坎德咧嘴大笑，惡棍穿過天空的時候，他的牙齒因為受寒而發疼。他終於有件絕對真實的事可以寫給肯娜了。沒有祕密、沒有靈元素，只是飛翔。史坎德的黑圍巾在背後翻飛。他很高興肯娜把圍巾給了他，很高興屬於媽媽的一小部分今晚可以伴隨他一起飛翔。

獨角獸們向彼此呼喚，鳴叫聲穿過空氣。史坎德納悶，巴比是否知道回禽巢的路怎麼走？但隨著惡棍在星辰下越飛越遠，他意識到自己並不特別在乎。他們飛翔的時候，心中再次響起艾格莎講過的話：「讓靈元素進來」。在上頭這邊無傷大雅吧？讓靈進入羈絆一下下就好？

史坎德的手發出靈元素的白光，惡棍發出興奮的吼叫，牠羽毛尖端發出呼應騎手的白光。接著芙蘿急迫的聲音突然傳來，透過風傳送到他那裡。「看！下面那邊！」

「到底要看什麼？」米契爾回喊。

但史坎德在惡棍黑羽毛之間看到的東西讓他害怕得血液幾乎要凝固。

那群一路狂奔離開肆端市的野生獨角獸後方，有一匹獨角獸跟暴露骨骸的同伴不同。牠們的肌肉削瘦衰敗，牠的則很強健；牠們的翅膀虛軟無力，牠的看起來則是無所不能；牠們的皮膚正在腐爛，牠的則完美無瑕；牠們的頭角半透明，牠的則是紮紮實實的灰。是新紀之霜。織者正坐在牠的背上，黑色罩袍在背後鼓動飛揚，畫了一道白紋的臉龐發著亮光。

「有人坐在織者背後！」巴比喊道，「新紀之霜的背上坐了兩個人！」

「他看起來很面熟，」米契爾喊道，「我確定我看過他——可是太遠了。芙蘿，妳認得出來嗎？」

可是就在史坎德瞇眼往下望向那個人影，手掌裡依然散放白光時，他看到了別的東西。

一條閃亮的白索連起了新紀之霜的心和織者的心。是羈絆。織者成功縛定了新紀之霜嗎？艾絲本的羈絆還在嗎？還是已經斷裂？這怎麼可能呢？

史坎德抬頭要跟朋友說的時候，他們四周閃爍著的彩光卻讓他分了神。米契爾和赤夜之間有紅索，巴比和獵鷹之間有黃索，芙蘿和銀刃之間則有綠索。他往下看著自己的胸口……可是什麼都沒有。也許靈行者看不見自己的羈絆？他覺得驚奇與恐懼同時竄過了內心。艾格莎說得沒錯。運用靈元素確實讓史坎德看到了騎手的羈絆。他回頭一看，織者和新紀之霜將野生獨角獸趕回荒地時，兩者之間的羈絆發著光。可是那就表示艾格莎說的一切都對嗎？他打了哆嗦，她講過的話在他腦海裡重播：「非你不可，史坎德。」

他們不久就到了禽巢入口。降落不像空中飛行那般有趣。惡棍以高速撲向山崗，在泥巴裡滑行，史坎德緊緊攀住牠，免得從獨角獸的腦袋上被拋出去。

他們全都安全著陸之後，巴比趕緊用手掌貼在大樹幹的那個節瘤上，希望看守的哨兵不會追問任何問題，這時——

「要命！你們四個剛剛用飛的回來嗎？」

韋伯導師的身影出現在禽巢的圍牆之上，似乎穿著完全由苔蘚做成的浴袍，和他頭頂上的一簇簇苔蘚很是搭配。

他們沒人回答。

「怎麼？我想你們知道火慶典上發生了獸群狂奔事件吧？」他說得急切，「一整個雛仔四人組失蹤，我們還以為必死無疑了。這陣子以來我們的思路就是這樣走的。今天晚上有五名哨兵被殺！五名！又有兩名島民被織者帶走。你們看到信號彈了沒有？」

「大陸安全嗎？」史坎德問。

「安全，老天，不過你們四個呢？我們都擔心死了。要是銀獨角獸被織者帶走了——我的天，你們能想像嗎？後果根本不堪設想！」

禽巢的入口在盤旋的水柱中打開，又有四個人大步穿了過來，他們的身影在牆上的火植物上舞動。

史坎德認出其中三人。歐蘇立文導師一臉氣憤，拳頭握在身側。史坎德聽過一個傳聞，就是這位導師脖子上的割痕是在擊退三頭野生獨角獸時所留下的。她的雙眼如漩渦般打轉。從她此刻的兇狠模樣看來，他敢用一公升的美奶滋來打賭，當初再多十頭獨角獸，她也可以成功擊退。安德生導師看起來是失望而非生氣，火焰在他耳邊喪氣的閃動。至於賽勒導師，光鮮亮麗的氣導師，雖然一臉平靜，但有電流在她手臂上的青筋流竄。

史坎德不認得第四位。淺棕色皮膚的男人，一頭深色長辮，默默站在那些導師之間。其中一股辮子是藍的，而且鮮活像瀑布似的，順著他的背垂下。

「我們完了。」那群人朝他們走來時，米契爾啞聲說。史坎德從未看過米契爾這麼害怕，連手指都在發抖。

「怎麼了？」史坎德低語，「那是誰？」

「我爸爸，」米契爾喘著氣，「他一定知道了。關於闖進監獄的事。關於你。關於……一切。要不然他怎麼會在這裡？」

史坎德覺得自己無法呼吸。他憑著本能將惡棍的韁繩抓得更緊。他不會讓任何人帶走牠。他不願像裘比那樣。他寧可先死──

「米契爾，」安德生導師率先開口。語氣平靜，甚至流露關懷。「你父親恐怕有壞消息要告訴你。」

「什麼──壞消息？」米契爾轉身面對父親，「媽還好嗎？」

「是你表哥艾飛，」伊拉．韓德森不耐的吼道，看不出來他剛剛有因為兒子可能失蹤而擔憂，「你表哥艾飛被織者帶走了。我想我應該趕在該死的《孵化所先驅報》明天刊出以前，親口跟你說一聲。」他的深棕色眼睛跟米契爾相似，在黑暗中一閃。「要是有人問你意見，什麼都別說。我們一定要避免讓韓德森家族進一步蒙羞。」議員臉上甚至不帶一絲暖意。

「是的，爸爸。」米契爾小聲道。

巴比、芙蘿和史坎德互換了眼神。米契爾的表哥？跟織者共騎獨角獸的人就是他嗎？

伊拉．韓德森轉向歐蘇立文導師。「我得走了。我等得夠久了。我們今晚要把行刑官遷到新地點。」他壓低聲音，但史坎德還是聽得到。「別把這消息傳出去，還有《靈之書》被偷了。今天晚上有人擅自用我的暗號，把監獄的哨兵調離崗位。老實說，普西丰妮，我們擔心議會裡有內賊在幫織者。不然誰能拿到這樣機密的資訊？」

史坎德忍住不去看米契爾。

歐蘇立文導師難以置信，搖了搖頭，「不會吧！」

伊拉清清喉嚨，「禽巢一定要保持高度警戒。我今天晚上就會派更多哨兵過來。」

伊拉．韓德森瞥了這群人最後一眼，便朝著黑夜揚長而去，連一聲再見也沒跟兒子說。

伊拉．韓德森離開之後，史坎德挨了頓痛罵，這輩子從沒被罵得那麼慘過。不過，運氣不錯，導師們無法證明這四人組的說法是假的，他們辯稱說警報響起的時候被大家拋在了後頭。他們答應乖乖聽話，直接上床就寢，耳邊還嗡嗡響著嚴厲的警告。

他們當然沒真的上床睡覺。這幾個朋友在懶骨頭沙發上坐定，在爐邊烘暖雙手，史坎德跟他們說了自己查到的事情——從賽門．菲法克斯不曾遭到逮捕，到看見新紀之霜和織者之間的羈絆。不過，他省略了細節——就是讓他最害怕的那個：「非你不可，史坎德。真抱歉。非你不可了。」

他講完以後，米契爾突然站起來，爬到他們的臥房去。

「你們覺得他還好嗎？」芙蘿問，土別針上的金色石堆閃爍著，「真不敢相信他的表哥被帶走了。艾飛本來在馬堤納製鞍那裡當學徒，那家製鞍店是我爸爸的對手之一，我哥也認識他！」

「他爸爸公布那個消息的態度有點兇啊！」巴比大口吃著緊急三明治，她邊吃邊說，果醬和馬麥醬從起司之間流出來。史坎德還是不懂她麵包是哪裡弄來的。

米契爾幾乎馬上爬下樓梯回來，一邊腋下夾著大大的長方形物體。

「那是……黑板嗎？」巴比不可置信的說。

「沒錯，蘿貝塔，」米契爾以浮誇的動作拿出一根粉筆，「上次的四人組會議，我來不及拿這個出來用。不過，現在我們可以開始按部就班行動了。」

米契爾清清喉嚨，「歡迎來到我們的第二場四人組會議，於二二〇〇開始。」

「二二〇〇？」史坎德用嘴型對芙蘿說。芙蘿悄聲說：「就是晚上十點的意思。」然後憋住一聲笑。

「我需要更大份的三明治。」巴比嘀咕。

米契爾將眼鏡往鼻梁上一推，以粉筆輕敲黑板，「我們目前知道些什麼？我們知道不知怎的，織者創造了跟新紀之霜之間的羈絆。我們知道織者陸續殺害了守護大陸的哨兵。我們知道織者一直把人偷走——而且還是非騎手。」米契爾嘖嘖口水，「像我表哥艾飛那樣的人。」

「我們也知道，銀圈從來就沒逮到賽門．菲法克斯。」芙蘿補充。

「我認為安柏的爸爸就是織者，這個推論完全說得通。」巴比說，「她謊稱他死了，老天，誰會這樣啊？」

「而且她人不是很好。」芙蘿一說完立刻一臉愧疚。

「我同意。」米契爾點點頭，在織者和賽門．菲法克斯的名字之間畫了一條線。「他絕對是我們的頭號嫌疑犯。」

「我們應該跟誰說嗎？」芙蘿問，「還是問安柏？」

史坎德嘆口氣。「看來不行。安柏之所以沒跟任何人說我是靈行者，唯一的原因是，她不希望讓別人知道她爸爸的事。如果我們到處宣傳，說賽門．菲法克斯是織者，那她就什麼都做得出來了。而且，那些靈行者說過，艾絲本不相信是菲法克斯。」

「還有——」巴比哼了哼，「我們又要怎麼說，我們是怎麼發現的？」然後她用假音說：「所以，呃，沒什麼特別原因啦，我們只是在靈行者監獄裡頭隨便晃晃，恰好跟誰聊起——」

芙蘿皺了皺眉，「好啦，好啦。」

史坎德插嘴，「我們還必須查出——」

「韋伯導師為什麼有一件苔蘚做的浴袍嗎？」巴比咧嘴笑，又咬一口她的緊急三明治。

「呃，不是，」史坎德說，「我們必須找到靈窟，不管那是什麼。尤其現在整本《靈之書》只剩下這個。」他拿出當時拚命想抓住書而扯下的頁角。上頭只有半個句子——「野生獨角獸和修補」，根本不知道什麼意思。「我想我們必須回肆端市去找那本書？」

「太危險了，」米契爾立刻說，「那些地窟其實都在禽巢裡。」

「要找會滿困難的，」芙蘿說，「真的很隱密。」

「可是你們知道那些地窟？」史坎德興奮的問。

芙蘿點點頭。「我是說，我不知道確切地點，可是我聽說過。那些地窟是禽巢地底下的四個——唔，我猜應該是五個空間，專門規劃給各個元素的行者使用。如果我們順利通過訓練試賽，明年就可以進去。礦坑給土行者，蜂巢給氣行者，熔爐給火行者，水井給水行者。」

「真是太酷了！」巴比說，雙眼因興奮而發光。

「那些祕密出入口感覺不錯，」芙蘿同意，「有個幼獸跟我說，你必須先找到某一棵樹的樹墩，然後它就會帶你到地底下去。如果你結盟的不是某個地窟的代表元素，它的出入口就不會放你進去。」她皺眉。「可是靈窟已經沒有人去了，要找到它的樹墩應該不容易。」

米契爾一臉困擾。「可是我們應該信任艾格莎嗎？我是說，她是行刑官耶，史坎德。她殺掉了所有的靈獨角獸！惡棍就是靈獨角獸。」

「我看不出還有別的選擇，」史坎德緩緩的說，「我必須盡可能學習關於靈元素的事。靈窟看來是個好的起點。」

史坎德在這一刻知道自己不能再有所保留了。他們是他朋友，整座島上或許只有他們才能夠幫他。

史坎德深吸一口氣。「不過，裘比說得沒錯。他說，需要靠靈行者才阻擋得了織者，他這樣說是對的。艾格莎跟我講了同樣的事。當我看到織者連向新紀之霜的羈絆，我就知道他們兩個說的是實話。只有靈行者看得到那個新的羈絆。所以我必須查出織者的計謀……然後阻止它。非我不可。」

「可是為什麼是你？」芙蘿問，「你才受訓多久！」

米契爾急得口齒不清，「我想你的能力還不到可以單挑織者。可別忘記，我們連那個人是誰都不知道！艾格莎指的可能是資深一點的人，像是渾沌盃的騎手。也許她指的是她自己？不會是你，不會是個雛仔！」

「目前只剩我和惡棍是與靈結盟的騎手和獨角獸。總之，是唯一可以自由行動的。沒別人了。」史坎德悄聲說，感覺到事實的沉重。「只有我和惡棍之運。」

一陣沉默。一隻貓頭鷹在他們的樹屋窗外啼嗚。

「噢，太好了！所以焦點還是在你身上？輪不到我們其他人？」

儘管一波未平一波又起，史坎德還是噗哧笑出來，接著芙蘿、巴比和米契爾也跟著哈哈笑。史坎德的朋友們用雙臂摟住了他，給他一個巨大的擁抱，他覺得裡面包含的愛似乎足以拯救全世界。

到了深夜，米契爾沒有馬上熄燈，反倒主動找史坎德說話。這種事從來沒有發生過。對於得到特定的睡眠量，他通常非常講究。

「史坎德，我只是想說，在卡士達事件以前，我知道我不大友善，那是因為我——」

「沒關係。」史坎德在吊床上小聲道。

「不，」米契爾粗聲粗氣的說，「有關係。你是靈行者又不是你的錯。你一直以來都對我很好，而我基本上從頭到尾都對你——」

「就像別人向來對你的那樣？」

「不是別人，」米契爾揉揉鏡片後面的眼睛，「主要是我爸爸。他——你可能注意到了，他不是那種慈祥、會關心別人的人，不過，我還是想盡辦法要讓他以我為榮，讓他注意到我。他和我媽在我小時候就分居了，只要輪到我爸爸照顧我的時候，他總是很忙，你理解嗎？即使現在，不管我做什麼，似乎都不能引起他的注意。我是說，他甚至不懷疑把暗號洩露出去的人可能是我！他就是這麼少注意到我。不管何時我試著跟他聊聊，他臉上總是掛著失望的表情，幾乎沒在聽我說什麼。所以我花了我所有的時間，盡量不去辜負韓德森家族的姓氏，努力爭取他的認可。其他全都不重要，連交朋友都不重要。」

「米契爾，那樣也太糟——」

「可是自從我認識了你們，我開始理解到，人生中除了向爸爸證明我值得他花時間在我身上之外，還有更多更多。其實當你自己的爸爸不覺得你有趣，你就會很難交到朋友。我不覺得會有人想跟我做朋友。然後我又碰到安柏那種真正的惡霸，就又確認了那種假設。」

米契爾嘆口氣。「而且我爸爸真的很痛恨靈行者，史坎德。他最想做的事情就是把他們都囚禁起來！我還小的時候，他甚至企圖在我面前假裝說從來就沒有第五元素。所以跟你扯上關係，唔……那絕對會讓他失望透頂，覺得我很沒出息。」

「米契爾，」史坎德柔聲說，「你才不會沒出息。」

「可是那不是藉口，」米契爾急著說下去，「就因為他痛恨靈行者，不表示我也必須痛恨他們。我現在明白了。而且我知道你的為人，你人很好，所以我想或許我也誤會其他靈行者了。」

史坎德哈哈笑，「我來禽巢的路上救了你一命，你在斷層線上救了我一命，結果你能說的竟然只有『我人很好』？」

米契爾臉上泛起他所屬元素的顏色，史坎德覺得有些過意不去。「我們是朋友，米契爾。可以嗎？這就是事實。我們是朋友。我守護你，你守護我。而且儘管有這麼多困難，你爸爸甚至對你這樣，你今天還帶著我們闖進監牢，真的很勇敢。」

「當朋友這件事我沒多少經驗。」米契爾喃喃道。

「我也一樣，」史坎德說，「不過，我想我們到目前為止，表現得都還不錯。」

「真的嗎？」

「對啊，」史坎德起身吹熄檯燈，「只要幫我一個忙就好，別再說這座島會毀在我手上了，可以嗎？」

米契爾輕笑，「一言為定。」

「史坎德？」

「嗯，米契爾？」

「如果我們查出織者的計劃，你會想出面阻止，對吧？即使很危險？」

史坎德以前在大陸上，從來沒有力量改變任何事情，但也許他可以改變這裡的什麼。他想到裘比說過的話：「即使你幫得上忙，那也不表示你就該幫忙。」可是史坎德完全不同意。當其他人身陷險境，他怎麼可以自顧自躲在禽巢？

所以，對著黑暗，他說：「我想，是吧。」

史坎德沒提的是，他想查出更多關於靈元素的事其實還有別的原因，但他想米契爾不會理解。米契爾是島民。米契爾是火行者，打開孵化門，孵出了紅色獨角獸，他很清楚自己是誰。可是史坎德不管到哪裡都覺得格格不入。在大陸上是這樣，在這座島上也是如此。史坎德連自己的媽媽是怎樣的人都不知道。到目前為止，他對自己結盟元素的認識，來自《靈之書》的些許片段以及織者的邪惡行徑。查出更多靈的事情或許是個契機，可以進一步認識自己，一個找到歸屬的契機。也許一旦找到歸屬，他就有能力扭轉局勢。

米契爾打了哈欠。「當別人的朋友都這麼累人的嗎？」

第十六章 空戰

有更多哨兵駐守在禽巢的消息，傳得比野火攻擊還快，從雛仔到掠人都知道。可是年輕騎手掛在嘴邊的不只是織者而已。隨著十二月變成一月，訓練試賽以及倒數五名不能留在禽巢的這項事實突然比以前都更加逼近。

幸好，艾格莎在火慶典那天跟史坎德說的事情沒錯。如果將靈以及他表面上該用的元素結合起來，一起召喚到羈絆裡，他就能夠控制惡棍。在狀況較好的日子裡，史坎德可以像其他人一樣，召喚氣、水、土和火魔法。雖然遠遠不足以避免在訓練試賽結束時被宣告為游牧者，但至少他目前還不會被踢出去。

有時史坎德也會想到，不久所有的雛仔都要學會飛了。史坎德、芙蘿、巴比和米契爾現在依然覺得洋洋自得，他們在第一堂課以前就已經飛過了。上過幾堂飛行課之後，史坎德得意的發現，惡棍之運的速度真的很快，是他們本學年飛速最快的獨角獸之一。學習怎麼俐落的起飛和降落，怎麼利用風勢、順應氣流，可以讓史坎德將心思暫時脫離幾乎每晚都要召開的四人組會議。

找出靈窟，確實就跟芙蘿警告過的一樣棘手。米契爾花了好幾個鐘頭在圖書館搜尋禽巢的舊地圖，可是每次只要認出一本可能派得上用場的書，提到靈窟的那幾頁都已經被撕掉。有天晚上，當米契爾又撲了個空的時候，竟然哭了出來。史坎德心想，米契爾對表哥艾飛的擔憂也許遠遠超過他之前所表現的。

同時，芙蘿和巴比爬過禽巢的一座座吊橋，在各個元素象限裡搜尋線索。她們甚至試著向較資深的騎手她關於地窟的事，大陸人和島民都問了，可是只得到了神祕的微笑。一位羽獸告訴她們，「妳們明年自然就會知道。」有個新獸則用冷淡的語氣，態度高傲的說：「妳們得先通過訓練試賽再說。」

同時，史坎德在地面上苦苦搜尋，可是在禽巢裡尋找樹墩感覺有點蠢，禽巢到處都是樹。他試著去敲裘比的門，但那個靈行者連應門都不肯，而且在大陸人課程下課後，總是不給史坎德和他獨處的機會。

四人組不忙著找靈窟時，便待在一塊，釐清他們所知道的一切：艾格莎是行刑官；賽門．菲法克斯還活著而且是自由身；駐守的哨兵不停被攻擊；非騎手不斷失蹤；織者不知怎的跟全世界最強大的獨角獸縛定了；大陸是個標靶，而且最重要的——只有史坎德可以阻止織者的陰謀。問題是，他們依然不太了解那個陰謀的確切內容。

二月底的某天早晨，已經進入水季節幾個星期，史坎德套上藍夾克，兜好媽媽的圍巾，朝著郵務樹走去。他在自己的半藍膠囊裡找到肯娜的來信，希望藉由閱讀她寫下的文字可以減少對她和爸爸的掛慮，讓他覺得他們的生活遠離峭壁哨兵之死與織者的陰謀。雖然他知道，他們一點都不安全。

親愛的小坎（和惡棍），

你要我給你一點消息，所以消息來囉！我最近一直在網路上和網友閒聊——那裡有個團體專門幫助我這樣的人，就是錯過機會，無法成為騎手，而且一直無法，唔，無法真正釋懷的人。我不希望你覺得過意不去，因為錯不在你。可是有時候，我覺得自己的生活是黑白的，沒有色彩。我老是在各個地方看到獨角獸的身影。我忍不住夢見牠們。問題是，爸爸現在只要狀況好一些，就只想談你和惡棍之運。有時候，我也想聊你們的事，可是有時候，唔，我就是不想……

悲傷和愧疚充塞史坎德的胸膛，他彷彿就要在當中溺斃。這陣子，他一直忙著找靈窟，很少寫信給肯娜。獸欄那裡傳來探問的搏動，推了推羈絆，是惡棍用這種方式問他怎麼了。可是，直到訓練前史坎德滿腦子想的都是：肯娜搞不好原本注定有一匹獨角獸，現在甚至可能在禽巢以幼獸的身分受訓。想到，如果她當初被認定是靈行者，孵化所考試就會自動不及格。想到，放任靈獨角獸孵出來變成野生的，永遠處於不停死去的狀態，這種作法有多殘忍。想到，那都是織者的錯。

惡棍獸欄外頭出現一抹身影。

史坎德悄悄走近，心跳飛快，最後看清了那個身影是誰。

「傑米！」史坎德上前打招呼，「一切都好嗎？」

可是接著史坎德看到了惡棍之運。他幾乎認不出來。閃亮的黑色胸甲貼覆在惡棍的胸膛上，金屬護板從膝蓋一直延伸到腳蹄之上，鎖子甲保護著腹部，金屬頭盔蓋住耳朵。看起來就像渾沌盃那些全副武裝的獨角獸。

惡棍尖聲打招呼。史坎德覺得牠聽起來洋洋得意。

傑米斜眼瞅著史坎德，等著他的反應。「這副盔甲可以暫時抵抗所有的元素。不過，要是有鐵匠說盔甲可以百分之百阻擋元素攻擊，就是在說謊。」

「牠的樣子太誇張了！」

「不好嗎？」傑米抖著聲音問。史坎德沒意識到，這件事對鐵匠學徒來說多麼令人緊張。

「哦，我的意思是帥呆了！」史坎德要他放心。

出於習慣，史坎德檢查一下，確定亮光劑依然遮住了惡棍的紋路。他頓時覺得洩氣。在獸欄這裡，惡棍之運看起來像個冠軍，可是惡棍如果不能好好使用自己結盟的元素，有可能贏得賽事嗎？

史坎德自己的盔甲十分合身，手臂和腿上的鎖子甲讓他的身手保持靈活，胸甲也不會過重，能讓他在底下穿著藍夾克，藏住他的突變，又有足夠的空間可以呼吸。

他們結伴走出了獸欄，穿過禽巢高大的樹幹，繞過了粗壯無比的根部。史坎德走在惡棍一側，他身上的盔甲鏗鏘作響，傑米走在惡棍另一側，捧著史坎德的全罩式頭盔。

「你在水慶典上看到那些巨型冰獨角獸了嗎？」傑米問，不過語氣比平日還陰鬱。

「我沒趕上——訓練太忙了。」史坎德說謊。慶典一整天，他們都守在米契爾的黑板前面。

「唔，你錯失機會了。我跟我朋友克蕾兒一起去，我們——」傑米突然停住，沒有把句子講完。

「傑米？怎麼了？出了什麼事？」

「她，唉，織者把她抓走了，」傑米的語氣非常悲傷，「我還是不敢相信，我當時什麼都沒聽到。我們在煉冶場那裡，跟其他鐵匠學徒住同一間樹屋。她的房間在我隔壁，但我什麼都沒聽見。我只聽到獸群狂奔的警報，然後我衝到她的房間去。她不在。我跑到屋外，我們的樹屋外頭有了白色印記。就是織者的記號。」

「真遺憾。」史坎德小聲道。

傑米嘆口氣。「最怪的是，她彷彿知道要出事了。她前一晚甚至給了我一個禮物，是她在煉冶場那裡用鐵做的獨角獸。彷彿在跟我告別似的。我猜一定是巧合吧。」

史坎德知道米契爾會怎麼說：「我才不信有巧合這種東西。」先是米契爾的表哥，現在又是傑米的朋友？感覺織者越來越近。

「而且樹屋上的記號，我們怎麼都弄不掉。我們什麼方法都試過了。每次只要看到那個記號，我滿腦子都是，要是下次就輪到我怎麼辦？這陣子以來，大家都有這種想法。」

「你朋友的事，真的很遺憾。」史坎德一手搭在傑米肩上。

「我也覺得遺憾，」他說，然後轉移話題，「你要不要把圍巾拿起來？可能不適合圍在盔甲底下。」

「噢，我——」史坎德有點猶豫。他知道這樣很蠢，但他習慣戴著這條圍巾，感覺能帶來好運。現在這個時候，能求得多少好運，他全都需要。

「我是說，如果你真的想戴，我想你可以把它往下擠。」傑米抓住圍巾的一角，用手指掂量圍巾厚度。「哪裡買的？肆端市嗎？」

「是我媽媽的。」史坎德悄聲說。

「啊，」傑米皺眉，「有意思。你是大陸人，不是嗎？這條圍巾看起來是島上生產的。」

的背。

「不可能啊。」史坎德嘀咕，擺弄著肯娜縫在圍巾上的名條。

「總之，」傑米說，「我該走了。我想搶個好位置。」

「搶什麼位置？」史坎德問，傑米把他扶上惡棍。惡棍現在太高，沒人幫忙很難攀上牠的背。

「當然是空戰啊。不然你以為你為什麼要穿盔甲？難道是時裝遊行嗎？」

史坎德降落在雛仔高地上，一見到其他全副武裝的獨角獸，腸胃便開始翻攪。場面真的就像他以前在電視上看過的那樣。赤夜穿著鏽色盔甲，看起來氣宇軒昂。獵鷹看起來很嚇人，牠的頭角從一頂金屬頭盔的洞裡伸出來。春日的陽光在銀刃的銀色盔甲上閃爍，如此耀眼，扎疼史坎德的眼睛。

獨角獸不像平日那樣只能被圈在某一個四元素的訓練場。兩個訓練團體，共四十三個雛仔，全都在長滿綠草的高原上遊走。元素轟炸的魔法閃爍，擋住了視線，放眼不見禽巢。四位導師騎在獨角獸上，聚集在中央。

史坎德注意到，土元素訓練場邊緣的座位就像渾沌盃競技場座位區的迷你版。他真正緊張起來。有些島民雛仔正對著看臺揮手呼喊。他在想芙蘿或米契爾的家人是不是也在那邊。

突然間，他的憂慮裡摻雜了些許悲傷。他真希望肯娜和爸爸可以來現場，坐在春日的陽光中，像那些島民的家人一樣，看看他一身盔甲，露出得意的笑容。但他必須等到訓練試賽才能見到他們。

騎著惡棍前進的時候，史坎德瞥見裘比。裘比正往外眺望著整片高原，藍眼蒙著陰影，眉頭深鎖。四周的島民跟他拉開好些距離坐著。失去獨角獸的騎手，到了禽巢外頭，顯然也會啟人疑竇。

惡棍正焦慮的用鼻子噴氣，翅膀的末端輕顫，噴放火花。披著盔甲的惡棍，腹部下方的鎖子甲跟史坎德的黑靴想撞發出匡噹聲，感覺更加笨重也更危險。史坎德帶獨角獸原地轉了一圈，試著控制住牠。歐蘇立文導師正在氣元素訓練場附近釘一張告示，上頭寫著起點。史坎德注意到一條亮藍色羈絆，從導師身上一路延伸到高原另一端的天堂海鳥。史坎德眨眨眼，然後將手握成拳，將靈元素收回。他需要集中精神。他必須抗拒它。

賽勒導師，就是氣導師，吹響哨子提醒騎手們排好隊伍。導師第二次吹哨要大家安靜時，史坎德因為看到那些平日不在一起受訓的獨角獸，有些心煩意亂，幾乎沒辦法管好惡棍。

「我們今天要舉行空戰。」她向大家大喊，騎著北風夢魘沿著隊伍來回走動。她是目前為止最年輕的導師，也是最迷人的，有一頭飄逸的蜜色鬈髮，穿著繡有氣旋圖案的黃色披風。說話語氣總是平靜柔和，不過當她心煩的時候，手臂和脖子的青筋會劈啪噴出火花，就像叉狀的閃電。今天她用最平靜的聲音說話，不知怎的，反倒讓史坎德更緊張。

「過去幾個月以來，我們教你們如何進行元素攻擊和防禦，都是在為空戰做準備。之後在訓練試賽裡，輸了一場戰鬥，就可能意味著以游牧者身分離開禽巢。你們不能單靠飛得快，你們必須要能運用元素魔法，保護和提昇自己的排名。」

「嘿！」

赤夜出現在惡棍的右邊。米契爾的雙眼因興奮而閃亮，史坎德覺得特別反常。米契爾非常討厭突發狀況，而空戰應該會充滿棘手的突發狀況。

「你看到我爸爸來觀賽了嗎？」米契爾劈頭就說，「真不敢相信他從監獄那邊一路趕過來，就為了看我的頭一場空戰。禽巢一定發了信給島民的家人，然後他就來了。為了我！你敢相信嗎？看！」

史坎德從未看過米契爾反應這麼熱烈，連卡士達潑了安柏滿臉的時候他都沒這麼激動。他的視線循著朋友手指的方向而去，看到辮子如瀑布一般的伊拉．韓德森，臉上帶著慍色。米契爾在巴比惹到他的時候，也會露出這種表情。

「你可以安靜一下嗎？」芙蘿在銀刃背上顫抖著聲音說，「我想如果你繼續講話，可能會惹上麻煩，而且我真的需要聽聽導師在說什麼。」

米契爾小聲道了歉，巴比翻了翻白眼。

「你們要兩人一組對戰，」歐蘇立文導師說，聲音比賽勒導師更尖銳，「規則是——」她頓住，「唔，其實沒有任何規則。你們可以隨意組合元素，可是我建議你們盡量用自己的結盟元素。搶先抵達終點的就獲勝。」

安德生導師忽然放聲大笑，耳朵四周的火焰閃動。「你們全都一臉擔心。別擔心，會很好玩的！」

「好玩？」馬麗安在附近低聲說，棕色眼睛充滿驚恐，「要是我必須跟芙蘿和銀刃對戰呢？」

史坎德覺得自己胃部一沉。他們真的要參加空戰嗎？要是惡棍在半空中把他拋下呢？要是他空戰慘敗，導師們立刻宣布他為游牧者呢？當他注意到療癒師扛著擔架抵達，感覺更加糟糕。

接著，賽勒導師宣讀配對名單時，簡直雪上加霜。「史坎德．史密斯對上安柏．菲法克斯。」

史坎德哀嘆，「還有四十一個雛仔，為什麼非得是她啊。」

巴比和亞伯特先戰。史坎德可以看到可憐的亞伯特握著韁繩的雙手已經在顫抖，而哨聲根本都還沒吹響。這一刻，老鷹黎明美麗極了，白色尾巴飄揚過空，直到……轟！巴比從手掌召喚出旋風，穿越天空，朝著對手射去。那股力道扯著老鷹的翅膀，狠狠將牠吹離了賽道。

史坎德可以看出亞伯特心急如焚，想要升起水盾牌。

「你想她會用電流來攻擊嗎？」芙蘿擔心著，水在空中發出漂亮的閃光。可是旋風卻將亞伯特自己的魔法擋了回去，將老鷹推得距離終點線更遠。巴比讓獵鷹降落，奔馳著越過終點線。那陣風幾乎立刻停止，亞伯特騎著老鷹，獨自沿著高原的邊緣快步走，神情尷尬。

「好棒！」史坎德和芙蘿對巴比大喊，她駕著獵鷹回到四人組身旁。

巴比聳聳肩，「噢，是的，嗯，我永遠都會贏的。等我在訓練試賽勝出再恭喜我吧。」

其他幾組實力相當。莎莉卡和阿雷斯帖凌空激戰，在賽道上繞著彼此打轉。

「加油，莎莉卡！」史坎德歡呼，「加油！」

火在上空爆開，薄暮尋者突然間往下墜，阿雷斯帖緊緊摟著薄暮尋者的頸子。他們動作笨拙的降落，阿雷斯帖被拋到地上。莎莉卡讓赤道難題在終點線前降落，然後奔馳著越過那條線，指尖上突變的火焰在風中舞動。

芙蘿倒抽一口氣，「看看薄暮尋者的翅膀。」翅膀上的火還沒熄滅。

「我想阿雷斯帖在流血。」史坎德說。

赤道難題正在流口水，試著要回去阿雷斯帖倒下的地方。薄暮尋者保護似的站在自己的騎手身旁。其他獨角獸嗅著空氣，發出飢餓的低吼。療癒師及時湧到訓練場上，轉眼用擔架將臉色慘白的阿雷斯帖抬走。

「安柏．菲法克斯和史坎德．史密斯！」歐蘇立文導師大喊。

「用火元素，」米契爾建議，「根據統計數據來說，你佔有優勢。」

「只要盡力就好。」芙蘿打氣。

巴比咧嘴笑。「給她好看！」

在起點線那裡，旋風竊賊發出低吼，腳蹄刨著地。惡棍齜牙咧嘴，想衝去咬牠，讓史坎德猛然一晃。兩匹獨角獸的胸甲想碰，翅膀拍打著對方。

「你準備倒地吧，靈行者。」安柏發出吼聲。

史坎德咬牙切齒，「你想得美。」

哨聲響起，惡棍比竊賊上升得更高更快，翅膀在史坎德雙腿兩側激烈的鼓動著。史坎德做好面對氣流的心理準備，試著適應盔甲帶來的重量。他努力了好幾個星期，想像靈與火元素的混用，白和紅在腦海裡交融。可是沒時間了。安柏手掌下方的空氣發出深色的森林綠光，尖銳的石頭有如幾百枚迷你飛彈，朝惡棍急速射來。史坎德大吃一驚。他以為安柏會用氣，她的結盟元素，可是她卻選了土。

惡棍發出挑釁的吼聲，史坎德感覺靈元素的拉力前所未有的強，甚至比他突變的時候還猛烈。彷彿胸口裡有個氣球正在擴張，彷彿元素的力量從羈絆中心往外生長。「惡棍！」他警告。

「還在用媽咪的圍巾，是吧？」安柏一面向上飛一面發射飛彈，不過惡棍全都閃過了。史坎德一直壓抑的怒氣，泡泡似的，紛紛升到表面。

「妳怎麼有辦法面對自己？妳爸爸根本沒死，妳怎麼可以到處騙人說他死了？」

「他是靈行者！」安柏冷冰冰的喊道，「死了反倒更好。」更多岩石飛彈從她手掌飛出。

史坎德在惡棍翅膀的鼓動聲中向她尖叫，同時隱約意識到一道白光。「妳再說那種話試看看！妳根本不知道爸媽過世了是什麼感覺。妳沒資格說妳寧願那樣。妳根本不知道自己在說什麼！」

他讓惡棍往下飛，試圖躲過安柏發射的岩石，但她緊追著他，她的星星突變在額頭上發出火光。「沒了媽咪，你覺得茫然嗎？小靈行者？你希望她——」

史坎德失控了。突然，史坎德在羈絆裡只感覺得到靈元素。它充斥在他的腦袋裡，在他的皮膚底下，在每口呼吸裡。靈聞起來跟其他元素不同，帶有肉桂甜香的魔法在他舌尖上舞動。他和惡棍之間的魔法連結發出嗡嗡聲，似是在說：「讓步吧。讓步吧。這就是你們命定的元素。」史坎德特別清晰的看到一道閃亮的黃線從安柏的孵化所傷口一路延伸到竊賊的胸口中心，她的手掌依然發出綠光。

某種直覺讓史坎德伸出手掌。惡棍發出興奮的尖鳴，獨角獸的情感和他的融為一體，讓史坎德心生歡喜。短短一瞬間，他不在乎他們會不會被發現，他不去想裘比的警告。他知道怎麼做。頭一次，他清清楚楚知道怎麼運用自己的魔法。一球明亮的東西離開他的手掌，飛向從安柏的心延伸出來的那條黃索。她完全沒料到。她手掌停止發出綠光，土飛彈紛紛從天上掉下來。

《靈之書》裡的話語飄進了史坎德的腦海：雖然靈並不是特別強大的進攻元素，但就防禦能力而言，遠遠超過其他四個元素……那番話指的就是這個嗎？他有能力憑藉羈絆攔阻對手的魔法？

安柏困惑的叫喊出聲，史坎德這才意識到自己做了什麼事，冒了什麼風險。他必須使出別的元素，他必須讓自己看起來跟大家用同樣的方式戰鬥。

驚恐之下，史坎德盡快召喚了火元素，但似有什麼東西已經改變。魔法來得很輕鬆，他依然感覺得到——依然聞得到靈元素。惡棍發出怒吼，嘴裡爆出一顆接一顆的火球。

安柏恢復平靜，轉用水元素，噴出一連串的水柱。當她意識到水柱不夠強大，遏止不了惡棍的火風暴時，雙眼充滿了驚恐。史坎德現在也從手掌射出火焰。接著，安柏指著惡棍，害怕的大叫。

史坎德往下看。惡棍的脖子在盔甲下化成了火焰，側腹也迅速起火。平常獨角獸的鬃毛和尾巴通常會發出元素的火花，但不會是全身。這並不正常。不會吧。接著，《靈之書》他本來完全讀不懂的文字頓時說得通了：與靈結盟的獨角獸有能力變身，進而化為各個元素的形貌。可是他不可以讓惡棍化為火焰。即使在這個高度，大家也都看得見，大家會明白這意味著什麼……

「惡棍！放鬆啊，小子！」史坎德對牠大喊。

惡棍低吼，又對竊賊送出一顆火球。安柏的水盾牌來得太遲，她別無選擇只能緊急轉向。史坎德藉著這個機會，收攏惡棍的轡繩，以最快的速度朝終點線飛去。惡棍搶先落地，越過終點線，比旋風竊賊快了幾秒。

「下來！」歐蘇立文導師吼道。史坎德的心在胸甲下跳得飛快。她看到了嗎？還有別人看到嗎？

「很好，史坎德，這場戰鬥你贏了。」

史坎德鬆了一口氣，如果她看到他用靈元素，肯定不會開口向他道賀。

「祝妳下次運氣更好，安柏。那個水盾牌還需要下點功夫，是吧？」

安柏垂著腦袋。

「請你們握握手。」歐蘇立文導師下令。

安柏幾乎沒碰到史坎德的手，就滿臉嫌惡急步離去。史坎德毫不懷疑，她很清楚在空中發生了什麼事。

「就水行者來說，剛剛那波火攻很強，」歐蘇立文導師評道，「你在上頭看起來就像跟火結盟似的。」

史坎德緊張的扯了扯藍夾克的袖子，但歐蘇立文導師沒有多說什麼。

「你打敗安柏了！幾乎跟你的傳奇卡士達行動一樣厲害。」巴比和獵鷹站得離架高的座位區很近。芙蘿為了控制銀刃，在附近帶著牠繞小圈子。「我想你應該有資格享用一個緊急三明治。」

「噢不，沒那麼了不起啦，」史坎德連忙說，「三明治就不用了。」

「隨你。對了，你什麼時候變得這麼會用火元素了？你自己偷偷練習的嗎？你明明可以找我一起！」

「小聲點！」史坎德斥道，「之後再跟妳說。」

巴比對他皺眉，但沒再繼續追問。「米契爾要跟另一個訓練團的水行者對戰，一個叫妮阿姆的女生。那隻是雪泳者。」巴比指著起點線的一匹白獨角獸。「他最好要贏。要是他沒贏，我們就要聽他囉唆個沒完。」

「而且有他爸爸在看呢！」

「沒，並沒有，他十五分鐘前就離開了。」

「已經離開了？」

「對啊，在你跟安柏空戰以前。」

心。

哨聲響起，赤夜之樂遨翔入空。但史坎德和巴比立刻因為看臺後面有人大聲交談而分了心。

「太可悲了，安柏，真的。如果他們明年准妳進蜂巢，我會很詫異。蜂巢是給認真的騎手去的地方。」

女人語氣裡的惡毒讓史坎德毛髮直豎。以前在學校，歐文都會罵他可悲。

「可是，媽咪，史坎德沒照規定來，他——」

「我聽到的全是藉口，」女人的聲音更大了，「我自己的頭一場空戰，不到十秒鐘就越過終點線了。」她語氣忽然平靜下來，「也許妳從妳爸那邊遺傳到不少噁心的靈行者特質。」

那些刻薄的話讓巴比的臉抽搐了一下。

「對不起，媽咪，我會努力練習元素之間的轉換。我會更賣力，我保證。」

女人嗤之以鼻。「最好是這樣。要不然我自己會提議宣布妳為游牧者。」

史坎德聽到安柏輕輕啜泣。「走吧。」他低語，他們以最快的速度帶走了戰鬥之後十分疲憊的獨角獸。

「我想那就是安柏是個惡霸的原因。」他們一走遠，巴比就開口。

史坎德幾乎無法理解這個狀況。「對啊，我想並不是她自己故意要說她爸爸死於野生獨角獸攻擊的。」他無法相信，自己竟然會為安柏這種人覺得遺憾。

就在那時，一匹紅獨角獸朝他們奔來。史坎德可以看出是赤夜之樂，不只因為惡棍開心的對朋友發出尖鳴，也因為對方每跨一步就快活的放個屁。「他看到了嗎？我贏了！」米契爾摘下頭盔，抹抹眼鏡，汗水從額頭滴下。「我用那顆超大火球打趴了妮阿姆，火勢根本像森林大火。我要去找他！」

史坎德和巴比心虛的面面相覷。不只米契爾的爸爸提早離開，連他們自己也沒看他的空戰。

「呃——」史坎德正要開口。

但巴比趕緊插話。「米契爾，你爸爸沒看到你的空戰。他，呣，必須趕去七人議會開會。監獄那邊有點緊急狀況。」

米契爾臉一沉。「他——他沒留下來看？」史坎德從米契爾的聲音可以聽出他正強忍淚水。

巴比搖搖頭，史坎德盡量調整表情，做出一副自己也聽說監獄有緊急狀況的模樣。

「不過，他說，他覺得赤夜的盔甲看起來很棒，」巴比主動說，「我是說，顯然沒獵鷹的好看，但還是很像渾沌盃裡的獨角獸。」

米契爾的眼神稍微多點希望，「他這樣說嗎？」

巴比點點頭，米契爾開心起來，跑去帳棚那裡替赤夜沖洗身子。

「妳剛剛那樣，真好心。」史坎德對巴比小聲道。

她聳聳肩，雙手梳理著獵鷹的灰色鬃毛，「爸媽讓我們失望的時候，真的會感覺很糟糕。」她猶豫了一下又說，「有好久時間，我爸媽都不肯接受我的恐慌發作是真的。他們以為我只是想引起注意。」

「他們現在還是那樣嗎？」史坎德試探的問。

巴比搖搖頭，「不會了。他們最後還是懂了，不過我想米契爾跟他爸爸還有好一段路要走，相處起來才能像罐子裡的餅乾一樣自在。」

史坎德噗哧一笑，「噢，又來了！像罐子裡的餅乾一樣自在？連島民都不可能相信這種說法。」

「其實呢，上星期梅寶一直說什麼島民都比大陸人還早突變的鬼話，我就教她這個了。現在她都教會她朋友了。」巴比一臉開心。

不久之後，巴比、史坎德和米契爾坐在獨角獸上看最後一場比賽：芙蘿和銀刃、梅依和野薔薇之愛。

「加油，梅依！」安柏路過的時候大喊，臉上帶著甜膩的笑容轉過頭來。「你的朋友雖然是銀獨角獸，可是大家都看得出她超級膽小的。她不配擁有銀刃。要是他們當初把蛋搞混了，我也不會訝異。她永遠不該孵出牠的。」

「簡直胡說八道！」確定安柏已經走遠之後，米契爾喊道。

「她又回到老樣子了。」史坎德對巴比小聲道，但她沒在聽。她正看著芙蘿站在起跑線的草地上，笨拙的擺弄著頭盔。

「她一副快吐了的樣子。」巴比道。

即使穿著亮銀色盔甲，也藏不住芙蘿臉上的驚恐。

「我在想他們會不會把銀騎手宣告成游牧者。」米契爾沉吟。

「米契爾！」史坎德轉向他，震驚不已，「別說那種話！她不會有事的！」

可是他們白擔心了。歐蘇立文導師一吹哨子，銀刃就像子彈似的起飛，搶先野薔薇一秒。而這就夠了。芙蘿在空中帶著銀刃猛然轉身，手掌發出綠光，野薔薇的後腳才離開地面，一大坨的泥巴就砸向牠，伴隨著一陣猛烈的風沙。趁對手被沙子弄得睜不開眼，一時離不開地面，芙蘿用土創造了一個障礙物，包圍住野薔薇和梅依，將他們封在泥巴構成的牢籠裡，無法起飛。芙蘿滿意之後，在空中將銀獨角獸調轉過來。她越過終點線的時候，就像一道亮得炫目的銀光。

觀眾的歡呼聲大過之前的其他場空戰。唯一沒反應的是巴比，她緊緊蹙著深色的眉頭。

「我不喜歡芙蘿和銀刃現在的默契。自從牠在獸群狂奔事件救了她之後，這種默契就產生了。如果他們繼續表現得這麼好，我永遠也沒辦法在訓練試賽的時候打敗他們。」

「史坎德？」沃森導師出現在他們面前。他望著史坎德，一臉氣憤。「借一步說話？」

導師領著他和惡棍走到藍色的水帳棚。裘比臉色很難看，甚至是飽受折磨的樣子——彷彿好幾天沒睡了。

「你在空中用靈元素，到底在玩哪招？有些觀眾可是議會成員！要是他們注意到安柏的土魔法在羈絆裡就已經被消滅了呢？算你運氣好，在空中那麼高的地方對戰，不過還是太魯莽了！」

史坎德試著解釋，「我不是故意的。我找到一個方法讓靈進入羈絆，這樣惡棍才不會發狂。我只是一時失控。可是最後總算成功了，我可以感覺到元素的融合——」

「最後成功還不夠，史坎德！你的技術顯然還不夠好，無法把它們結合起來，所以你必須繼續阻擋靈元素！」裘比壓低了聲音。他看上去有些瘋狂，唾沫四處飛濺。

「很難，好嗎？你不懂！」史坎德感覺脾氣就要爆發。「你以前從來不需要隱藏靈元素。你以前永遠不需要阻止自己的獨角獸使用它。不是只是擋住這麼簡單。惡棍知道自己跟靈結盟。如果我一直阻擋靈元素，就會逼牠發瘋發狂。現在這種作法比較好。」

「銀圈、渾沌司令、議會——要是他們發現了，絕對會要你的命。史坎德，拜託。你必須理解。」裘比似乎猶豫著是要直接打史坎德一頓，還是索性自己哭出來。

「我確實理解，」史坎德說，將惡棍從裘比身邊拉開，「我理解你的害怕，我知道你不敢幫我冒險。但不論你怎麼決定，我非進靈窟不可，無論要花多少時——」

「你怎麼會知道地窟的事？」裘比問，無法置信，「到那裡去根本就是魯莽至極！它就在禽巢空地的中央，你會被發現的！你會被看到！你等於拿一切來冒險，這又是何苦呢？」

「我沒辦法像你這樣活著，」史坎德悲傷的說，「我沒辦法一輩子都在偽裝。要是有機會可以阻止織者的計謀，我不打算躲在禽巢裡袖手旁觀。」

騎著惡棍離開時，史坎德突然意識到裘比剛說的話：「靈窟就在禽巢空地的中央。」奇蹟似的，他終於知道靈窟在哪裡了。

史坎德趕回朋友身邊，要告訴他們這個好消息，他沒回頭去看裘比。沒看到那位靈行者的表情從淒淒惶惶，變成了毅然決然。

第十七章　靈窟

渾沌盃資格賽的日子到了。對禽巢的人來說，這天等於是觀賞預賽，看哪些騎手和獨角獸在今年可能會晉級渾沌盃。雛仔們特別期待這一天，可以喘口氣，不去煩惱幾個星期後的訓練試賽。可是既然到時禽巢會宛如空城，史坎德的四人小組決定在這天尋找靈窟。

遺憾的是，錯過資格賽這件事，米契爾似乎比他預料得還要難受。一大早，禽巢晨鐘響起之前，他早已醒來，躺在吊床裡，一臉惆悵仰望樹屋的天花板。他誇張的嘆口氣。「欸，比起渾沌盃本身，我其實更喜歡資格賽，有更多可以看的。」

史坎德起床不理他，在樹幹頂端碰見巴比。她的狀況一樣糟。「我真不敢相信我們真的要錯過渾沌盃的資格賽！」她哀嘆連連，「要是裘比弄錯了呢？要是靈窟根本不在那邊呢？」

「妳不用跟我一起去，」史坎德說，之前在樓上他也跟米契爾這麼說，「我可以自己去找。我不會有事的。」

「別傻了，」巴比說，轉身怒瞪著窗外的莎莉卡、妮阿姆和羅倫斯，他們正要走過附近的一座橋，臉上抹了自己支持的騎手的元素色彩。巴比繼續臭臉望著他們，又補了一句：「你不能自己做這件事，史坎德。你連自己都沒辦法打理好。今天早上梳過頭髮了嗎？頭髮亂七八糟，看起來像個瘋狂科學家。」

芙蘿穿著睡衣走下樓來，一副苦瓜臉，彷彿今天是她這輩子最糟的日子。史坎德索性去看惡棍。至少牠不會抱怨自己不能去看資格賽。史坎德趁這個安靜的時刻，繼續寫要給肯娜的信。惡棍頻頻想去咬他的鞋子後跟。傑米說過的一些話一直困擾著他。

PS. 小娜，關於妳給我的那條圍巾，妳知道些什麼嗎？傑米，就是惡棍的鐵匠，告訴我，它看起來是在島上製造的。也許爸爸知道媽從哪裡買來的？可以問一下他嗎？等他心情好的時候啦！

中午不到，禽巢一片冷清，是史坎德前所未見的。他無法再等下去了。四人組一起走過吊橋組成的網絡，往下走到地面。在空地邊緣一棵樹的陰影裡，史坎德壓低嗓門說話。「我想我們應該從中心開始往外找。」

一隻小鳥飛越頭頂，芙蘿警覺的跳起來。

「我已經厭倦計畫了，」巴比抱怨，「能不能直接去就好？」

「典型的氣行者，」米契爾發出嘖聲，「真任性。」

「數到三，」史坎德說，「我們用最快速度跑到元素分界那裡，想辦法找到那塊樹墩。一、二、三！」

他們拔腿衝到空地中央，開始搜尋地面四道裂隙交會的地方。史坎德跪下來，用手指在草葉間撥找，但只翻出土壤，偶爾會看到蚯蚓。

他的指節敲到了硬梆梆的東西。史坎德很興奮，他在草叢中摸索，摸到了一個圓圓的東西。那是非常低矮的樹墩，四周的草長得老長，上頭蓋滿了爬藤植物。

「我想我找到了！」史坎德對其他人大喊，他們就在附近，也在地上爬。米契爾和巴比衝了過去。芙蘿拖著腳步跟在後頭。

「確實是樹墩。」米契爾確認，也跟著在草叢中摸了摸。

「我不喜歡說風涼話——」巴比雙手插腰，「可是如果只是一般的樹墩呢？」

史坎德用手摸了摸，發現樹墩上似乎有什麼刻痕。他將草葉撥開。心臟狂跳，在木頭上認出了一個標誌——四個纏繞的圓圈。

「我想就是這個，」他輕聲說，幾乎不敢相信。他起身讓其他人看看這個記號。「這就是《靈之書》上的符號！」

「你確定你想進去？」米契爾問，「我們真的能信任艾格莎嗎？」「可能有危險。」芙蘿補了句。

史坎德仰頭對著他們皺眉。「我們的任務就是這個啊！就是為了來這裡才錯過資格賽啊——」

「你可能會發現，靈元素真的就跟大家說的一樣糟，」巴比說，「而且可能也不會得到關於如何打敗織者的線索，可能會讓你心情更差啦！」

「你們根本不知道這是什麼感覺！你們全都不懂，」史坎德忽然道，「連裘比都讓我覺得身為靈行者是件骯髒、丟臉的事，彷彿我不該被放進禽巢，即使我孵出了獨角獸。我家人遠在大陸，我連我媽媽都不認識。我只是想找到一點點歸屬感，只想要有個機會查出我可以怎麼善用自己的元素。如果你們其實不能接受這一點，大可不必跟我過來。」他講完的時候，氣喘吁吁。

米契爾彆扭的拍拍史坎德的背，「我們要跟你一起進去。可是，還是提醒你一下，你絕對屬於我們的四人組。」

巴比挑眉，「你好感性喔，米契爾。」

「那單純是事實。但要是他被宣告為游牧者，那又是另一回事了——」

巴比在他面前擺擺手。「欸，別破壞氣氛。」

芙蘿閉上雙眼，深吸一口氣，對著史坎德點點頭。

史坎德試著將孵化所的傷口貼在木頭上的符號。毫無動靜。他用指尖在樹墩邊緣摸索，想感覺是否有開口。一個也沒有。史坎德努力去思考入口會怎麼運作，手漫不經心沿著符號上的圓形溝槽比劃著。

木頭發出轟隆聲，在空地迴盪，生鏽的金屬把手從樹墩中彈出來。「抓好了！」史坎德對大家大喊。

四人組馬上在覆滿草葉的基座上方緊緊圍成一小圈。基座往下墜入黑暗之中。他們四人全都扯開嗓門尖叫，彷彿在坐雲霄飛車。高速下墜讓史坎德的胃部一沉，臉頰抽搐。

在黑暗中下墜了整整一分鐘之後，樹墩終於停了下來，史坎德踉蹌走下基座，被灰塵和泥土嗆到。樹墩又嘎吱一聲上升回到地表。他睜開雙眼。這地方如此黑暗，張眼或閉眼都沒有差別。

米契爾聽到芙蘿的抽噎，也跟著唉唉叫。「我想我要吐了。」

在伸手不見五指的黑暗中，傳來點火柴的聲音。頓時燃起的亮光照亮了巴比的臉。「你們真不適合探險。」她得意的說，走到了牆壁的火炬托架那裡。火炬被點亮，光線注滿了圓頂的洞窟。「這樣的冒險行動沒帶火柴，像樣嗎？真不專業。」

這個由黑色大理石砌成的圓形房間以前一定很美。可是都被破壞了。牆壁、地板，甚至是獎盃櫃，到處都是用白漆塗塗改改的文字和圖畫。有些字跡歪歪斜斜，難以辨讀，彷彿是小小孩抓著粉筆塗寫出來的。

史坎德轉向朋友，他們都因恐懼和困惑而雙眼圓睜。「我想原本不該是這個樣子的，」他啞著嗓子說，開始感到愧疚，「看——」他指著空盪盪的書櫃，「我想，把這地方弄成這樣的人，不管是誰，已經把書都偷走了。」

「想也知道是誰弄的。」米契爾陰沉的說，指著他們對面的牆。

史坎德這才定睛一看牆上的文字，他真不敢相信之前竟然看漏了。

織者、織者、織者——擠在白色塗鴉和好幾串無法辨識的文字之間。

「我真的不喜歡這樣，」芙蘿低語，「要是織者回來呢？要是有別的入口呢？」

「別傻了！」巴比喝叱，雖然語調裡也有恐懼。

史坎德正仔細看著牆壁。「漆料看起來滿舊的，」他慢慢的說，「真的很舊。看——都在剝落了。」

「你想這是警告嗎？」米契爾顫抖著聲音問。

可是史坎德正在看一連串的圖解，幾乎充耳不聞。第一個圖解是一個人伸手要碰觸獨角獸的頸子，頂端潦草寫著「找到」。在第二個圖解裡，畫了一個人。第二個人的手掌發出光線，曲折旋繞，形成線條，將獨角獸和第一個人的心連接起來。上方寫著：「編織」。在第三個圖示裡，那第一個人跨坐在獨角獸背上，往外伸出手掌，上頭寫著「羈絆」。

「我想這就是織者一直在擄人的原因。」史坎德的聲音在大理石牆壁之間迴盪，聲音聽起來有些空洞。

「怎麼說？」米契爾不耐煩的說，「你看出什麼了？」

他們三人都衝過去看那三個圖解。「我不懂，」米契爾說，「他們只是簡單畫成的火柴人，而且——」

關於自己怎麼用靈元素對付安柏和旋風竊賊，史坎德沒說過多少細節。他從未形容自己怎麼用靈魔法伸出觸角，撲滅安柏用來和他交戰的土元素，他的力量又是怎麼箝住她閃閃發亮的黃羈絆。他一直擔心他們會有什麼想法。

可是現在他得好好解釋一番。他告訴他們自己在圖示裡所看到的內容。第一個人是非騎手。第二個人是織者，有能力看出羈絆。那匹獨角獸是野生的，從透明的頭角一見便知。織者，就如這個稱號所暗示的，會將那個人類的靈魂和獨角獸的靈魂編織在一起。織者正在仿製羈絆。

「傑米提過實驗的事，」史坎德嚴肅的說，「他告訴我，他聽說織者正在拿非騎手做實驗。就是這個！這就是織者在對他們做的事！織者先拿野生獨角獸這樣做，然後是新紀之霜。下一步一定是對其他人、其他獨角獸。」

「羈絆怎麼運作？」米契爾像在自言自語，「將非騎手跟野生獨角獸綁定？艾飛就是碰到這種事嗎？還有傑米的朋友也是嗎？這有可能嗎？我從沒讀過——」

「可是織者為什麼要把這項邪惡的計畫寫得滿牆都是？」巴比打岔，「這樣做有點蠢吧？不過，既然織者是安柏的爸爸，這也不意外。我想……」

芙蘿噓了一聲要巴比安靜，彷彿擔心織者可能會聽見。

「我們可是在談織者啊！」米契爾聲音粗啞的說，喪氣的扯著自己的黑髮，「沒人知道織者到底還是不是人類，要是織者做決定的過程不符合邏輯，一點也不意外！」

芙蘿正在看那些圖畫，這時開了口。「我想你說的沒錯，小坎。這一定就是織者想要新紀之霜的原因。世上最強大的獨角獸？牠的魔法會比野生獨角獸都容易控制得多。也許織者認為這會加快這些實驗的速度？也許新紀之霜已經幫忙做了……這個？」她指著牆壁。

「可是為什麼？織者為什麼想這麼做？」米契爾態度堅持。

「還不明顯嗎？」巴比難得露出害怕的神情，手臂上的灰色羽毛都豎立起來。「賽門正在集結一批大軍啊！」

「別叫織者賽門！」米契爾斥道，「那還沒經過證實！」

「大陸，」史坎德說，心跳飛快，「我之前怎麼沒看出來呢？織者不只想要攻擊大陸。想想看，如果織者把這支軍隊帶到那裡，那麼大陸人就可以跟野生獨角獸縛定。像我姊姊那樣的人！只要有那麼龐大的野生獨角獸軍隊，織者就可以攻下大陸和這座島。」

織者在渾沌盃上指著攝影鏡頭的影像，閃過他的腦海。艾格莎當時說了什麼？「那不是意外，那是威脅。」

「不，不，我們必須理智！」米契爾抗議，「好，織者是殺了峭壁哨兵沒錯，這聽起來很糟。」

「不只聽起來很糟！是真的很糟，」史坎德說，氣急敗壞，「織者準備要——」

「可是織者到目前為止只綁架了幾個人，」米契爾說，語氣強硬，「即使實驗在我表哥——」他嚥了嚥口水，「那樣的人身上成功了，他們的人數也不可能多到可以突破防線到大陸去，還有哨兵、銀圈和渾沌盃騎手的阻攔。」

「加上我們在禽巢的所有騎手。」巴比狠狠的說。

可是儘管大家一臉勇敢，史坎德感覺自己的心還是往下沉。來靈窟的重點應該是找出有用的方法，向朋友們證明靈行者曾經就像跟其他元素結盟的人一樣，讓他們看到他可以用靈元素來做好事。可是他們最後又回到了起點——織者用它來作惡。

「我們必須去找裘比，」芙蘿堅定的說，「如果他知道織者正要籌組一支軍隊，他一定會想幫忙的吧？他總不能坐視不管吧！如果織者是靈行者，能夠做出那些假羈絆，也許史坎德有辦法翻轉回來？也許裘比難得可以出個力？」

史坎德花了一點時間才弄懂怎麼回到地表。原本樹墩落下的地方，有棵樹幹往上延伸到黑暗之中。這次在樹皮上找到靈符號的是芙蘿。史坎德用手指繞著那些圈圈比劃，樹幹開始嘎吱嘎吱往下降，最後又變成樹墩的模樣。史坎德和他的四人組緊緊抓住把手，轉眼就被迅速推回空地上。

幸好，禽巢還是一片冷清。巴比整個人進入冒險模式，她宣布目前時機正好，他們應該立刻去找沃森導師。可是史坎德很擔心。裘比發現史坎德在找靈窟的時候並不高興。史坎德希望那位靈行者可以理解。這件事不只攸關史坎德和惡棍，而是關乎整座島和大陸的安危。關乎織者是否能夠組建一支軍隊。

幾分鐘之後，史坎德敲響了裘比的屋門。「沃森導師？」他喊，「你在家嗎？是我，史坎德！我必須問問——」

門並未上鎖。

「裘比？」史坎德喊，「你在家嗎？」

「小坎，我們不應該進去，要是——」芙蘿警告，但史坎德已經走進了擺滿懶骨頭沙發和地氈的客廳。

「要是他在睡覺呢？」芙蘿低吼。巴比正踩著金屬階梯登上樹幹。

「他不在這邊！」幾秒鐘之後，巴比往樓下大喊。

史坎德瞥見客廳旁邊有扇門微微開著。要不是因為開了個縫，他可能會以為那是金屬牆壁的一部分。

史坎德把門拉開，讓房門外的光線照進去。「裘比？你還好嗎？你在裡面嗎？」巴比、米契爾和芙蘿都來到房門口。不見裘比的蹤影。小小房間只有一張桌子，上頭攤開一張地圖。

米契爾朝那張地圖走去。「這是哪裡？」

巴比走到桌邊的時候哈哈笑，芙蘿和史坎德緊跟在後頭。「我很喜歡知道你不知道的事，米契。你的額頭上會出現細細的紋路，這時候我就知道我——」

史坎德打斷巴比的話，將米契爾從窘境中解救出來。「這是大陸。」

「天啊！」芙蘿輕聲說。她拿起兩捲紙。「這裡還有更多地圖。你們想這些都是裘比畫的嗎？」

「我猜是。」史坎德攤開另一張地圖，一張紙從裡面掉出來。看起來像是傳單。史坎德從地上撿起那張紙，翻過來看。上頭有個符號。他確定自己以前看過。史坎德垂眼盯著那張紙幾秒鐘，努力回想，接著——有了！他在火慶典上看到兩個島民在看一張紙，上面就有這個弧形加圓圈的符號，「嘿！瞧瞧這個！」

他們聽到樹屋的門開了。「快！」芙蘿尖聲說。他們衝出小房間，史坎德將那張傳單塞進夾克口袋。

客廳現在有了不少人。但不是裘比。

「老天！」朵里安．曼寧驚呼。四個元素導師都到了，站在孵化所所長和銀圈領袖身邊。他們看到史坎德四人組時，滿臉詫異。孩子們看到這些大人也是。

米契爾先從震驚中回神。「我們來找沃森導師。」他解釋。史坎德覺得他的語氣似乎有點漫不經心，是兩人成為朋友之前他慣用的口吻。

「你們怎麼沒跟其他人一起去看資格賽？」開口的是賽勒導師。她盯著巴比看。語氣平靜，但皮膚底下的青筋劈啪響，噴發火花。

「我們——」

「這太不尋常了，也許他們知道些什麼？也許他們摻了一腳？」朵里安．曼寧大聲道。

「或者，」歐蘇立文導師瞪大她漩渦般的眼睛，彷彿在忍著不要翻白眼，「也許他們可以告訴我們他們是不是看到了什麼，也許可以幫忙我們找到裘比．沃森。我滿擔心他的，他近來有些反常。」

「裘比失蹤了？」史坎德問。

朵里安．曼寧跟他同時開口。「我們都知道他去了哪裡，普西丰妮！」

「我想我們並不知道，朵里安。」歐蘇立文導師冷冷的回答。

「沒有那個逃亡者的身影，沒有掙扎的跡象，沒有記號——」朵里安．曼寧對著樹屋指來指去，「靈行者從自己永遠不該離開的地方失蹤了。我想我們可以猜到，他跑到哪裡去——或者我該說，跑到誰那裡去。我向來都說，應該把他跟其他人一起關起來，看看這下子出了什麼事——哨兵和那些失蹤人口，我們面臨的危機比殞落二十四還嚴重！」

「你認為裘比自願投奔織者了？」史坎德問。

米契爾狠狠踩了他一腳。

「啊哈！所以他們確實知道些什麼！」朵里安．曼寧得意洋洋的喊道。

芙蘿朝朵里安．曼寧向前一步。樹屋窗戶灑進來的光線在她頭髮的銀絲上閃爍。「曼寧所長，」她柔聲說，「我們沒去看資格賽都是我的錯。我睡過頭。在織者這麼活躍的狀況下，我不想冒險單獨帶銀刃出門。我的四人組就陪在我身邊。我們聽說沃森導師也在這裡，所以史坎德和巴比想過來問他一些，嗯，關於這座島的問題。」芙蘿一口氣把話說完。她深吸好大一口氣。

「就我看來，這個解釋還滿合理的，你覺得呢？曼寧所長？」安德生導師對著大家微笑，耳朵上方舞動著火焰。

朵里安．曼寧還來不及說什麼，歐蘇立文導師就急著將四人組趕出去。「去吧，你們。」到了門口，水導師嘀咕，「你們能不能至少試著低調一點？先是火慶典那次，現在又這樣？」

「是，導師。」他們回答，努力端出無辜的神情。

他們轉身要走。可是就在這時，米契爾發出驚恐的吶喊。

歐蘇立文立刻回到門口那裡，朵里安．曼寧和另外幾位導師緊跟在後。「怎麼了？」

這一小群人聚集在裘比的樹屋外頭，盯著金屬牆壁上那道粗粗的白紋。

「看吧，朵里安，」歐蘇立文低吼，「他是被帶走的——就跟其他人一樣。」

終於安全回到了自己的樹屋，史坎德還沒關門就已經開口，「我想曼寧所長說得沒錯。我想織者並沒有綁架裘比。」

「當然是織者幹的，」米契爾一屁股坐在紅色懶骨頭沙發上。「我們都看到證據了。那道白色記號就在他樹屋側面。」

「可是看看這個。」史坎德從口袋抽出在裘比家拿到的傳單。那個奇怪的符號下方寫著：

你對孵化所的窄門感到失望嗎？
你是否夢想擁有一匹獨角獸，
卻被告知注定無緣實現？
你的獨角獸是否已經死去，留得你茫然無依？

你是否覺得很不公平，那些跟獨角獸縛定的人握有一切力量？

我們願意幫忙。

我們願意打破孵化所。

我們願意讓每個人都感覺到羈絆的魔法。

因為每個人都值得擁有獨角獸。

而每匹獨角獸都值得擁有一位騎手。

請加入我們。

接著史坎德突然明白，自己在火慶典看到的那個符號代表了什麼。他解釋給其他人聽的時候，語氣不掩恐懼：那道弧線就是孵化所的小丘，那個圓形就是下方的孵化門。門從頂端到底部被打破——裂開一道參差不平的白線。

那張傳單底部被撕下，所以無法判斷「我們」是誰，或者如果你想加入，該聯絡什麼人。

米契爾從史坎德手中一把搶走那張傳單，再讀一遍。

「想想嘛，」史坎德小心翼翼說，「我頭一次跟裘比問起織者的計謀，他知道得夠多，告訴我靈行者阻擋得了那個計畫。而且他知道靈窟在哪裡，所以也許他看到了牆上的塗鴉，看到了羈絆被編織出來的圖解？然後還有這張傳單——我敢打賭，織者就是這件事的主謀。我想裘比受夠了被困在禽巢裡。我想他想要嘗試織者提議的事情。我想他希望——」

「再當騎手。」芙蘿幫他把句子講完，眼神悲傷。

「而且傑米告訴我，他朋友克蕾兒似乎知道織者要來找她。他說她失蹤那晚，簡直就像在跟他道別。」

「所以，也許，」芙蘿繼續說，「也許那些白紋不是在標示受害者。也許是種邀請。也許是他們主動告訴織者，希望自己被帶走。」

米契爾從傳單上抬起頭，一滴淚水滾落臉頰，「艾飛試開孵化所門的時候，我還小，可是我記得——我記得他當時有多難過。他真心想當獨角獸騎手，可是他的夢想就這樣破滅了。從我開始在這裡受訓以來，他沒寫過信給我。也許我表哥拿到了這種傳單，想要得到跟獨角獸縛定的機會？」

「野生獨角獸耶！」巴比嚷嚷，「拜託，誰想要？」

「妳不知道羈絆被奪走、必須在失去獨角獸的狀況下苟活是什麼感覺，」史坎德正色道，「我們都不知道。可是裘比曉得，而且他快撐不住了。」

「裘比手上那些大陸的地圖，」米契爾突然說，「真的很詳盡。」

「這下糟了，」巴比說，瞪大眼睛，「裘比是對大陸瞭若指掌的怪咖，過去十年都在鑽研這些事。我敢說賽門需要的一切，他都知道：哪裡比較隱密，能讓野生獨角獸降落而不被發現；城鎮的人口有多少；哪裡可以佔領作為要塞的城堡——那類的事情。」她顫抖著聲音。

樹屋的窗戶突然被一陣綠光照亮，彷彿要強調巴比的論點。又有一位哨兵喪命。米契爾甚至無心去提醒巴比別叫織者「賽門」。

一陣令人不安的沉默。史坎德想起，在頭一場雛仔空戰之後，他看到過裘比眼神裡的瘋狂。他那時就在為了這個抉擇而飽受折磨，最後決定自己不能錯過再次擁有羈絆的機會。而這個羈絆只有織者能給他，即使要犧牲整片大陸。

「今天晚上我要去獸欄睡，」史坎德說，「我不想讓惡棍獨自待在下頭。」

其他人也有同感。從吊床上抓起毛毯，四個年輕騎手各自去陪自己的獨角獸過夜。

可是史坎德並未入睡。他不停畫著在靈窟牆壁上看到的人形。「找到」，「編織」，「羈絆」。時間快不夠了。織者手上有裘比。而裘比知道史坎德是靈行者。

裘比當初真的是因為害怕而不敢幫忙史坎德嗎？或者他怕的其實是讓史坎德知道太多？

因為即使史坎德現在知道織者正在縛定人跟野生獨角獸，他也完全不知道該怎麼阻止這件事。

第十八章 — 勝利樹

接下來幾週不知不覺就過去了。訓練試賽逐漸逼近，史坎德幾乎快到了自己的極限。關於織者的野生獨角獸大軍飛到大陸的惡夢，讓他夜不成眠。每個訓練時段感覺都像在走鋼索，他得努力控制靈元素，不能被人看見，可是又要讓少許的靈元素進入羈絆，免得惡棍將他從背上甩下來。其他騎手和獨角獸訓練的時候，他們之間的羈絆在他四周閃現不停——紅、藍、綠、黃——他必須假裝自己看不到。

雛仔們開始在訓練時段前後跟各自元素的騎手聚在一起。火行者會討論自己試過的新火攻，土行者會討論怎麼改進自己的表現，氣行者會討論閃電盾牌的效用。史坎德試著加入水行者的行列，可是沒什麼用。最後，他獨自退到獸欄那裡，感到有些不是滋味，反覆看著自己按照織者的圖解所畫下的素描。

不意外的，有那麼多事情令人分心，史坎德空戰頻頻落敗。不只是和芙蘿、巴比、米契爾對戰的時候，跟每個人都一樣。在他們的練習賽裡，他幾乎總是排在倒數五名內。他不用別人告訴他也知道如果繼續這樣下去，他到學年結束就得離開禽巢。現在，只要想到訓練試賽上一整個競技場的人都盯著他看，包括肯娜和爸爸，就讓史坎德充滿恐懼。

可是，壓力爆表的不只是史坎德。大多雛仔都長時間泡在四座元素圖書館裡，苦讀攻擊、防守祕笈以及各種參考書。甚至有人為了爭奪一些較稀有的書而打架，也有人因為空戰的勝負而落淚。等氣慶典在五月初來到的時候，雛仔們都忙著讀書和訓練，沒人考慮要參加。

安柏的態度變得比以往都還惡劣，尤其對米契爾，只要有機會就批評他的魔法。米契爾對自己也非常苛刻。只要輸了一場空戰或在練習賽裡排名落後，就會花好幾個小時執著在自己犯下的過錯上。

「有時候，做得不好並沒有關係。」芙蘿有天對他說。那天他和赤夜輸掉一場特別激烈的空戰，對手是與氣結盟的羅米莉和午夜星辰。

「我太慢發動火焰噴射攻擊了，動作也不俐落。」他踢了懶骨頭沙發一腳，「而且我還沒突變！現在只剩我和亞伯特還沒！」

芙蘿又試著安慰他，「沒關係的，米契爾。」

「有關係，」他怒道，「身為伊拉．韓德森的兒子就不行這樣。」

幾個星期過後，亞伯特因為每場賽事幾乎都無法留在獨角獸背上，最終被宣布為游牧者，禽巢的氣氛更是陰鬱。雖然亞伯特告訴大家，不用參加訓練試賽讓他如釋重負，但是要離開禽巢的時候，史坎德連下去跟他道別都不忍心，他不想看到亞伯特的火別針被砸成碎片。他不希望在腦海裡留下那些景象：亞伯特騎著老鷹黎明，最後一次從禽巢入口的元素樹下走過；亞伯特的別針碎片被分給他破碎的四人組；金色火焰的碎片在游牧者樹的樹幹上閃爍。可是儘管不忍面對，但時候一到，史坎德依然聽到了敲碎別針的聲響。金屬碰金屬，短促銳利的響聲似乎迴盪了一整夜。

接著，突然，雛仔們和那場終將決定他們去留的競賽之間，不再有任何訓練時段。獨角獸休假一天，正在獸欄裡打盹。騎手們的時程表裡只剩一件事。

三點整，史坎德、巴比、芙蘿和米契爾跟其他雛仔，聚集在空地裡，等著賽勒導師。史坎德看著熟悉的騎手們，想到隔天的訓練試賽。他們即將在所有島民面前，在他們家人面前一較高下，為了保留自己在禽巢的位置而競速。今天，他們都是雛仔——明天就會成為對手。

氣導師騎著灰獨角獸北風夢魘來到，優雅的作了個手勢，要雛仔跟著她穿過樹林。

「我們要去哪裡？」巴比抱怨，用力踩著地上的樹枝，「我必須複習我的戰略。不能改天再逛禽巢嗎？比方說，在我們人生中最重要的比賽過後？」

「我也同意！」米契爾說。史坎德險些被樹根絆倒。巴比和米契爾竟能意見相同，這簡直跟安柏給別人讚美一樣難得。

「我希望我們不是要到游牧者樹去。」史坎德向芙蘿嘀咕。這樣一來就會提醒他，他明天被逐出禽巢的機率很高，這是他最不需要的。

「我想，要去那邊得走別的路，」芙蘿回答，看著附近的牆壁，「游牧者樹在水象限裡，可是這裡是氣——看看那些植物。」芙蘿說得沒錯。牆壁上長滿亮黃色的毛茛和向日葵，還有在微風中沙沙作響的長長草葉，以及散播著毛茸茸種子的蒲公英。史坎德東張西望的時候，有兩個銀面具哨兵沿著牆頂騎著獨角獸。

賽勒導師在一棵巨大的樹下停下北風夢魘，對他們露出安撫的笑容。

「我跟你們保證，今天不會有測驗。可是傳統上，在訓練試賽的前一晚，我們會把雛仔們帶來拜訪這棵樹，就是所謂的勝利樹，希望能夠激勵你們明天比賽時全力以赴。哪個四人組要先上來？」

巴比立刻舉手。

米契爾嘆口氣。「不愧是氣行者。」

「太好了！」賽勒導師喊道，獨角獸跟著她噴了噴氣。

四人組走到樹下時，史坎德意識到這跟禽巢很多樹木不同的地方是，這棵樹沒有金屬梯子可爬。樹幹上被鑿出了木頭階梯，像旋轉梯一樣往上迴旋。

「你們爬的時候，」賽勒導師對他們喊，「會看到樹幹上釘著金屬匾額，記錄了首位騎手創建禽巢以來歷屆訓練試賽的贏家。你們爬到樹頂時，放膽作夢吧——放膽夢想你們的名字以後會加入他們的行列。」

其他雛仔交頭接耳，史坎德跟在巴比和芙蘿後面，開始覺得緊張。他不期待自己能贏得訓練試賽，可是大家嘴邊一直掛著這件事，讓他無法忽視。到了明天這個時候，一切即將劃上句點。

每爬幾步，史坎德就停下來看看那些樸素的金屬匾額。可是他們越往高處爬，他就越發注意到有些匾額被摘掉了。距離樹頂不遠的地方，史坎德停在一個缺口那裡，轉向米契爾。

「有些匾額不見了，你知道為什麼嗎？」史坎德問他，忍不住好奇。

米契爾頓時一臉彆扭，「唔，我想可能是靈行者。」

史坎德眨眨眼，「你是說，以前在訓練試賽勝出的靈行者，都被……拿掉了？那樣——那樣真是——」史坎德急著想找一個夠強的字眼，「不公平。」所有的靈行者因為織者的罪行一起背負臭名。靈獨角獸全部被殺，和牠們的騎手永遠分離，羈絆遭到剝奪，真不公平。有些人，不論是大陸人和島民，如果有那個機會，明明可以打開孵化門，他們的獨角獸卻被拋下，經歷永遠的死亡。靈行者的成就直接從歷史上被抹消，真不公平。這些事情一下子都壓在了他心上。這一切多麼恐怖、多麼殘忍。

「抱歉，史坎德。」米契爾說。

可是史坎德指著最近的缺口。「這原本會是誰？你知道嗎？你記得任何靈行者的名字嗎？」他想記住某個人，任何人都好，曾經操使他的元素並且得到勝利的人。不知怎的，這一點感覺相當重要，尤其在今天，在他自己的訓練試賽之前。

「我從它在樹上的位置看來，我猜可能是艾芮卡．艾佛哈？」

「誰是艾芮卡．艾佛哈？」巴比大聲問，停在樹幹的最高階上，轉過身來。

「大家都知道艾芮卡．艾佛哈是誰！」芙蘿說，在史坎德上面那階輕笑著。但看到巴比的怒容，她趕緊說下去，「大家都愛她。她是贏得渾沌盃最年輕的騎手。她前後贏了兩次，然後──發生大悲劇──第三次，唔，她的獨角獸，血月秋分被殺了──一定是另一個靈行者下的手。」

「那種狀況常見嗎？」巴比問。

「其實不常見，」芙蘿說，「那是在我們出生以前的事，不過我爸媽告訴我，艾佛哈的第三次渾沌盃是他們見過最不堪入目的一次。空戰一場接一場，然後血月秋分就被殺了。」

「艾芮卡．艾佛哈？」史坎德喃喃道。

「對，史坎德，跟上來！」巴比不耐煩的說。

他用手指描著匾額在樹幹上留下的痕跡，最後他想起來了。「我就知道我認得這個名字！」他驚呼。「我在孵化所裡看過。在生者隧道裡。」

米契爾說：「不可能。」芙蘿也說：「你不可能會看到。」

「為什麼？」巴比和史坎德同時問道。

「因為艾芮卡．艾佛哈死了，小坎，」芙蘿柔聲說，「在血月被殺以後，她想不開，就——」

「從鏡面峭壁一躍而下，」米契爾直白的說，「顯然無法承受那種悲痛。」

「而生者隧道只會顯現還活著的騎手。」芙蘿說。

「可是我看到她的名字，我確定我看到了！」

「如果她活著——」米契爾開口。

「她真的活著！」史坎德喊道。

賽勒導師的聲音從下方飄上來，「上頭怎麼回事？也該輪到別人了，拜託！」

米契爾沒動，一臉嚴肅，「如果艾芮卡．艾佛哈活著……她原本就是天賦異稟的靈行者——也許是史上最厲害的。如果艾芮卡．艾佛哈活著，那麼她很可能就是——就是織者。」

巴比皺眉，「可是賽門——」

砰！砰！砰！砰！

混亂。尖叫。彩色煙霧在四周盤旋。

四人組從梯頂手忙腳亂爬下來，登上最近的一座吊橋。史坎德抓住他所能找到最靠近自己的一隻手。米契爾的手。米契爾拉住巴比的手。巴比揪住芙蘿的手。

「大家都還好嗎？」史坎德顫抖著聲音。煙霧瀰漫，很難看清楚四周。他們才跨上最近的平臺，這時——

砰！砰！砰！倒落哨兵的信號彈煙霧充斥禽巢上空，色彩像入口的樹葉那樣混合在一起。

「怎麼回事？」芙蘿問。

「看不出來！」史坎德大喊。其他騎手也在通道上叫喊著。

「是禽巢的哨兵，」米契爾說，被煙霧嗆得咳嗽，「我確定。可是我想不只是織者——那些爆炸聲來自四面八方。而且在同一時間。」

史坎德倒抽一口氣。「你是說，你認為織者帶了一批人馬來？」

就在那時，歐蘇立文導師的聲音傳來，雖然爆炸聲仍在持續。「導師們！守住獸欄！」

「我要去找獵鷹！」巴比大喊，「我才不要待在這裡，任由織者的士兵帶走牠！」

史坎德的呼吸一滯。惡棍。他們撲向最近的一道扶梯，奔向禽巢的西門，可是有匹獨角獸擋住了他們的去路。

「你們在下頭這裡幹嘛？」歐蘇立文導師正騎著她的獨角獸天堂海鳥，「回到你們的樹屋去。禽巢很安全。」

「那你們為什麼要看守獸欄？」巴比的語氣有些無禮。

「妳沒資格質問我，蘿貝塔。我們只是在確定威脅過去以前，防患未然罷了。禽巢哨兵也已經補齊了。」

「威脅不會過去的！」史坎德說，無法忍受歐蘇立文導師的安撫，「在織者被逮捕以前，威脅不會過去。妳不明白嗎？」

歐蘇立文導師的藍眼危險的轉動著，「史坎德，你是雛仔。你現在能夠做的最好的事情就是回到樹屋補眠。明天就是訓練試賽了。」

「艾芮卡．艾佛哈，」米契爾氣急敗壞的說，「我們認為艾芮卡．艾佛哈可能就是織者。」

「你在說什麼啊？」歐蘇立文導師喝叱道，「艾芮卡．艾佛哈過世好幾年了。夠了。我建議你們，在我宣布你們全部是游牧者以前，馬上離開這裡。」

「你們都知道這是什麼意思。」一等他們進入自己的樹屋，史坎德就開口。其他人都癱在懶骨頭沙發上，但他就是靜不下來。

「就跟我們懷疑的一樣，」米契爾說，轉身從背後的矮架上抽出幾本書，「織者正在籌組一支軍隊，現在麾下的士兵出手攻擊了哨兵。」

「可是賽門為什麼攻擊完禽巢之後就離開？」巴比問。

「蘿貝塔，別再說是賽門了！」米契爾嚷嚷。

「我想那不在計畫當中，」芙蘿低語，「我想織者想要我們的獨角獸。而導師們在看守獸欄，不是嗎？」她打著哆嗦。

「為了什麼？殺了牠們？縛定牠們？」巴比問，手臂上的羽毛豎立起來。

「我們需要證明，」米契爾從書堆裡抬起頭，「我們需要證明艾芮卡．艾佛哈還活著。等有了證據，也許我們就可以去找艾絲本。她需要的顯然不只是懷疑，她甚至不相信靈行者對賽門．菲法克斯的說法。」

「可是史坎德不是需要小心一點嗎？」芙蘿問，「要是他洩露自己的靈行者身分……」

「就會像那些消失的匾額上的騎手，被抹消不見。」巴比說，語氣陰鬱。

「我們還不需要史坎德做什麼，」米契爾說，「首先我們必須確定艾佛哈就是織者。」

「我不想潑大家冷水，」巴比說，「可是我們要怎麼找到艾芮卡．艾佛哈？如果她可以消失這麼久，顯然對捉迷藏很拿手。」

「而且明天是訓練試賽，」芙蘿緊張的說，「我們不是應該等到之後再……」

「我想我們可能應該先做點計畫。」

史坎德聽他們講話，感覺火氣大了起來。他的所有擔憂頓時升到表面來，他擔心織者綁架肯娜，擔心惡棍被野生獨角獸帶走。「別這樣！要是我們現在不行動，織者會繼續殺害哨兵，繼續把人擄走，繼續壯大自己的軍隊。噢，在那之後，別忘了，我們講的可是野生獨角獸軍隊，他們可以飛到沒有防護的大陸！在那裡，織者可以把我家人、巴比的家人、整個大陸，都跟野生獨角獸縛定！然後殺掉任何擋路的人！我們不能再拖延了！我們不能一直等別人行動！」

「織者不是你的責任，小坎，」芙蘿輕聲說，「不是你的錯！」

「沒錯！」史坎德還在大吼，不在乎是否嚇到芙蘿，「可是那表示我的整個元素家族不是死了，就是在牢裡。我是唯一幫得上忙的。我是唯一可以看到羈絆的，我也許可以試著了解織者的所作所為，甚至去翻轉過來！可是我只是坐在樹屋裡，等著災難降臨。米契爾說得對，如果艾芮卡．艾佛哈是織者，我們需要證據，艾絲本才會相信我們。可是我們不能等到訓練試賽過後——我們現在就需要。」史坎德氣喘吁吁。他不知道自己聽起來勇敢、傲慢或只是純粹愚蠢。他不在乎了。

「老天！你能不能鎮定點？」米契爾攤攤雙手，「我們懂啦！」

芙蘿突然從懶骨頭沙發上站起身來，「我真不敢相信我真的要提出這個建議，不過可能有個辦法可以確定艾芮卡是死是活。」

「要怎麼做？」史坎德問，但芙蘿正望著米契爾。

她嘛嘛口水，「墓園。」

「沒錯！」米契爾嚷嚷，也站了起來，「血月秋分！」

「可不可以麻煩你們島民解釋一下？」巴比吼道，「我實在很討厭你們這樣！」

「我們知道艾芮卡・艾佛哈的獨角獸葬在哪裡，」芙蘿說，雙眼發亮，「如果我們想找艾芮卡，那裡可能有線索。」

「在墓園裡？」史坎德一時忘了不高興，「要查墓碑上的字還是什麼的嗎？」

芙蘿搖頭。「是一種特別的墓園，到時就知道。」

第十九章 墓園

四人小組趕在夕陽西下以前悄悄溜往墓園時，禽巢依然陷在一片混亂之中。在短暫的飛行過後，惡棍、赤夜、獵鷹和銀刃降落在樹林邊緣，四人組正要穿過林子。銀刃帶頭走在前方。牠向來喜歡在團體裡當領頭，即使芙蘿並不想。

「明年，可不可以少一點——」巴比指了指四周，「這些？」獵鷹的翅膀竄過電流而滋滋作響，似在回應自己騎手的沮喪。

「我以為妳喜歡戲劇化？我以為我讓事情一直很有趣？」史坎德開玩笑，其實自己因為緊張而腸胃翻攪。他真心希望墓園可以給他們一點線索，任何線索都好。對禽巢哨兵的攻擊真的嚇到了他。感覺織者總是奪得先機。

「不管有不有趣，我都不想被野生獨角獸軍隊轟炸。」米契爾直率的說，然後低頭查看地圖。

走了一陣子之後，林木再次稀疏起來，他們到了簡陋的木頭柵門前面。

「這就是了。」米契爾和芙蘿同時低語。

巴比下來拉開門栓，但她從赤夜之樂的身後走過時，獨角獸放了個響屁，火焰腳蹄往上一蹬，將屁點燃。

巴比咳了咳，「這匹獨角獸有病！這裡是墓園耶！放尊重點。」

赤夜對她打了個嗝，一枚煙泡泡在半空爆開。

米契爾只是聳聳肩，他早就放棄改掉赤夜的習慣。

史坎德有點失望，墓園沒有更搶眼的大門。他媽媽在大陸下葬的墓園有個精美細緻的鑄鐵柵門。他記得小時候肯娜曾帶著他看盤繞在鑄鐵欄杆上的金屬玫瑰和小鳥。

可是這裡根本沒有墳墓，只有樹木。有幾百棵，也許數千棵。每棟樹之間隔著均等的距離。至少，史坎德認為它們看起來是樹。

有些樹幹上布滿藻類，看起來像生長在池塘裡似的，以海草為樹葉，粉紅和橙色花朵有如海葵，在微風中搖盪著。

有些樹木葉色火紅或是燃燒的橙色，枝椏朝天生長，看起來彷彿正熊熊燃燒。史坎德確定他騎著惡棍經過的時候，可以聞到煙味。有些樹則有黃金色樹葉，柔軟的枝椏在微風中彎折，樹影婆娑；枝椏彼此碰觸的時候，會發出電流般的劈啪響。有的樹木擁有巨大的樹根，從地面上隆起，枝椏間盡是應該住在地底下的野生動物——蠕蟲、田鼠、兔子。史坎德甚至看到鼴鼠從一棵樹幹的樹洞探出腦袋。

銀刃和惡棍非常安靜。史坎德覺得牠們知道這是什麼地方。「是照元素分的，對吧？就像禽巢的牆壁？」他問芙蘿。

芙蘿點點頭，「獨角獸死後就會葬在這裡。」

「葬在屬於牠的元素樹底下？」史坎德猜測，但芙蘿搖搖頭。

「不，不算是。只要埋葬一匹獨角獸，島嶼就要種下一棵代表牠們元素的樹木。獨角獸安息的地方，就會有棵樹在那裡生長。」她綻放笑容，「還滿好的，不是嗎？」

「騎手也葬在這裡嗎？」

「當然，樹木會在他們上頭生長。」

「我很高興，」史坎德說，即使他們聊的是死亡，他也覺得如釋重負，「我不會希望惡棍孤伶伶的，我不會希望自己葬在其他地方。」

「為什麼他們讓大家隨便在樹上塗鴉？不大有禮貌吧？」巴比在他們身後說。

米契爾嘆口氣。「妳看人老是往最壞的地方想嗎？」

「你還好意思說。記得你剛認識史坎德和惡棍的時候說了什麼話。我想你當時說的是，這匹獨角獸很危險，史坎德這傢伙也很危險！」

米契爾呆呆的看著她。「妳怎麼會記得啊？」

「我什麼都記得。」

「總之，」芙蘿說，試著緩和氣氛，「這是個傳統，巴比。獨角獸和騎手死去的時候，島上的習俗是讓他們的家人和至親在那棵樹長大以後，將他們的名字刻在樹皮上——通常在他們過世一週年的時候。這麼做象徵著生者在他們最終的安息地守望著他們。」

「要是獨角獸先被殺了呢？像裘比和冬季魅影？或是艾芮卡和血月秋分？」史坎德問。

「唔。」芙蘿咬著嘴唇。「騎手會跟著朋友和親人，把自己的名字刻在樹上。我們就是希望血月的狀況是這樣。機會不大，可是我們希望——」芙蘿望向米契爾，「如果艾芮卡還活著，她可能會留下線索——留下訊息。」

巴比和史坎德安靜下來，仔細查看每棵樹幹上的刻痕。史坎德開始看出樹皮上文字的規則：一棵樹幹通常會刻有獨角獸和騎手的名字，下面會列出他們的成就以及至親的姓名。名字的筆跡都不同，彷彿他們是各自刻下自己的名字。史坎德喜歡這個概念——當騎手的姓名從生者隧道消失之後，他們的至親重新將它刻在樹皮上。

「我們要怎麼找到血月秋分？」巴比問，他們已經在墓園裡頭晃了一陣子。

「這些樹木是依死亡年份來排列的，」米契爾忽然道，再次查看地圖，「血月的樹應該會在……啊！」他在一排樹木的中間停下。「這就是了！」

史坎德不需要米契爾特別指出來。這是他在墓園裡看到的頭一棵靈樹，它結盟的元素一見便知。枝椏、葉片、根部連樹幹都是燦爛、閃亮的白，光滑如骨。史坎德感到一股讓他想親近那棵樹的拉力，類似他跟惡棍之間的羈絆。他想要靠近它。那棵樹感覺像家。

「我以前從沒看過靈樹。」芙蘿驚奇的說。

史坎德下了獨角獸，惡棍立刻垂下腦袋吃草，翅膀收摺，黑色頭角在陽光中一閃。史坎德隱約感覺到其他人也從獨角獸背上跳下來，就在他身後，但他專心讀著樹幹上的文字，並未等他們。

血月秋分
於戰鬥中逝世
二〇〇六年六月渾沌盃
渾沌盃贏家二〇〇五年
渾沌盃贏家二〇〇四年
艾芮卡・艾佛哈
逝世

鏡面峭壁，二〇〇六年八月

渾沌盃贏家二〇〇五年

渾沌盃贏家二〇〇四年

史坎德甩了甩手臂。「結果只是這樣啊！她死了。我想生者隧道搞錯了。」

「史坎德——」

「我們現在該怎麼辦？又碰到死胡同。這也太——」

「史坎德！」米契爾大喊，嚇得小鳥從白樹上的枝椏紛紛飛走。

「怎樣？」史坎德回喊。他覺得自己無法承受這種失望。

「樹上有你的名字。」

「什麼？」

「樹上有你的名字！」

「什麼？」

「這棵，靈樹上，有你的，名字。」米契爾慢條斯理的說，指著樹幹的中央。

史坎德跪下來，看得更仔細。米契爾說得沒錯。

史坎德

看到自己的名字已經夠奇怪的了，但當他瞄到上頭的兩個名字時，手指開始打顫。

伯提

然後是

肯娜

「你姊姊不是叫肯娜嗎？」芙蘿柔聲問。

史坎德點點頭，無法理解。完全無法理解。島上為什麼會有人把他的名字刻上去？是在開玩笑嗎？但不太可能啊！島上只有他的四人小組知道肯娜的名字，更何況是他爸爸的名字？他根本從未在島上把爸爸的名字說出口。而且大家都叫他羅伯特，只有史坎德的媽媽會暱稱他伯提。

他有些站不穩，伸手扶住白色樹幹。

米契爾的聲音聽起來很遙遠，「史坎德的家人不可能會把名字刻在這棵樹上啊——他們是大陸人，對吧？而且史坎德是二〇〇九年生的，可是這裡寫艾芮卡是二〇〇六年死的，所以她不可能刻下肯娜和史坎德的名字。除非艾芮卡．艾佛哈當初沒從鏡面峭壁跳下來。這麼一來，她——」

「米契爾，你能不能先不要急著解決問題？」巴比斥道，「這代表的，不只是艾佛哈還活著。史坎德，這有沒有可能表示，艾芮卡是你家裡的人？她是不是——是不是你媽？」

「不可能啊，她叫——」史坎德猶豫起來，「除非……」

「除非？」芙蘿低語。

「有人親眼看到她跳下鏡面峭壁嗎？艾芮卡有可能是詐死。」巴比輕聲說。

「然後在大陸又詐死一次。」米契爾平靜的說。

史坎德搖頭，「我媽在我出生之後就過世了。可是如果這是她的筆跡，如果隧道不會說謊，那麼她……」

史坎德盯著樹幹上肯娜的名字。接著他揪住媽媽圍巾的尾端，因為他想起來了。想起某件他不敢相信自己竟然忘了的事。肯娜縫在圍巾上的那個名條在他眼前飄動。他從來不曾好奇過肯娜的中間名是什麼，可是現在無比清晰：肯娜．E．史密斯。E代表的就是艾芮卡(Erika)。

媽媽把自己的名字安全的藏在肯娜那裡。她根本不叫蘿絲瑪莉。靈樹的力量似乎拉扯著史坎德的胸口，彷彿全世界都安靜了下來。小鳥、被風吹得窸窣作響的樹葉、獨角獸好似全都屏住呼吸。

「她並沒有死在大陸上，」史坎德啞著聲音說，「這表示艾芮卡．艾佛哈裝死——兩次。先在這座島上，假裝從鏡面峭壁跳下來，第二次在大陸上，在我出生之後。那表示她不是織者……她是我媽。」

「你還好嗎？」芙蘿問，手在史坎德肩膀上拍了拍。

「當然不好！」巴比語氣暴躁，「他才發現他媽還活著，而且是島民。這一個晚上找到的資訊也太多了！」

「你們能不能——」史坎德努力想保持平靜，「你們能不能讓我獨處一下，跟惡棍一起就好？我需要……一點時間。」

他們離開了。他們往哪裡去，史坎德並不在意。淚水滑過他的臉頰，又熱又急。他開始發抖。惡棍之運將腦袋靠在史坎德肩上，發出小小的彈舌聲，史坎德將一手貼在獨角獸柔軟的鼻子上。他們針對靈元素的爭執姑且放在一邊，惡棍順著羈絆放送一波波的愛，將溫暖注滿史坎德的心。這份溫暖，他無法在自己的內在尋得。

他的情緒亂成一團。他不知道自己是快樂或悲傷，或純粹困惑。他來到墓園尋找答案，現在卻只有更多疑問。艾芮卡真的是他媽媽嗎？如果是，當初為何拋下他和肯娜？她一開始為什麼要離開這座島？艾格莎就是這樣才認識他媽媽的嗎？因為他媽媽也是個靈行者？而且她還曾經是司令！爸爸一直都知情嗎？儘管籠罩在夏日的暖意裡，史坎德還是打著哆嗦。爸爸一直說他媽很愛渾沌盃，儘管她只看過一場電視轉播。也許那就是原因所在？也許，看到那些獨角獸讓她決定離開肯娜、離開他。

史坎德將臉頰上的淚水用力抹掉，惡棍哼了哼鼻子，打直身子。沒時間了，他停止啜泣。他必須找到她，那才是最重要的。看到他，她一定會很開心吧？他成為騎手，她會引以為榮吧？希望開始在胸膛裡如花綻放。明天的訓練試賽，誰在乎啊？就算成為游牧者又有什麼關係？阻止織者的事，誰在乎啊？那種事讓別人去操心就好。爸爸會再快樂起來。也許，肯娜可以搬來島上住？他們的媽媽活著。她是島上最厲害的騎手之一，而且她跟他一樣。她是靈行者。他不再孤單一人，他滿腦子只想著要找到她。

等芙蘿和巴比回來，史坎德已經決定要回靈行者監牢。雖然艾格莎已經被移走，也許其他人會知道艾芮卡．艾佛哈躲在哪裡。這一次他會告訴他們自己是誰。這一次他會告訴他們，他是她兒子。

巴比清清喉嚨，獵鷹走近惡棍。「嗯，有人知道米契爾怎麼了嗎？他怪怪的。唔，比平常還怪。」

米契爾坐在一棵火樹的陰影裡，赤夜站在他身邊似在保護他，紅皮毛跟頭頂的樹葉融合在一起。史坎德騎著惡棍走近，可以看到米契爾眼鏡後面的深棕色眼睛被揉得紅腫，黑色棉衫皺巴巴，頭髮也亂七八糟。

「米契爾，怎麼了？」芙蘿輕聲說。她從銀刃背上下來，走去蹲在他身邊。但是米契爾睜大眼睛，盯著史坎德。史坎德低頭看著朋友，肚子有種下沉的感覺。

「說吧。」史坎德幾乎不掩怒氣，他沒空應付米契爾的狀況。他必須回到監牢去，就在今天晚上。

米契爾嚥了嚥口水，站起來在樹木的陰影裡來回踱步，語氣沉重。「我剛去看了墓園的一些獨角獸樹。不知怎的，最後我走到了埋葬殞落二十四的那個小樹林。」他朝身後指了指。

「織者殺死的那二十四匹獨角獸？同一天？」史坎德不知道話題要往哪裡發展，也不曉得米契爾的舉止為何這麼古怪。

「在二〇〇七年的幾場資格賽，對，」米契爾喘不過氣，「我知道我看到的是什麼，因為牠們死去的日期都符合，而且騎手當然都沒跟牠們葬在一起。可是我注意到別的——我之前沒察覺到的事情。」

「什麼事？」史坎德不耐煩的問。

「那些二〇〇七年在不同場資格賽裡死去的獨角獸，牠們都參加了二〇〇六年的同一屆渾沌盃。樹上就是這麼寫的。你們懂了嗎？二〇〇六年的渾沌盃，就是血月秋分被殺死的那場賽事。每匹殞落二十四當時都目睹血月秋分死去。牠是那一屆渾沌盃的第二十五匹獨角獸。艾芮卡是第二十五個騎手。」

芙蘿顯然也沒聽懂，「我不──」

「米契爾！」巴比急了，「快講重點，不然我叫獵鷹給你好看！」

「你們難道不覺得──」米契爾的雙手在發抖，「織者把同一屆渾沌盃的所有獨角獸都殺了，滿奇怪的嗎？」

「也許是巧合？」芙蘿開口。

「我不相信巧合，」米契爾說，語氣稍微恢復平靜，「織者鎖定了前一屆渾沌盃的那些獨角獸，要讓那些騎手因為失去羈絆而飽受折磨。」

「你在說什麼？」史坎德緩緩問道。

「我的意思是，殞落二十四不是隨機被殺。我想──」米契爾嚥嚥口水，「是為了報復血月秋分的死。艾芮卡．艾佛哈要那些騎手嚐嚐她的痛苦。」

芙蘿一臉像被氣元素電到似的，「大家都以為，艾芮卡．艾佛哈是在殞落二十四被殺幾個月前死的，所以……她永遠不會有嫌疑！」

「沒錯，」米契爾陰沉的說，用手撥了一下頭髮，「連那些坐牢的靈行者一定也以為她死了。所以他們才會懷疑是賽門．菲法克斯。擁有自由之身的靈行者，就他們所知只有他一個。」

「可是如果殺死殞落二十四的是艾佛哈，那就表示她是——」巴比皺眉，「你的意思是，她絕對就是——」

「織者。」米契爾替她把話說完。

史坎德感覺怒意在體內被點燃，彷彿有隻怪獸正用沾滿岩漿的雙手，搖撼著他的胸腔。惡棍警覺的發出尖鳴，史坎德下了牠的背。「你們全都瘋了！她不可能是織者——織者那麼怪、那麼恐怖。艾芮卡是我媽耶！」

「小坎——」芙蘿去拉他的手，但被他猛然推開。

「你提出一堆假設，」史坎德對米契爾啐道，「只是要讓她來當這個織者。也許織者想要除掉最強大的那些獨角獸？也許那就是為什麼殞落二十四來自前一屆的渾沌盃？你有沒有想過？」

「我沒說我的看法絕對正確，」米契爾說得很急，「可是重點是，史坎德，我們必須想想看為什麼你媽媽要假裝自己死了。」

「而且是兩次，」巴比補充道，「這點非常可疑。」

史坎德轉而針對巴比，「這幾個月來，妳一直叫織者『賽門』。為什麼突然跟米契爾站同一邊？」

巴比舉起雙手。「史坎德！」

「你現在失去理智了。」米契爾小聲道。

「當然！」

「我們當初之所以來這座墓園，就是為了查明艾芮卡．艾佛哈是不是還活著。你當初也同意，如果發現艾芮卡活著，幾乎可以肯定她就是織者！」

史坎德火冒三丈轉向米契爾，「你控訴完我媽之後，我需要你把我弄進監牢。也許那些靈行者認識她？也許他們可以幫我找到她？我確定她可以針對這一切好好解釋一番。」史坎德說得上氣不接下氣，聲音在樹林間迴盪。

「可是我不希望你去找艾佛哈，跟織者面對面！」米契爾說，聲音沙啞，「太危險了，我們知道得不夠——」

「我媽不是織者！」

「聽我說完，」米契爾的語氣憂傷但堅定，「我們懷疑過賽門．菲法克斯，因為他是個從未被逮到的靈行者。憑什麼艾芮卡．艾佛哈可以免去嫌疑？」

「我們當初之所以懷疑菲法克斯，是因為安柏謊稱他死了！因為那些靈行者要我這麼懷疑！」

「艾芮卡．艾佛哈也騙大家她死了，史坎德！就像巴比說的，假裝自己死了，這種作法很可疑。而且還兩次！」沮喪的淚水滑過米契爾的臉頰。

史坎德難以置信的盯著他。「不是每個靈行者都是壞人，米契爾，記得嗎？還是你也要把我列為你的嫌疑犯？我們在講的是我媽。我媽！我這輩子以為已經過世的人。她還活著！經歷過這麼多事以後，你竟然期待我會站在這裡接受你的說詞，說她是個集體謀殺犯？」

「如果艾芮卡．艾佛哈是你媽，有很高的機率她也是織者。我的意思只是——」

史坎德踉蹌走回惡棍那裡。「明天就是訓練試賽了——我們沒時間講這些。芙蘿？巴比？我們走。我確定我們今天晚上可以想辦法進監牢。米契爾想要置身事外，這就像他一向的作風！」

米契爾後退了一步，彷彿史坎德打中了他，可是史坎德連愧疚感都沒有。他滿腔只有怒火，腦袋嗡嗡作響，米契爾想要毀掉這個事實：他有媽媽，而且竟然還活著。

「小坎，這點我不確定。」芙蘿說，史坎德將一腳跨上惡棍的背。「那些囚犯連艾芮卡活著都不知道。我想他們幫不上忙。我只是——萬一米契爾說得對呢？只是因為艾芮卡是你媽，不見得表示她就不是織者。」

「隨便！」史坎德吼道，「跟他站同一邊吧。看我在不在乎！來吧，惡棍！」

史坎德將雙腳抵在惡棍的側腹，這匹獨角獸彷彿跟牠的騎手一樣，急著想將米契爾和其他人拋在後頭。

「史坎德，等等！」四人組成員對著他的背影大喊，但他太過憤怒，根本沒聽見。才跨出幾步，惡棍的翅膀已經伸展開來，轉眼他們已經在空中遨翔，墓園元素樹木的色彩在底下模糊成一片。在空中，史坎德發出氣餒的怒吼，惡棍也跟著吼叫。他們朝禽巢越飛越快，跟夕陽競速。

肯娜明天就會到島上來看訓練試賽。如果史坎德今晚等天完全黑之後就到監牢去，也許他和肯娜可以在賽後一起去找艾芮卡。他可以把圍巾還給媽媽，告訴她他和肯娜一直以來都好好守護著它——她那條島嶼製的圍巾。

史坎德在禽巢的入口外頭降落時，發覺空中有另一匹獨角獸撲動翅膀的咻咻聲，接著聽見有人在他身後落地的聲音。他回頭一看——

「巴比？」

她滑著停下來。「如果你想到監獄去，我也會一起去。不是為了你，知道吧？是為了冒險，」她喘著氣。「不過，要等我明天贏了訓練試賽之後。就這麼說定囉。」

「不是她，巴比。我媽不是織者。她不是。她不是！她不是！」史坎德從眼前的火牆上扯下好幾把風滾草，朝著禽巢的樹頂大吼著。他喊破了嗓子，心也跟著碎了。米契爾是他朋友，但米契爾弄錯了，他還想毀掉一切。史坎德才剛找回媽媽，他不要再失去她。

接著巴比摟住他，她聞起來像新鮮的麵包加上氣魔法嘶嘶傳出的橙橘味。他的身體因啜泣而顫抖，她緊緊抱住他。彷彿他在存放媽媽遺物的那個盒子裡所埋藏的種種情緒，一口氣被傾倒出來。氣餒、希望和恐懼，有如馬蓋特海灘上的海水，一波波沖刷著他，而傷害、愛和憤怒佔據了它們向來需要的空間。

第二十章 訓練試賽

騎手們紛紛拉開獸欄的栓鎖，獨角獸發出表示歡迎的尖鳴，史坎德在這些聲音中昏昏沉沉醒來。一大滴的獨角獸口水落在他的臉頰，史坎德隱約意識到惡棍之運正嚼著他的一簇頭髮，所幸頭髮還連在他的腦袋上。他腳上只剩一隻運動鞋，另一隻被惡棍趁夜扯破了——終於成功了。

「你在這裡幹嘛？」傑米的聲音傳到史坎德的耳畔。

鐵匠猛力甩上獸欄的門，史坎德皺了皺眉。他的腦袋因為哭泣和失眠而發疼。是不是巴比帶他回到惡棍的獸欄？他根本不記得了。那又是幾點的事？接著他猛然坐直身子。媽媽，他必須找到她。

可是傑米已經站在獸欄門口，用惡棍的盔甲擋住了他的去路。

「你要去哪裡？」他問，「幫我一起替牠穿上盔甲，可以吧？」

史坎德揉揉眼睛，「我沒辦法，傑米，我必須到一個地方去。」

傑米挑眉，「不去訓練試賽，要去其他地方？」

訓練試賽。史坎德完全忘了。

「噢，不，我想那就不用了……」史坎德語無倫次。

傑米揪住他的肩膀搖了搖。「醒醒啊，史坎德！我們已經坐在同一條船上。如果你被宣布為游牧者，我就不會有對象可以製作盔甲了。我可不想下半輩子都忙著修理鍋子。不要讓我失望。不要讓惡棍失望。不要讓自己失望。」傑米一臉狠厲。

一個新計畫在史坎德的腦海開始成形。他會參加訓練試賽。反正巴比說過，她要等賽後才願意幫忙。他可能會輸，可是他會全力以赴，因為肯娜和爸爸都會來看他，之後他們可以一起找媽媽。他不在乎自己是否被宣告為游牧者，只要他們找得到她。他對傑米點點頭。

「這才對嘛。」傑米說，然後朝史坎德的腦袋潑了一桶水。

傑米陪著惡棍步行到賽道那裡。訓練試賽是渾沌盃的五公里簡易版。史坎德決定陪惡棍走到賽道那裡，而不要用飛的，免得浪費獨角獸的精力。為了穩住自己的心情，史坎德往前傾身，檢查惡棍的紋路是否還好好遮著。他盡量不去看那幾百名來觀賽的島民。他想著載大陸人家人的直升機抵達了沒有。肯娜和爸爸已經在看臺上坐定了嗎？他的腸胃翻騰。他們還不知道。他們還不知道媽活著。

「你的頭盔在這邊，」他們接近起點桿的時候，傑米說，「還有，圍巾是可燃物，如果到時你著了火，可不是我盔甲的問題。至少把圍巾塞進去一點。」

史坎德將圍巾塞進胸甲底下。

「還有，不是要給你壓力什麼的，可是我很想讓我的吟遊詩人爸媽看看我是個多好的鐵匠，這樣他們就不會再硬逼我學唱那些歌，要我考慮轉行。可以幫我嗎？」

史坎德皺了皺眉。「好吧。」

傑米抬手遮擋陽光，仰頭望向史坎德，「我知道我們還不熟，而且我不大確定你今天到底怎麼了，不過，可以等以後再說。不管是什麼事，都可以等過完你人生接下來的三十分鐘之後再說——聽到沒？你很有膽識，記得吧？那就是我當初挑中你的原因！你不會有事的。我相信我製作的戰甲，而且我相信你。」傑米跑步離開時，史坎德想這個鐵匠要是知道自己做了戰甲給靈行者穿，會有什麼反應。

接近賽道的起點時，史坎德感覺那份羈絆因為惡棍的緊張和興奮而嗡嗡響。獨角獸一直從鼻子噴出火花，頂著頭角的腦袋高高仰起。他環顧賽道，看見在風中飛揚的療癒師帳棚，看見聚集在圍繩兩側的大批民眾。

史坎德試著放鬆，其他雛仔開始領著自己的獨角獸走向起點桿。賽事的相關規定，導師已經不厭其煩跟他們解釋過上千遍：在這場賽事裡不能轉彎；要一條直線直達競技場；在空戰裡可以任意結合元素；一旦摔落就會被淘汰；越過終點線以前必須先降落。史坎德每次只要想像惡棍俯衝進入那個知名的競技場，心裡就會七上八下。也許惡棍會好好守規矩，結束的時候，他們的成績會在倒數五名之上？肯娜和爸爸會在觀眾席間觀賽！也許媽媽也偷偷在看，心中充滿驕傲之情？這個念頭讓史坎德喘不過氣，彷彿傑米將他的胸甲扣得有點太緊。

史坎德催促惡棍加入另外四十一個雛仔的行列。這裡已經是個戰場。獨角獸火花不斷的翅膀、灼灼燃燒的鬃毛和噴湧如泉的尾巴相互碰撞；腳蹄爆炸，翻起下方的土壤。他們的訓練時段從來不曾有這種狀況，連練習賽的時候也沒有。獨角獸知道今天不一樣。空氣中瀰漫著汗水和魔法的氣味。

古老星光突然擋住他們通往起點桿的去路，從鼻子朝惡棍的臉噴出冰晶。惡棍在地面刨著腳蹄，電流在史坎德的護腿旁竄繞。

「抱歉！」馬麗安喊道，古老星光又轉過身來，雙眼冒煙。

史坎德從眼角餘光瞥見赤夜之樂往後仰起，朝天吐出火焰，米契爾緊抓牠的鬃毛，咬緊牙關。活該啦，史坎德暗想，怒火再次湧上。

起點桿那裡終於出現一個開口。史坎德試圖讓惡棍擠進銀刃和女王代價之間，但牠一直想往後離開那個隊伍，遠離其他獨角獸。史坎德不怪牠。眼前一片混亂。

「你還好嗎？」芙蘿朝他喊著。濃煙從銀刃的銀背上滾滾而出。

史坎德沒回答。誰叫她跟米契爾站同一陣線。

女王代價在惡棍旁邊往後仰起，惡棍猛然將頭用力一甩。

「小心點！」蓋布爾喊道，將代價從桿邊拉開，躲過惡棍的頭角。

「沒想到在這裡碰見你！」巴比透過頭盔喊道，獵鷹來到了代價剛剛的位子。比起四周的獨角獸，獵鷹看起來異常平靜。

獨角獸們的吼叫和尖鳴越來越響。空氣中瀰漫著濃濃的魔法，讓人難以呼吸。史坎德的胃翻騰不已，握著韁繩的雙手顫抖著。惡棍似乎格外興奮，身體不斷變換重心，翼尖交替燃起電流與火焰。人與獸的情緒不斷變換——恐懼、興奮、怒氣和焦慮——此時他無法確定哪些情緒屬於誰。史坎德跟兩側的芙蘿、巴比非常靠近，他們膝蓋上的護甲互相碰撞。

「倒數十秒！」一位工作人員的聲音從廣播傳來。

史坎德急著回想自己的競賽策略，此時哨聲吹響。起點桿升起，傳來響亮的嘎吱聲。史坎德從來不曾感覺惡棍移動得如此快速。三步之內便離地起飛，翅膀猛然展開。史坎德緊緊抓住韁繩，拳頭使勁抵住獨角獸的黑色鬃毛。

他倆沿著賽道飛行，朝著一哩的浮標衝刺。惡棍位居隊伍的中間，芙蘿和銀刃在最前面，正跟梅寶和海上哀歌纏鬥。巴比和獵鷹在後頭不遠的空中急馳。史坎德瞥見羅倫斯和毒藥酋長正朝著地面盤旋而下，赤夜在他們正上空遨翔，米契爾的手發出紅光。史坎德身後傳來爆炸和尖鳴，他不確定是獨角獸或騎手的聲音。接著一陣燦光閃過。薄暮尋者狂奔而來，阿雷斯帖的手掌在惡棍右肩旁邊發出藍光。

史坎德的手掌發出綠光，但要花力氣控制靈元素，就導致他的沙盾升得太慢，阿雷斯帖從側面直直對著史坎德的肩膀射出水柱。惡棍一時失速，落在薄暮尋者後方。水沫從尋者的翅膀湧出，波浪穿過半空，將惡棍推得更遠。史坎德唯一的選擇就是帶惡棍往高處飛，避開尋者的轟炸。水魔法的鹹味堵住了史坎德的鼻孔。尋者已經領光，惡棍往下對著牠尖鳴。惡棍知道他們落後了，急著行使靈魔法。史坎德感覺得到手掌的搏動，彷彿惡棍試圖要讓靈元素出現。

「不行！」史坎德大喊，惡棍回吼。牠在空中往後仰起，腳蹄亮起靈元素的白光，不再往前飛。更多獨角獸超越了他們。

「拜託，惡棍，不要這樣！有這麼多人在看！他們會殺掉我們的！」可是史坎德可以感覺惡棍的怒氣在羈絆裡以及史坎德的心臟周圍震動不已。這匹獨角獸打算贏得比賽，已經不在乎自己的騎手想要什麼。

「唔，這會超級有趣的！」旋風竊賊在半空扭轉，衝著惡棍而來。安柏看起來瘋瘋癲癲，齜牙咧嘴，額頭上的突變星星滋滋竄著電流。接著一股旋風從她手掌竄出，朝著史坎德襲來。

史坎德試著召喚任何一個合法的元素，可是惡棍把每個都擋住了。他試著要讓惡棍往下飛，閃躲攻擊，但惡棍只是往後仰起、發出尖鳴，左右甩動腦袋。為了避免從獸背上滑下來，史坎德別無選擇，只能用雙臂摟住惡棍胡亂擺動的頸子，等待安柏的旋風襲來。

接著，他忽然看到赤夜之樂。米契爾和赤夜原本遠遠在前方，但不知怎的，那匹獨角獸現在卻回頭朝惡棍趕來。

「安柏！」米契爾吼道。安柏在竊賊背上猛然轉向，她之前根本沒發現赤夜已經來到她身後。

「你真的要跟我對戰嗎？小米契？」她嘲弄，舉起一掌準備攻擊。

但米契爾動作更快。一道火從他手掌爆出，擊中竊賊的側腹，赤夜同時吐出了火球，魔法的煙味瀰漫在空中。水是安柏最弱的元素，她沒時間召喚水盾牌。竊賊放慢速度，往下飛降，逃開火焰。

安柏的旋風逼近惡棍的左蹄，只差一根羽毛的距離，然後在她失去控制時，那陣旋風朝著反方向離開。眨眼間，米契爾換成了土元素，往下拋出一串岩石。岩石穿過了安柏旋風的尾端，反而被風捲向了竊賊。安柏因為震驚而瞪大雙眼，她沒料到她的魔法會被拿來對付自己。尖銳的岩石追著旋風竊賊一路到地面。

「剛剛那個，唔，就是回敬妳以前做的一切！」米契爾對著她的背影叫喊。

「你在幹嘛？」史坎德對米契爾喊道。赤夜正在惡棍身旁鼓動翅膀。空戰在他們四周進行得如火如荼，殘礫和魔法四處飛濺。

米契爾滿臉灰燼和塵土。「為了確定你不會被宣告為游牧者。」

「可是你原本在前面！」史坎德難以置信的喊道。他知道米契爾多想得到他爸爸的肯定。

「我會拉慢你的速度——別管我，你先走！」

「我不要。」米契爾從史坎德手中將惡棍的韁繩拉過來，越過黑色獨角獸的頭角。惡棍困惑的發出尖鳴，翅膀激烈的鼓動著。「我守護你，你守護我，記得吧？況且，要是失去惡棍，赤夜永遠不會原諒我。」

史坎德無法想像，要米契爾這個向來遵循計畫、熱愛規則、喜歡一切按部就班的人回過頭來，沿著賽道逆向飛行，要付出多少代價。

「我會護住你們兩個，」米契爾說，舉高史坎德的韁繩，「什麼魔法都別試——我會保護你們。只要跟著赤夜，用最快速度飛行！」

赤夜對朋友發出急切的啼鳴，惡棍吼了回去。史坎德不知道牠們之間溝通了什麼，但惡棍終於開始往前飛，速度飛快。他們閃過了薩克發射的大石，俯衝躲過妮阿姆的火焰轟炸，越過了在半空中蠕動的電流觸鬚，不停往前飛馳。經過最後一哩的浮標之後，赤夜和惡棍同聲吼叫——牠們心知終點在望。

米契爾朝著寇比和冰王子發射多個火球時，一匹獨角獸的陰影罩住了他們的頭頂。

「米契爾！」史坎德在獨角獸的振翅聲中大喊。

「我現在有點忙！」米契爾喊道，朝冰王子送出最後一次轟炸。寇比的水盾閃了閃，抖動一下，然後在空中瓦解，赤夜和惡棍順利前進。「在這之後，我最好可以突變！」米契爾對史坎德喊道，「你剛剛在說什——」可是米契爾沒問完，因為他也看到全世界最強大的獨角獸正朝著競技場俯衝。

新紀之霜。

「我看不到牠到哪裡去了！」史坎德感到恐慌。空中充滿了煙霧和殘礫，那匹灰色獨角獸完全消失蹤影。

雛仔們紛紛越過終點線，爆出歡呼聲。

「我們得著陸了！」米契爾喊道，競技場出現在眼前。他們往下俯衝，惡棍和赤夜的頭角都指向沙地。底下的人群仰望著他們。惡棍的腳蹄碰到地面時，喉嚨發出哼聲。距離終點線幾公尺時，米契爾將惡棍的韁繩丟給史坎德。兩個男孩沿著賽道的最後一段路盡力衝刺。米契爾和史坎德先後騎過拱門底下時，觀眾湧起歡呼聲。史坎德不知道自己是否在倒數五名之上。沒有人尖叫，沒有人恐慌。新紀之霜難道是他們想像出來的嗎？

可是接著史坎德看到芙蘿。

他從惡棍上一躍而下，拋開頭盔，衝向蹲在終點線後方的芙蘿。毫無所覺的群眾正高聲歡呼，芙蘿的聲音被群眾的歡呼聲掩蓋。史坎德覺得自己好像經歷過這個時刻，覺得彷彿回到了馬蓋特，看著渾沌盃轉播，他爸爸說「有狀況」，而後煙霧盡散，黑暗撤離，但一切已經發生了變化。

時間似乎凍結。他聽到芙蘿啜泣。「織者！」淚水在她的臉頰淌下，「織者帶走了銀刃！」史坎德在她身邊彎下身子，希望這就像之前走斷層線那樣，芙蘿只是在假裝。可是她雙眼裡的驚懼是真的。禽巢會受到攻擊，原因再明顯也不過。織者不是想要隨便一匹獨角獸。織者想要的是銀獨角獸。

巴比和米契爾也來到他們身邊。四名騎手脫下頭盔，蹲在一起，之前的爭論已被拋諸腦後。米契爾開始小聲提出他的計畫，必要的話，他想找導師、哨兵，甚至是他爸爸幫忙。可是史坎德知道沒時間了。最快找到銀刃的方法就是利用靈元素。這也意味著，不能牽扯到其他人。

史坎德跨上惡棍，芙蘿手忙腳亂坐在他前方。他塞在口袋裡的手掌正全力發著靈元素的光，芙蘿的羈絆是土元素閃閃發亮的深綠色，從她的心往外照射，好似搜索燈。在群眾的歡呼聲中，筋疲力盡的獨角獸正在競技場裡四處遊走，療癒師忙著處理傷者，騎手們擁抱彼此。所以當這四人組衝出騎手的圍欄時，沒人多看他們一眼。

他們繞著肆端市邊緣奔馳，不敢用飛行的，免得別人一抬頭就會注意到。他們獨角獸的腳蹄沿著街道踩出如雷響聲。他們走過步道，穿過森林，最後抵達了荒野最外圍。史坎德的手臂牢牢圈住芙蘿的腰，她的鎖子甲冰冷的貼在他的突變上，惡棍像閃電似的疾馳。他們沒去討論織者縛定銀獨角獸意味著什麼。他們並不需要。

史坎德專心追蹤芙蘿的羈絆，幾乎沒注意到荒野看起來有多麼不同。肆端市和禽巢鬱鬱蔥蔥、充滿活力，荒野則光禿淒涼。平原上佇立著一株株枯樹，四處殘留著元素魔法的焦痕。地面龜裂，塵土滿布，幾乎看不到一片草葉。這讓史坎德想起他看過的恐龍滅絕的圖畫。也許有些野生獨角獸就跟恐龍一樣古老。

「還要往前走多遠？」巴比的聲音聽起來上氣不接下氣。起初史坎德以為她只是在發抖。風極為冷冽，連巴比手臂上的羽毛都無法抵擋風寒。可是，當史坎德轉頭看向她，她在獵鷹背上彎著身子，一手搭在胸口，急促的喘著氣。

史坎德抓住獵鷹的一條韁繩，想放慢牠的速度。

「我們為什麼要停下來？」芙蘿問。

「怎麼了？」米契爾喊道，一面拉住赤夜，赤夜從鼻孔噴氣。

史坎德不理會他們，將惡棍轉了身，讓牠和獵鷹翅膀挨著翅膀。「吸氣，巴比，」他催促她，「透過羈絆吸氣。集中精神在獵鷹身上，在羈絆上。」

巴比急促的呼吸聲在荒野的寂靜中迴盪。獵鷹將灰色腦袋轉過來，定定盯著自己的騎手，發出隆隆聲似在安撫。

「我們需要妳，巴比。妳辦得到的。」史坎德鼓勵她。他說的是實話。如果想將銀刃帶回來，他們必須攜手奮戰。

「怎麼了？她是不——」

史坎德對著芙蘿搖搖頭。米契爾難得沉默。

巴比的呼吸聲漸弱，最後她打直了身子。她深吸一口氣，氣息越來越平穩，沾了汗水的瀏海貼在臉上。

「妳還好嗎？」史坎德問，「有辦法前進了嗎？」

巴比顫顫微微的點頭，「野生獨角獸也攔不住我。」

就在那時，高亢的尖鳴劃過平原。

「是銀刃！」芙蘿喊道，「走吧！」

惡棍、獵鷹和赤夜似乎也聽出了銀刃的叫喊，開始出聲回應。

銀刃的尖鳴從前方一座小丘上傳來。上頭寸草不生，只有乾燥的土壤和塵埃，頂端長著幾棵枯木。芙蘿羈絆的亮光往那裡延伸過去。

「史坎德？」米契爾問，「就是在這裡嗎？現在有什麼計畫？我們要怎麼——」

「米契爾，沒時間了！」巴比斥道，聲音有點沙啞，「我們過去帶走銀刃，然後離開，就這樣！那就是計畫！」

史坎德不得不附和巴比，因為即使他寧可先有某種計畫，他現在也想不出該計劃什麼。思緒在他的腦袋裡翻滾。跟織者面對面。手上握有銀獨角獸的織者對大陸發動攻擊。肯娜放聲尖叫、爸爸撒腿奔逃。艾芮卡．艾佛哈。萬一是真的呢？他無法確定自己最怕的是什麼？

一聲尖鳴在荒野中迴盪。

「來吧！」芙蘿喊道。彷彿明白她的迫切，惡棍飛馳到山丘頂端。赤夜和獵鷹跟在牠後面衝過樹林。

史坎德一眼就看到銀刃，那條綠色羈絆發著亮光，從牠胸口一路延伸到芙蘿的胸口。這匹獨角獸無論在哪裡都很顯眼，尤其在這片了無色彩的灌木林地。粗粗的藤蔓纏住牠的腹部、頸子還有腦袋，將牠綁在兩棵樹之間。比起平時吼叫的模樣，牠看起來無精打采。

接著銀刃的深色眼眸牢牢盯住芙蘿，獨角獸頓時激動起來，又咆哮又尖叫，扯著身上的藤蔓。芙蘿趕緊從惡棍背上跳下來，衝向她的獨角獸，她帶著銀絲的如雲黑髮迎風飛揚。可是她還來不及趕到銀刃那裡，甚至來不及伸手摸牠，枯樹林中忽然冒出了野生獨角獸。牠們身上坐著騎手。

「芙蘿！」史坎德、米契爾和巴比同聲叫喊。其中一個陌生人跳下坐騎，攔腰抓住他們的朋友，將她從她的獨角獸身邊拖走。

史坎德急著想該怎麼辦，但腦袋不停短路，就像以前在學校那樣，當他想不出該說什麼的時候，腦袋總是無法運轉。他的視線在樹林間閃動。他摸著惡棍的背，試著平靜下來，試著要思考，但野生獨角獸逐漸逼近，腐爛肉身的濃濃臭氣瀰漫在空中。

米契爾掃視著那些面孔，肯定是在找自己的表哥。史坎德也開始找認識的人，認出了其中一位騎手，雖然那道白條紋遮掩了五官。

「裘比！沃森導師，是我！」他喊道，那些腐敗的生物正移動著，擋住了樹間的每個縫隙。裘比的馬尾鬆開，髮絲披散在臉龐。傳單上的符號——裂開的孵化所門——就畫在他夾克的袖子上。他的目光掃向史坎德，劃過整張臉的那道白漆襯得他雙眼亮藍，但眼神不帶一絲情感。

「你怎麼可以這樣？」芙蘿號叫，兩名騎手扯著她的手臂，要她閉嘴，「你明明知道失去獨角獸的感受，怎麼可以幫忙織者搶走銀刃？你怎麼可以對別人造成那種痛苦——對我？」說到最後一個字時，她哽咽了。

「我已經不再痛苦。我現在有了獨角獸，」裘比冷冰冰的回答，完全不像原本的他，「有了一個新的羈絆，一個更強大的伙伴關係。」他騎的獨角獸用鼻子哼了哼，鼻孔噴出綠色黏液。牠眨了眨布滿血絲的大眼，史坎德注意到牠有一根肋骨從身側突出來，蛆蟲在血淋淋的皮膚上鑽動。

「請幫幫我們，」史坎德說，「如果織者拿到一匹銀獨角獸，我們全部——不管是島民、大陸人——誰都沒有存活的機會！」

可是裘比似乎沒在聽。他憐愛的俯視自己騎的那頭野生獨角獸，彷彿那是世上最寶貝的生物。於是，史坎德明白裘比永遠不會幫忙他們。他們只能靠自己。

史坎德有些驚慌，片刻之後才注意到新紀之霜也加入了這圈野生獨角獸。

「歡迎啊，靈行者。」有個粗啞的聲音說。

織者披著黑色罩袍，舉起一根瘦巴巴的長手指，直指史坎德的心臟。

第二十一章 織者

「你怎麼知道我的身分？」史坎德發問，語氣異常平靜。

「你的羈絆……洩漏了你的身分。」織者的聲音乾癟，就像踩在枯乾的葉子上。那張臉龐令人不安，五官因為從頭頂延伸到下巴的那道白漆而模糊。「還有我從禽巢來的士兵，」織者用細長的手指了指裘比，「他說你會幫忙朋友，所以我今天就可以同時得到一匹靈獨角獸跟一匹銀獨角獸。」整圈騎手發出低聲竊笑。

史坎德猛然將視線從織者身上移開。他也不忍再看裘比一眼，索性端詳其他畫了白紋的臉龐。他納悶這當中誰是傑米的朋友克蕾兒、米契爾的表哥艾飛、那個失蹤的療癒師、酒館老闆和店員……

「你在我的士兵當中找你可能認識的人？真可惜，好多人的身體都太弱，不容易從編織過程中存活下來。將兩個靈魂編織起來……向來很冒險。」織者嘆口氣。不知怎的，這聲嘆息甚至比織者說話的聲音還更令人忐忑，就像瀕死之人發出的喉音。在那道白漆後面的，會有安柏的爸爸賽門．菲法克斯嗎？

「不過，我的成功率越來越高了。我秀給你看。」織者朝著樹林打了個手勢，樹木沙沙作響，更多野生獨角獸加入那個包圍圈，每一頭都坐了一位白紋騎手。野生獨角獸的臭氣有如腐爛的魚、發霉的麵包，還帶著死亡的氣息。牠們吸吐的時候都會發出咕嚕響，彷彿肺裡或血中帶有水。

「真巧，你把自己的四人組都帶來了，靈行者。一個氣行者——」巴比吼叫的聲音低得就像獵鷹。「還有火行者。加上銀刃和新紀之霜，我蒐集到一套完整的元素了。」

「妳離他們遠一點，艾芮卡！」米契爾聲音顫抖，但還是勉強說出了口。

史坎德想叫他閉嘴。這不是他媽，這是——

織者歪著長脖子，眼皮上有結塊的白漆，對著米契爾眨兩下，「已經很久沒人那樣叫我。」

不，拜託不要。請不要讓這件事情成真。

史坎德巴不得織者能收回剛剛的話，讓他能繼續相信他媽是某個善良、讓他能引以為傲的人。他一直戴著媽媽的圍巾，想著有一天要還給她，但現在那條圍巾卻勒得他無法呼吸。

家裡那個鞋盒裡的物品閃入他的腦海。爸爸過去所愛的女子留下的書籤、髮夾、鑰匙圈怎麼會是這個竊賊的，這個謀殺犯的？艾芮卡．艾佛哈來到大陸以前，在成為他媽之前，竟然殺了二十四匹獨角獸。史坎德渾身顫抖。他的心幾乎要破碎，僅僅靠著羈絆來支持。那是惡棍給他的力量。想像中那個慈愛的母親有如獨角獸背上冒出的煙霧一樣飄散，被她，被艾芮卡．艾佛哈——被織者所取代。

米契爾又開口了，「把銀刃和芙蘿還給我們，要不然我們會跟大家說妳是誰。放我們走，我們就不打攪妳。」

織者乾啞的笑聲截穿這套明顯的謊言。「你以為我會放你們走？在你威脅我之後？在你告訴我，你知道我的本名之後？我會把你們獨角獸的靈魂織到我自己的靈魂上，而你們四個沒辦法活著把這件事說出去。」織者扯出一個笑容，嘴上的漆料裂開。

「只要想想，我現在可以把多少迫切的靈魂織在野生獨角獸身上，有這麼多人希望與獨角獸合而為一，可是孵化門卻一直殘忍的讓他們不得而入。你們在這裡看到的士兵，沒有人是被迫來到我身邊的。他們不是被擄走的。他們心甘情願投靠我。現在，有了銀獨角獸的力量，我忠貞的軍隊會更加壯大，遠遠超過我原本的夢想。」

織者的士兵們跟她一起歡呼，但從他們空洞的眼神和茫然的表情看來，他們似乎已別無選擇，只能繼續為織者戰鬥。

「是的，是的，」織者低吼，「我們會擊倒所有哨兵。這座島的防禦力很弱，我已經測試了好幾個月。大陸會是我的。這座島會是我的。沒人攔得住我。」

「拜託，」史坎德嘶啞的說，音量小得像是悄悄話，「這不是妳原本的樣子——不可能。」崩潰的情緒就像海浪一樣朝史坎德襲來，但他緊緊抓住一個念頭，彷彿那是希望的燈塔。艾芮卡離開大陸之後，將他的名字刻在血月的樹上。那一定代表了什麼。媽媽只是還沒認出他是誰，那也不打緊，沒關係，因為她最後一次見到他的時候，他還是個小嬰兒。可是如果他向她表露自己的身分，也許可以說服她？也許可以讓她明白她並不是非當織者不可？她可以只當艾芮卡．艾佛哈就好。可以只當他媽媽。

史坎德幾乎不由自主的，將惡棍推向新紀之霜。惡棍抗拒著眼前的危險，發出低吼，齜牙咧嘴，突然展開翅膀，在灰色獨角獸的巨大陰影裡，想讓自己盡可能看起來更強大。

「妳必須停手。」史坎德說，聲音哽咽，「拜託，看看我，」他懇求，「妳看不出我是誰嗎？妳不認得我嗎？」

「你是靈行者，才離開孵化所沒多久。我不需要你。」

史坎德感覺野生獨角獸步步近逼，古老的膝蓋骨碎裂，腐爛的腳蹄砰砰踩著地面。

「裘比沒跟妳說我叫什麼名字，對吧？」史坎德朝他以前的導師一瞥，「他不覺得重要。他不知情。」

「你叫什麼名字，跟我有什麼關係？」織者用刺耳的聲音說，「再幾分鐘你就死了，你的名字根本無關緊要。」

史坎德可以感到絕望的淚水滑過臉龐。他任由淚水落下。如果她知道他是誰，一定會停手吧？如果她心裡也有一塊空缺，就如他心裡缺失的那一塊，那一切一定會改變的吧？

他深吸一口氣。爸爸在將近一年前的渾沌盃時，跟他講過一個故事。那個故事講的是對一個寶寶許下的承諾，是輕碰掌心所許下的承諾。

「是我，媽。」史坎德顫抖著聲音，「看——妳以前跟我保證過，我會得到一匹獨角獸——牠就在這裡。我成了騎手，按照妳對我一直以來的期許。」

織者眨眨眼，眼皮上的白漆跟著跳動。

史坎德滿面淚水，幾乎無法開口，但還是勉強說了幾個字：「我叫史坎德．史密斯。」他將脖子上的黑圍巾解下來，越過惡棍的翅膀遞出去。「而且我是——」

「我兒子。」艾芮卡．艾佛哈說，陰影籠罩的雙眼終於亮了起來，露出了然的神色。

鴉雀無聲。連獨角獸們都站定不動。

「真的已經十三年了嗎？怎麼……你怎麼……啊——」她似是想通了什麼，發出打哈欠般的聲音。「艾——格——莎。」她將行刑官的名字一個接一個音節慢慢說出口，歡喜的彷彿正在品味它們。「是我小妹。」艾芮卡伸手一把搶過史坎德手裡的黑圍巾。「我早該猜到的。她在我進入孵化所之前，送了我這條圍巾。」

「姊妹？」史坎德眨了眨流淚的眼睛。「艾格莎是妳妹妹？那個行刑官？」他記得爸爸覺得艾格莎似曾相識。艾格莎懇求過他：「請不要殺掉織者。」

「帶我來島上的是妳妹妹——我阿姨?」

「就像艾格莎當初帶我到大陸去。」艾芮卡似乎思緒飄遠,溫柔的將圍巾繞上自己的長脖子。「在血月……在二十四之後……我必須躲起來。我必須離開。我在大陸上最虛弱的時候寫過信……給她。我請她確保我的孩子們成為騎手。我早該知道的。艾格莎.艾佛哈一向言而有信。我早該阻止她的。艾格莎也把肯娜帶來了嗎?」艾芮卡望向史坎德身後,彷彿她的女兒可能站在那裡。

史坎德感到一股怒意。看到他,她不是應該很高興嗎?比起他,她似乎更在意那條圍巾。他明明站在她面前,她卻似乎更在乎肯娜在哪裡。他連珠砲似的發問,「可是妳為什麼不自己回來帶我們?為什麼是艾格莎,不是妳?爸爸呢?妳丟下我們,妳丟下我!為什麼?妳為什麼要這樣?」他說到最後都破音了。

「島嶼在呼喚我。我有事需要做。我有計畫必須推動。」艾芮卡指指士兵們。

「是什麼?」史坎德啐道,「比我更重要嗎?比肯娜和爸爸都重要嗎?」

「你還是個孩子,不懂這些事情。可是以後你會的。」

史坎德用力搖搖頭。他現在怒火中燒,完全忘了要害怕新紀之霜背上的騎手。他從小到大都在想念媽媽,整個童年都巴望她能死而復生。此刻她就在眼前,卻似乎根本不在乎他,甚至連一點愧疚的樣子都沒有。

「肯娜不在這裡，是妳的錯，」他說，想看她會有什麼反應，「靈行者連試開孵化所門的機會都沒有，我敢說肯娜就跟我一樣是靈行者。因為妳，她永遠都沒辦法孵出命定的獨角獸。她永遠都沒機會回家！」

「我的兒啊，」艾芮卡．艾佛哈敞開雙臂，「你說到命定的獨角獸。可是一個人是否成為獨角獸騎手，不應該由命運來決定。看看我的士兵們——他們想要獨角獸，我就給他們，不是因為他們打開了一扇倔強的老舊的門。等我們飛到大陸去的時候，我可以讓你姊姊自己挑一頭野生獨角獸，幫他們編織羈絆。菲法克斯就選了自己的新獨角獸，是吧？」

艾芮卡對著其中一位野生獨角獸騎手點點頭。賽門．菲法克斯的眼睛跟他的女兒一個模樣。

「你是我的血脈、我的親族、我兒子。加入我吧，史坎德。我們可以聯手，讓人人都有獨角獸！命運算什麼東西。」

在那一刻，史坎德真的考慮了。那個提議很吸引人，他能跟著他媽媽；肯娜能得到她迫切渴求的獨角獸；他能找到自己真正的身分，將內心的缺角填補起來；將他四分五裂的家庭恢復完整。

「加入我吧，」艾芮卡．艾佛哈慫恿他，「身為我兒子，你該對我忠心不二，幫助我打造我的軍隊。你會在我身邊操縱死亡元素。我們會將大陸人跟野生獨角獸縛定起來——包括你姊姊、你父親。我們將會所向無敵。我們的邊緣人大軍會對我們言聽計從。我們會統治禽巢、島嶼、大陸。是的，我們一旦聯手，勢必變得更強大。我現在明白了。」

可是史坎德看出了不同的事情。他看到島嶼飽受蹂躪，孵化所幽暗空盪，大門破成兩半。他看到野生獨角獸所受的苦難蝕刻在人類的臉上，有限壽命和無限生命交織在一起，活在悲慘的不和諧中。他看到肯娜和爸爸被死亡與毀滅所環繞。他看到自己掌握了世間所有的力量，而他為之戰慄。史坎德一家在島上團圓、一起生活的美好畫面隨之破滅。

這一切的真相在史坎德眼前展開，彷彿他內心深處一直都明白。這輩子他一直希望有個媽媽來告訴自己他到底是誰。可是，此刻她就在眼前，要他做出這個選擇時，他這才領悟到他根本不需要從她口中知道自己是誰。史坎德很清楚自己是誰。他很勇敢。他很忠誠。他很善良。他不喜歡傷害別人。他有時會害怕，但這點讓他更勇敢。他是靈行者，但他也是來自馬蓋特的史坎德．史密斯，一個愛他姊姊和他爸爸的人，雖然有時要愛他爸爸並不容易。他不需要知道艾格莎帶他過來是為了行善或作惡，因為他可以選擇善的那一邊。他是好人。他永遠不會加入織者的行列——即使她碰巧是他媽媽。

織者騎著新紀之霜往前，更靠近惡棍。史坎德注意到，她身體在罩袍底下移動的方式好似煙霧一樣，並不像人類。她深暗的眼睛流露飢渴，彷彿要吞噬他似的。史坎德想起他到島上頭一天看到的野生獨角獸。牠的眼眸如此悲傷，彷彿在他身上尋找自己失去的什麼。

「血月秋分死了，我很遺憾，真的。」史坎德柔聲說，「我無法想像那種痛苦。可是那是意外！妳從那之後就一直為了那個悲劇懲罰整座島嶼。」

「血月的死不是意外。」

「妳永遠無法找到能取代牠的東西，」史坎德說，「不管妳偷走多少匹縛定的獨角獸。不管妳將多少頭野生獨角獸，和那些急著想當騎手的人束縛在一起。不管妳變得多強大。事實是，艾芮卡，妳永遠無法把血月帶回來。就是沒辦法。妳的獨角獸永遠不會希望妳過這種生活的。牠會非常失望——我也是。」

「你不知道自己在說什麼，」織者低吼，「你的想法是禽巢、議會和銀圈灌輸給你的。看看他們當初多麼急著招攬我妹妹當行刑官，與靈行者為敵，不讓靈行者接近孵化所。他們認定許多人配不上獨角獸。他們希望孵化所把我們擋在外頭——所有不具備完美羈絆的人。我的士兵正好證明了，事情不必照那種方式走。」

「妳的士兵只是聽妳的命令行事，」史坎德看見裘比的眼神時就猜到了。這個導師想要擁有獨角獸的慾望太強，或許讓他放棄去做對的事情，可是他永遠不會背叛銀刃，把牠交給織者才對。除非還有別的隱情。「妳編織他們的時候，他們的靈魂也跟妳相繫，對吧？他們想要妳想要的，他們完全順從妳。」

「他們很快樂。他們得到我承諾他們的獨角獸。我在這裡是要帶領他們，並且正大光明的操使靈元素。你不是也想要這樣嗎？史坎德？想要自由？」

史坎德搖搖頭。「妳有的並不是自由！妳只在乎權力和復仇。可是妳忘了還有更重要的事。我永遠不會加入妳的行列。」

織者的雙眼彷彿有燈光熄滅。她內在的改變相當微妙且突然——並且致命。打從向織者揭露自己的身分以來，史坎德頭一次對她感到害怕。

「你犯了個錯，」織者啐道，「沒有東西比權力更重要。沒有！可是我沒辦法浪費時間跟你解釋。你還沒資格當我的左右手！」

「我永遠不會當你的左右手！」史坎德帶著哭腔怒吼。

織者伸出一根長手指。「抓住那些獨角獸！活捉牠們。」她尖聲叫道。

一片混亂。白條紋的騎手開始朝惡棍、獵鷹和赤夜圍過來。巴比在盛怒之下大喊，閃電擊中最靠近銀刃的那棵樹，樹幹爆了開來，碎片四處飛濺。米契爾朝織者和新紀之霜拋出火球，但他們退到了由野生獨角獸形成的保護牆後面。史坎德看到黑色與銀色一閃，芙蘿掙脫了制住她的士兵，躍上了銀刃的背。她的手心發出紅光，燒掉纏住牠的藤蔓，銀獨角獸發出勝利的吼叫。

「我們還是被包圍了。」史坎德聽到巴比在野生獨角獸的低吼中大喊，芙蘿重新在林子中央加入獵鷹、赤夜和惡棍的行列。

「他們不能攻擊，」米契爾大喊，「他們還不能殺掉我們——如果她想要我們的獨角獸。」可是史坎德幾乎沒在聽。他的手掌發出靈元素的白光，而且他正看著——認真看著——那些野生獨角獸和他們的騎手。他可以看到一道道白色絆索將人與獸連在一起，但是跟他朋友們的羈絆不同。那些絆索看起來不那麼天衣無縫，也沒那麼穩定。彷彿可以被拆解開來。

艾格莎說得沒錯。只有靈行者可以阻撓織者的計謀。

雖然淚水依然頻頻滑落臉龐，但史坎德的心思一片清明。他必須保護他的朋友們。他必須保護自己的獨角獸。

「你們能不能對野生獨角獸發動元素魔法？」史坎德對他的四人組喊道，「不必瞄準，我只是需要聲東擊西。我想我跟惡棍可以做一件事。」

他們對他點點頭，然後互相點了個頭，手掌各自亮起火、氣、土魔法。元素攻擊混雜著野生獨角獸的轟炸，轉眼間，空氣便瀰漫著濃濃臭氣。

「你準備要試試這個了嗎？」史坎德對自己的獨角獸低語，他任由自己的手掌發出白光。史坎德的鼻孔填滿了他自己元素的氣味：肉桂、皮革，還有一種醋一般的刺鼻。他伸出散發白光的手，小心將光的觸角伸向最近一頭野生獨角獸和牠騎手之間發著亮光的絆索。史坎德的手指在空中舞動，彷彿在彈奏隱形的樂器。白光纏繞住那道不穩定的羈絆。當羈絆卡住的時候，他將手腕左右擺動，彷彿在畫素描。惡棍靜定不動，跟著騎手一起聚精會神，合力拉扯那些假羈絆，將之拆解開來。史坎德不曾感覺自己跟獨角獸有這麼深的連結，不曾如此密切的合作過。他們的魔法和諧無間。

解開那些羈絆感覺是對的，是自然的，史坎德感應得到惡棍也明白這一點。編織出來的連結並未抗拒他，那些羈絆彷彿知道自己原本就不該存在。野生獨角獸一頭接一頭安靜下來，癱倒在地上。騎手們詫異的眨眨眼，抬起頭來，彷彿從漫長的半夢半醒之中清醒。

「你在搞什麼鬼？」織者放聲尖叫，看著野生獨角獸一頭頭在她四周倒下。「起來啊！」她對她的士兵吼道，「起來，我命令你們！」接著她的視線落在史坎德身上，他剛剛解開了最後一道羈絆，在袞比和他的野生獨角獸之間。人與獸雙雙倒在地上，活著但動也不動。

「靈行者！」織者尖聲叫喊，騎著新紀之霜，全力朝著惡棍之運奔來。

史坎德渾身一僵，只覺得自己躲不掉了。織者朝著惡棍衝來，她打算毀掉他們的羈絆。他媽媽就要對他們下毒手，就要做出最惡毒的事了。他反應太慢，她動作太快。

可是銀刃往後仰立，擋在惡棍和新紀之霜之間。牠的腳蹄刨著空氣，從腳蹄迸出著火的岩石，迫使新霜往後退。

「妳好大膽子，竟敢把銀刃從我身邊帶走！」芙蘿忽然展現出渾沌盃騎手那種大膽無畏的氣勢。語氣裡的威嚴就像禽巢的鐘聲一樣震懾人心。

一顆岩石掠過臉頰，織者詫異的別過身子，抵在新紀之霜的頸子上。

銀刃的雙眼火紅，對著天空吼出烈火。史坎德頭一次見識到銀獨角獸的威力——威嚴與力量的恐怖結合。接著，又一聲憤怒的叫喊，芙蘿的手掌發出燦爛的綠光，在新霜和她四人組成員之間，召喚出一道厚厚的玻璃盾牌。

「小坎！」芙蘿叫道，因為過度用力而手臂發抖，「快啊！我不知道我撐得了多久，她的羈絆呢？你能不能打破它？」

「退後！」史坎德喊道，織者朝著盾牌拋出火焰。「這樣不安全。要是她擊中銀刃呢？」

「說真的，芙蘿，在這種時候這麼勇敢，妳還真會挑時間！」巴比喊道。

「牠是銀獨角獸，記得吧？」芙蘿回喊，手掌嘶嘶傳出土魔法，「織者用靈元素也殺不掉牠。」

「不！」史坎德喊道，「但她可以用其他元素殺掉妳！」

喀啦。一條裂痕在芙蘿的玻璃盾牌上蔓延。

「我不想催你——」米契爾顫抖著聲音，「可是那面盾牌沒辦法永遠撐下去，所以——」

「快啊，史坎德！」巴比對著他的膝蓋甩韁繩。

史坎德立刻行動起來。他透過芙蘿的盾牌縫隙伸出靈元素的觸角，去感覺織者和新紀之霜間的羈絆。起初他看不出來——那條絆索非常纖細，鬆垮垮的繞著另一道閃動的藍色羈絆。史坎德心想應該不難。

「啊——」史坎德感到心臟附近一陣絞痛。他看不到自己跟惡棍之間的羈絆，但可以感覺到織者正試著拆散他們。惡棍之運發出尖鳴，困惑又驚恐。

接著惡棍緩緩往後仰起，直起整個身子，雙腿踢向新紀之霜。黑色獨角獸發出一種史坎德從未聽過的吼聲，類似野生獨角獸的號叫。透過芙蘿逐漸崩裂的盾牌縫隙，就在艾芮卡·艾佛哈披著罩袍的身影背後，史坎德看到野生獨角獸開始從地面上站起來。

織者也感應到有狀況，她回頭望去。她的靈魔法減弱，鬆開了史坎德的羈絆。野生獨角獸此時有如禿鷹，團團圍繞著新紀之霜，嘴巴滴下黏液，透明的頭角在昏暗的天光中若隱若現。

「妳再也不能控制牠們了！」史坎德透過盾牌大喊，「妳以為牠們是妳的士兵，可是牠們並不是。野生獨角獸生來自由——比我們任何人都自由。」

織者放聲咆哮，野生獨角獸又往前跨了幾步。

「妳想要智取牠們，」史坎德繼續說，他覺得自己跟那些野生獨角獸有一種無以名狀的連結，他明白牠們在織者身邊吃了多少苦頭。「妳試圖給牠們不屬於牠們的騎手，這樣永遠不會成功。牠們永存不朽。我們人類在瞬間就死去，牠們卻要經歷永遠的死亡。牠們內心對這個真相明明白白——牠們永遠不屬於妳！」

野生獨角獸同聲發出吼叫。織者的手掌發出藍光，準備以水魔法防禦。但史坎德不會再讓她繼續傷害這些野生獨角獸。

「撤下盾牌！」史坎德對芙蘿大喊，玻璃應聲碎裂。史坎德的手心發出燦亮的白光，他直接朝著織者的心臟攻去。靈魔法的強光將她與新紀之霜的羈絆緊緊纏繞成一個蛹。那條羈絆變得更細而且出現裂痕。但史坎德不夠強大，無法將它完全斷除。

巴比搶先反應。她的黃色氣魔法加入了靈的那道白光。接著芙蘿注入綠色的土魔法，米契爾再添進紅色火魔法。三股色彩扭絞旋繞，與史坎德的白色力量匯聚在一起。史坎德可以感覺到織者的羈絆逐漸鬆解。

「幫幫我們！」他向野生獨角獸大喊，希望牠們能夠理解。要是牠們能夠理解，他和他朋友就能活著離開。他和惡棍的羈絆就能夠保住。內心深處他甚至懷抱一絲希望，想著如果他打敗織者，他的媽媽或許就能夠回來。

地面忽然震動，空氣中充滿生猛的魔法——不是縛定獨角獸那種細緻的元素魔法，也不是野生獨角獸常見的那種漫無目的的轟炸，而是結合了五個元素，以原始的力量爆發出來的色彩、氣味和形體，是史坎德前所未見的。這種魔法存在的歷史遠超過人類所能想像。牠們齊聲吼叫，牠們的魔法加入了四人組對織者的攻擊。

織者和新紀之霜的羈絆咔嚓斷裂。灰色獨角獸發出憤怒的吼叫，用後腿往後仰起，將織者從背上拋下。野生獨角獸開始以令人戰慄的怪聲呼喚彼此，獵鷹、銀刃、惡棍和赤夜也跟著牠們號叫。

一頭野生獨角獸朝史坎德和惡棍走來。是牠們當中最大的一頭，而且從牠完全腐爛的皮膚和暴露血肉的骨架看來，牠也是山丘上最老的獨角獸之一。史坎德納悶牠已經活了多久，已經死了多久。牠深陷的紅眼直勾勾望進史坎德的眼睛，發出隆隆的低吼。

「謝謝你。」史坎德低語。那頭野生獨角獸轉過身去，領著牠的獸群離開，路過倒在地上的織者，遠離牠們的前任騎手。那些騎手此時正躲在樹木與矮叢之間。牠們走下山丘，加入遠處荒地的其他野生獨角獸群。

織者動了動，翻倒在地上。罩袍從肩膀上鬆脫，臉上的白漆掉了一半。那條黑色圍巾掉在她身旁，好似死掉的蛇。她的模樣乾癟而疲憊。不過，在那白漆之下，史坎德瞥見一張過去可能肖似肯娜的臉龐。

史坎德小心的朝她邁出一步。他竟仍希望能在她的眼眸裡看到不同的神情。她是兩屆渾沌盃的贏家。是一位司令。一位母親。「媽──媽？」

有好幾件事同時發生。忽然之間，吶喊聲震耳欲聾，織者抓起那條黑圍巾，吹出高亢尖銳的哨聲。騎著獨角獸的哨兵們衝過樹林，艾絲本．麥格雷坐在一位騎手身後，紅髮在風中飛揚。

在這一片混亂中，一頭史坎德之前沒看過的獨角獸忽然衝進林子裡，織者翻上牠的背，兩者的心之間有一條線正在發亮。史坎德試著辨認那條羈絆的色彩，但它似乎包含不只一種顏色。原來織者縛定了不只一匹獨角獸，連新紀之霜對她來說也只是可有可無。

「在那邊！」艾絲本衝過樹林，「去追他們！那就是織者！」

「她要逃走了！」芙蘿喊道。

史坎德不發一語。他已經無話可說，無淚可流。他望著織者奔馳離去時，憤怒、失望和受傷的感覺全都不見了。現在只剩悲傷。

有些哨兵留下來守護司令，其他哨兵則追進了荒地裡，但史坎德有預感他們抓不到織者的，這次沒辦法。

「你們這些新生騎手，能不能請你們其中一位告訴我——」艾絲本．麥格雷話說到一半停下來，新紀之霜正朝她快步走來。艾絲本癱倒在地，緊緊攀住牠一條灰色的腿。

「我不敢相信，真的是你。我——」艾絲本的聲音因為啜泣而顫抖。她將手掌翻過來，雙手搓了搓，握成拳，而後又鬆開。額頭上浮現一道深深的紋路。「我不懂。牠在這裡，可是我的魔法不見了。看——我甚至沒辦法召喚水元素到羈絆裡。」她不是真的在對史坎德說話，但他還是開了口，因為他認為自己知道答案。

「織者之前和新紀之霜縛定了。她只是——」史坎德邊說邊把事情在腦海裡拼湊起來，「把她的羈絆織在妳的上頭，可是我想一定影響到了妳的魔法。」

「可是新霜已經不再跟織者縛定了？」

「不再了。」史坎德搖搖頭，「我——我們一起——」他指指朋友們，「我們想辦法打破了他們的羈絆。」

艾絲本目光掃過他們每個人，依然緊蹙眉頭，「我不懂。我可以感覺到羈絆，只是沒辦法——」她又伸出自己的手掌。「看！沒有動靜。」她嘆口氣，碰了碰自己冰突變的一邊肩膀，彷彿那樣可以讓她更貼近自己的獨角獸。「我們在一起，這才是最重要的。牠還活著。」她吸吸鼻子。「即使我們的羈絆已經不存在。」

史坎德知道自己該做什麼。他不能丟下艾絲本和新紀之霜不管。只要幫得上忙，他就不會袖手旁觀。剛剛艾絲本一出現時，他就知道自己可以。他們的羈絆還在，心連心，雖然看起來殘破而脆弱。他必須幫忙他們，即使那代表他可能會失去一切。

「我想我可以修補你們的羈絆。」史坎德很小聲的說。他聽到米契爾倒吸了一口氣，也看到芙蘿的手摀住自己的嘴。他們知道他在做什麼。他們知道他冒了多大風險。

「你怎麼可以？」艾絲本聽起來很憤怒，「你算什麼？一個雛仔？你當然不行。你們也不可能打破織者的羈絆。連看到羈絆本身都需要——」

「靈行者。」史坎德替她把話說完，然後將黃外套的袖子往上一拉，露出自己的突變。艾絲本全身抖了一下，朝新紀之霜湊得更近。哨兵們身子一僵，準備發動攻擊。「怎麼會？你？你怎麼進孵化所的？」

「那不重要，」史坎德堅定的說，「我們在這裡，我們可以幫忙妳。這才是重點。」

「你為什麼要冒這個險？為什麼要幫我？」艾絲本問，難以置信。

「對啊，為什麼？」巴比壓低嗓門嘀咕。

「因為我不是織者——」史坎德對艾絲本露出憂傷的笑容，「你們一直以來都誤解靈行者了。你們以為我們都像織者，但並不是。我想幫忙妳，因為這樣做是對的。因為妳和新紀之霜屬於彼此。」

「我想你這樣做是有眼神銳利，條件的。你想要什麼？」艾絲本雙手環胸，朝惡棍走去。

史坎德有些猶豫。他沒想到自己可以提條件。

「唔，」他慢吞吞的說，努力思考，「首先，我要妳釋放所有的靈行者。」

「我辦不到——」

「妳辦得到。妳辦得到，因為我們現在知道織者是誰了。」

艾絲本皺眉，「誰？」

「艾芮卡．艾佛哈。」

「她死了。」

「並沒有，」米契爾說，「而且我們可以證明。」

「靈獨角獸之所以死了，就是因為銀圈以及被他們勒索的行刑官，」史坎德說，語氣裡明顯帶著嫌惡，「可是放那些騎手自由吧！那至少是妳能做的。不過妳必須逮捕賽門・菲法克斯——他就在那邊。這幾年來他一直在幫織者。」史坎德指向安柏的爸爸，他依然倒在地上意識不清。

「我沒辦法放行刑官自由，」艾絲本警告，「銀圈永遠不會同意的。過去有太多恩怨。而且她的靈獨角獸還活著。」

史坎德頓住，然後點點頭。他還不確定自己對艾格莎有什麼感覺，但他不打算為了她犧牲其他靈行者的自由。

「還有什麼？」艾絲本問，額頭上的紋路更深了。

「開始讓靈行者進孵化所。」

「絕對不行。」

她的反應不出史坎德的意料，但他認為還是值得一試。他還作了其他嘗試。「讓我以靈行者的身分受訓，讓大家都知道這件事。如果我完成訓練，沒對任何人造成傷害，就讓靈行者再繼續試開孵化門。把靈元素帶回禽巢。」

艾絲本嘆口氣。「理論上我可以同意，可是我再不久就要卸下司令的職務了。你要我怎麼讓其他人同意？」

「把它寫進島嶼的協議裡。妳還有時間。渾沌盃下星期才到。而且妳永遠不知道，也許妳會再勝出。」

史坎德看到艾絲本倒吸一口氣。他知道這件事會讓她招來多少反感，但他不在乎。他就是想用靈元素來受訓。

「那就說定囉？靈行者們可以重獲自由；我受訓的時候，可以公開用靈元素和另外四個元素。」

艾絲本不情願的點點頭，「前提是你能夠修補我們的羈絆。如果你做不到，協議就不算數。」

司令爬上新紀之霜的背，史坎德召喚靈元素到手掌，輕鬆有如呼吸。他將注意力轉向人類和獨角獸靈魂之間的連結。那條連結殘破、受損，但基本的結構是完整的。史坎德燦亮的靈魔法沿著黯淡的藍色絆索舞動，從一端修復到另一端。白光越來越亮，最後整個織者的山丘都跟著發光，從禽巢甚至都能看得見，就像一顆星辰誕生了，照亮色彩盡失的荒地。

艾絲本．麥格雷淚流滿面，他倆的羈絆再次放出亮藍色的光，水元素的光注滿了她的手掌。史坎德想像著她會有什麼感受——彷彿她又回到了孵化所，羈絆剛剛繞著她的心臟鑄成。

跟織者不同，史坎德不需要什麼花招。他並不需要編織靈魂來修補那份羈絆。兩個彼此命定的靈魂永遠不可能真正分開。

第二十二章 家

艾絲本提議讓哨兵護送他們回禽巢，史坎德、巴比、芙蘿和米契爾婉拒了。他們從山丘上的樹林啟程，騎著惡棍、獵鷹、銀刃和赤夜越過荒野乾裂的土地。當下方的地面再次變得草木茂盛、綠意盎然，他們大大鬆了口氣。

他們降落在肆端市，稍微延後返回禽巢的時間。經過這麼多波折之後，史坎德急著想見爸爸和肯娜，哪怕幾分鐘也好。他不會去談剛剛在織者樹林裡發生的事，以及差點發生的事。艾絲本說她需要一段時間想通怎麼公布靈行者的消息，他們知道在那之後他們還得費一番唇舌解釋。

他們抵達人潮散盡的競技場，舉行過訓練試賽的唯一證據就是沙地裡的蹄印，以及用粉筆寫在黑板上的成績。史坎德之前甚至沒想到自己是否被宣告為游牧者。當時，他只想著他媽媽還活著、銀刃被帶走、他要阻止織者，試賽成績感覺沒這麼重要。

可是，此時他根本不想去看黑板。他不想被宣告為游牧者，也不希望他的胸針被敲成碎片，而且最重要的是，他不想離開他的四人組。他們坐在獨角獸背上，在近晚陽光中瞇眼仰望黑板，他看著他們的臉龐。芙蘿雙眼半睜，彷彿也不想看黑板。巴比的臉上浮現笑容。米契爾的視線左右移動，彷彿要把每個名字和名次背起來。

史坎德心中湧現一股對他們的愛，但轉眼被恐懼所取代——兩種情緒在他的胸口競逐。如果他必須離開禽巢，狀況就不一樣了。他們會是他曾經有過的第一群——也是唯一的朋友，他們會在沒有他的狀況下繼續生活。他們明年會學習怎麼召喚武器，他們會聊起各自的地窟，評比鞍座，嘲笑赤夜總在尷尬的時刻爆出屁來，他們會繼續拒絕巴比的緊急三明治，並且交流各種理論，探究她取得麵包的手段。

有些日子會很難熬，他們會輸掉空戰；有些日子他們會歡欣鼓舞，雙手環抱獵鷹、赤夜或銀刃。他們可能會忘掉那個撐不過雛仔學年的寂寞靈行者，就是害他們惹了一堆麻煩的那個人。史坎德感覺惡棍傳來關懷的搏動——現在，雙方的感受交流起來容易得多，彷彿可以透過羈絆與彼此交談。

可是想這些沒有用。史坎德垂眼盯著惡棍的鬃毛，拒絕抬頭去看。他還沒準備好要面對。在經歷過這麼多事情之後，他沒辦法。山丘上的事件在腦海裡重播。織者正向他騎來。艾芮卡．艾佛哈試著扯掉他的羈絆。他媽媽的圍巾掉在地上。他再也承受不了更多。

「沒關係的，小坎。你可以看。沒關係。」

史坎德信任芙蘿，於是抬眼去看。

蘿貝塔．布魯納和獵鷹之怒名列第一。芙蘿倫斯．薛克尼和銀刃排名第五。他們一定在織者俯衝以前越過了終點線！米契爾．韓德森和赤夜之樂排名十二。史坎德和惡棍之運安全落在第十三名。史坎德懸著的一顆心終於落下，那天下午他第二次淚溼了臉頰。

巴比鬼叫一聲。「我跟他們說過，要他們叫我巴比。我受夠了蘿貝塔這個名字。」

米契爾用手肘推推史坎德。「我們並排耶。看！」

史坎德抹抹眼睛。「你名次應該更高的。你根本就是拖著我越過終點線的。我昨天還對你和芙蘿那麼壞。真的謝謝你。」史坎德雖然臉色蒼白，但露出了大大的笑容。

米契爾微微臉紅。「朋友就應該這樣啊。」

「唔，我是他朋友沒錯，可是我可不會為了證明友誼放棄贏的機會。」巴比嗤之以鼻。

米契爾笑了。「我真不敢相信妳真的贏了訓練試賽。妳說了一整年——結果真的辦到了。」

「妳真是奇葩，巴比。」芙蘿笑著說。

「沒錯。」米契爾嘀咕。

但巴比什麼也沒說。她正盯著米契爾。

米契爾蹙起眉頭。「怎麼了？」

「我想你知道自己的頭髮著了火吧。」巴比說，語氣隨意。

「我們今天就不能停戰一下嗎？巴比？」米契爾虛弱的說，「訓練試賽妳都贏了，而且我們剛剛才打敗織者。妳到底還想要幹嘛？」

芙蘿也看到了。「不，你的頭髮真的著火了！你突變了，米契爾！」

米契爾的頭髮原本是全黑的，但現在髮間夾雜了火燒般的髮綹。

「看起來真的——」史坎德開口。

「滿……酷的？」巴比把話說完，語氣裡竟難得有些驚嘆。

「我看起來很酷？」米契爾嚷嚷，「蘿貝塔．布魯納竟然認為我看起來很酷？」

他指著巴比。巴比說：「噢，夠了。」

「你聽到了嗎？史坎德？我很酷，我很帥。我終於突變了，實在太棒了！」

「這件事他永遠會念個沒完，是吧？」巴比對史坎德嘀咕，史坎德搖搖頭，咧嘴笑著。

赤夜將頭角轉過來面對牠的騎手，看看到底在大驚小怪些什麼。

「對了，」米契爾說，上氣不接下氣，「我可以說件事嗎？」

「不行。」巴比說。

米契爾不理會她。「我能不能說，關於史坎德，我從一開始就說對了？」

「什麼意思？」芙蘿說，輕拍銀刃的脖子。這匹銀獨角獸和騎手似乎比以往都更親密。

芙蘿衝進朋友們和織者之間的情景閃過史坎德的腦海，這是他所見過最勇敢的事情。

「唔，我說史坎德非常危險而且是非法的，可能會趁我們睡覺的時候殺了我們。結果他真的是織者的兒子，而且還是織者的妹妹帶來島上的！」

「米契爾！」芙蘿喊道，「你該不會是想要說，你早就跟我們說過了？」

巴比搖搖頭。「太早了，實在太早了。」

但史坎德不在意。一點都不在意。他知道未來幾天，幾個禮拜，他會為蘿絲瑪莉．史密斯哭泣、憤怒、哀痛，他將她拋在荒地——連同圍巾一起。但是目前他沐浴在島嶼的陽光中，在朋友的陪伴下騎著黑色獨角獸，雖然沒找到他理想中的媽媽，但他還過得去，因為他覺得他可能找到了自己。

一個小時之後，史坎德站在禽巢外頭，一個訓練場的白色遮篷前方。惡棍被綁在附近的樹下，跟赤夜共享兔子的殘骸。雛仔們的家人已經在遮篷裡談天說笑，互碰玻璃杯。

即將見到肯娜和爸爸，史坎德無比興奮，但也很緊張。關於艾芮卡．艾佛哈，他不知道要跟他們說些什麼。關於織者，他在寄給肯娜的信裡不曾提過隻字片語，他甚至沒提過靈元素，怕騎手通訊處可能會抽查那些信。

如果當初是他留在家裡，肯娜來到島上，史坎德會想知道他們媽媽一直以來都活著嗎？如果最後事實是她作惡多端，他還會想知道嗎？爸爸又如何呢？

「謝謝你等我，靈小子！」他正試著鼓起勇氣，要彎身穿過入口時，巴比追了上來。

「抱歉。」史坎德小聲道。

「你心情不好嗎？」巴比不耐煩的問。

「只是緊張。」史坎德透過入口望去，尋找肯娜頂著棕髮的腦袋和爸爸的臉龐。

「你等下要見到你爸爸跟你姊？」

「嗯。」

「你決定要跟他們講——」

「沒有。」

巴比對他翻翻白眼，撫平胳膊上的羽毛。「最好還是趁早讓他們知道。」然後隨手將史坎德推進帳棚。

「恭喜啊，史坎德，第十三名很了不起耶！」他猶豫的往前跨一步時，歐蘇立文導師逮到他，「尤其你還一整年都假裝是水行者。」她挑起一邊銀灰色的眉毛。

史坎德恐慌的東張西望。「妳怎麼知道？大家都知道了嗎？」

「不是每個人都知道，艾絲本只跟導師們說，」歐蘇立文導師難得對他展現一抹笑容，「還有朵里安·曼寧。銀圈的領袖恐怕正在氣頭上。他對於讓你以靈行者的身分受訓這件事，非常不高興。應該說他簡直氣炸了。所以，如果你碰到他，一定要好好戴著這個，而且要戴得很明顯。」

她鬆手讓一塊冰冷的金屬掉進史坎德的手掌，就像她在他走斷層線後做的那樣。

那枚別針是四個纏繞的金圓圈做成的。

「這難道是——」史坎德低語。

「靈行者別針。」歐蘇立文對他咧嘴一笑，「當然了，你也會是榮譽水行者。」

「誰說的？」

「我。」她竟然眨了眨眼，「靈行者的血脈裡總是同時有勇氣和莽撞並行——以及膽識，就像你對抗織者時所展現的，水井那裡永遠會替你留個位置。」

史坎德的手伸向黃夾克上的水別針。

「也許你兩個都能戴？一邊翻領別一個？那真的就會惹毛朵里安。」她走開的時候，語氣聽起來喜孜孜的。

「史坎德！爸爸！爸爸，看！是史坎德！」肯娜在人群中橫衝直撞，差點掀倒一整個托盤的飲料，史坎德的爸爸緊跟在她後頭。

肯娜伸手環抱弟弟，哭了出來。史坎德還沒搞清楚怎麼回事，爸爸已經擁住他們兩個，三人哭成一團。身為靈行者，為自己和惡棍的性命擔憂、裘比的背叛、面對訓練試賽、和織者對戰、發現她是他媽媽——一整年累積的所有壓力一股腦兒湧了出來。不是透過話語，而是以史坎德激動的啜泣傳達出來。

「嘿，兒子，嘿。」爸爸溫柔的將史坎德拉開，好看清楚他的臉。爸爸替史坎德抹去淚水，在他的記憶中，只有肯娜曾這麼做過。「不用哭啦，嗯？你排名第十三耶！我們看到整個過程了。你很厲害耶！你和那匹紅獨角獸聯手合作的方式……」

然後爸爸就滔滔不絕起來，分析著訓練試賽。這一刻，三人彷彿回到馬蓋特的客廳，觀賞著渾沌盃比賽，享受著擁有一個振作起來的爸爸，即使一年就只有這麼一天。

爸爸說個沒完，肯娜和史坎德對上視線，她對他露齒笑著，握住他的手。爸爸講累了以後說要再去拿杯飲料，留史坎德和肯娜單獨聊聊。

「家裡的狀況怎樣？爸爸還好嗎？」史坎德把握機會，匆匆問道。

「唔，騎手的收入滿有幫助的。而且爸爸剛找到工作了！」

「什麼？」

「很棒吧！薪水還可以。我們打算搬出落日高地，也許在海濱附近租個小房子什麼的。」

「哇，」史坎德說，「那真——」

「好了，把惡棍之運的所有事情都告訴我。所有事情！我可以見見牠嗎？我可以參觀獸欄嗎？你能讓我看看你的魔法嗎？可以介紹妮娜．卡沙瑪給我認識嗎？你敢相信她是大陸人，卻取得參加渾沌盃的資格嗎？我們能不能——」肯娜連珠砲似的問題讓史坎德納悶她和爸爸的狀況是不是有她講的那麼好，但他不去追究。

史坎德環顧帳篷，注意到有些騎手不見了，他們沒撐過訓練試賽。其中四人屬於另一個訓練團，史坎德其實跟他們不熟，但在這裡沒看到羅倫斯，感覺很奇怪。

真難相信他和毒藥酋長現在是游牧者了，而且就像亞伯特和老鷹黎明，永遠不會再回到禽巢。史坎德盡量不去想，要不是米契爾犧牲自己在賽事中的名次，他和惡棍有可能跟亞伯特他們有同樣的結局。

接下來幾個小時，史坎德跟家人度過了美好的時光。他們聊個不停。史坎德見了巴比的父母，以及芙蘿全家，包括她的雙胞胎哥哥艾伯。史坎德介紹爸爸給芙蘿、米契爾和巴比，爸爸問他們在訓練試賽中各自得到什麼名次，然後一直重複說史坎德第十三名，彷彿他們沒跟他一起比賽。

四人組一起去拿更多蛋糕，這時米契爾嘆口氣。「我真希望我爸跟你爸一樣，這麼以兒子為榮。他不覺得第十二名有多好，他當初在訓練試賽的時候排名第八。韓德森家族的人都應該表現得更好。」他垂下腦袋。

「我想時候到了，你也該學習別理會你那個恐怖的爸爸，米契爾，」芙蘿說，伸手再拿一杯飲料，「你面對織者所經歷過的所有事情已經讓你變強十倍了！所以他可以……他可以……閉上嘴巴啦！」

巴比被蛋糕嗆住，米契爾驚訝不已。他似乎也開心許多。

史坎德玩得好盡興，暫時忘卻艾芮卡．艾佛哈的事，直到他帶肯娜到外頭見惡棍之運。惡棍對她的態度比對其他人都友善。黑色獨角獸讓肯娜摸摸牠的脖子，把鬃毛編成辮子，甚至用手撫過牠的一邊翅膀。

「妳想騎看看嗎？」過了幾分鐘後，史坎德試探的問。

肯娜整張臉都亮了起來。「我可以騎著牠飛嗎？」

史坎德笑出來。他就知道姊姊一定會要求做最危險的事。史坎德不大確定可不可以這麼做，但不忍心拒絕肯娜。而且不知怎的，他知道惡棍會照顧她。

史坎德拉著肯娜跟他一起坐上獨角獸的背，惡棍鼻子噴了噴火花。她堅持要坐前面。「這樣我就可以假裝你不在。」

「哼！」史坎德說，用手臂緊緊摟住姊姊。惡棍走出遮篷，翅膀往外展開，準備飛翔。黑色獨角獸的腳蹄離開地面時，肯娜發出陣陣歡呼。他們在禽巢的護甲樹幹上空遨翔，史坎德咧嘴笑得臉頰都痛了。他想起之前肯娜沒考過孵化所考試，想起姊弟倆曾經夢想一輩子能夠騎著熱愛戰鬥的獨角獸，肩並肩遨翔。

風咻咻吹過，史坎德試著跟肯娜解釋羈絆是什麼：即使不在彼此身邊，也總是感覺得到惡棍的存在；彼此透過傾聽對方的感受，學習怎麼溝通；悲傷的時候，可以互相打氣。但肯娜根本無心聽他說。她低伏在惡棍背上，雙手緊緊抓住牠的鬃毛，隨著牠翅膀的傾斜角度，調整自己的姿勢以保持平衡。史坎德覺得喉嚨一緊──她是個天生的好騎手。

惡棍著陸以後，肯娜從獸背下來。看見她滿眼淚水，史坎德心中一凜。

「有沒有什麼辦法，小坎？」她啞著嗓子，「有沒有可能孵化所裡還有獨角獸？還在等我的？也許他們弄錯了。也許我也應該試開那扇門。你連孵化所的考試都沒參加！我知道你沒辦法在信裡面跟我說，可是現在沒人聽得到。一定有什麼祕密，一定有更多我不知道的事。」

史坎德好想抱住她，將一切真相告訴她。關於他們媽媽，關於靈元素。可是，知道真相不會更糟嗎？誰也無法保證肯娜就一定注定有一匹獨角獸，但她肯定會更覺得自己受騙了──像是錯失了她永遠不可得的未來。他不知道自己能否這樣對她。

於是他改口說：「抱歉，小娜。事情不是那樣運作的。即使原本有匹獨角獸要給妳，到現在也已經野放了。太遲了。牠也不會是惡棍這樣的獨角獸。妳不會願意接近牠的。」

「我願意。」肯娜放聲大哭。「我不在乎牠是不是野生的，」她聲音變輕，「如果是我的，我就想要。」

「相信我──」史坎德將她拉進自己懷裡，「妳真的不會想要。」

那天下午的時光轉眼即逝。感覺才一眨眼時間，史坎德就在鏡面峭壁頂端的草地上，擁抱爸爸和肯娜，送他們搭直升機回大陸。史坎德深深吸進家人的氣味，他知道就是這一刻了。

如果他打算改變主意，將實情告訴他們，這就是今年的最後一次機會。

「我好以你為榮，史坎德，」爸爸說，一面抽開身子，「你繼續訓練惡棍之運吧。搞不好有一天會贏得比賽！一直覺得你就是這塊料！」他揮揮手，消失在直升機裡，史坎德便知道他不能跟他們說起艾芮卡．艾佛哈。他不能把他們的生活攪得天翻地覆。這是個他必須守住的祕密。暫且如此。

「他好多了，是吧？」肯娜的雙眼再次噙著淚水。「我們過得還不錯，你不用替我們擔心。」

「真希望我可以跟你們走。」史坎德說，依然握著她的手。

肯娜悲傷的搖搖頭。「不，你不會這麼希望。你屬於這裡，小坎。這裡是你的家。我想你一直都清楚，對吧？」

這裡也是妳的家，他想告訴她，這裡是我們的家。

可是他並未說出口。他只是說：「我愛妳，小娜。」

「我也愛你，小坎。」

她放開他的手，奔向直升機的階梯，棕色頭髮掃過臉龐，接著消失在視線之內。螺旋槳轉得越來越快。

史坎德快步跑過峭壁頂端。直升機激起地上的碎礫和塵土，鑽進他的鼻子、頭髮和眼睛。

他看不清楚眼前的路。接著，「哎唷！」

「巴比？」

「史坎德？」

直升機在他們上空遨翔，往海上飛去。塵土散盡之後，史坎德盯著空盪盪的天空。巴比一手叉腰，站在他身旁。

他的感受一定顯露在臉上了，因為她用一隻手臂攬住他的肩膀。「要走了嗎？」

史坎德不確定自己能否發得出聲音，於是只是點點頭，由巴比帶路，回頭朝著嗜血獨角獸的聲音走去。

致謝

我真的必須感謝非常多人。

首先，這份謝意必須獻給遠在脾氣暴躁的獨角獸們尚未誕生之前，就一直支持我的人：感謝我偉大的母親，海倫，她是堅強獨立的模範，更教導我要追隨自己的夢想——而且在這條路上還要玩得開心！感謝我的兄弟艾力克斯，不僅幫我加油、逗我開心，也從不曾過問我為何要寫這些嗜血獨角獸的故事。感謝我的兄弟雨果，多年來和我交流許許多多奇幻小說與故事，謝謝你在夜半時分讀完這本小說的初稿，並鼓舞我持續寫下去。

感謝雪倫、肖恩和歐利，有超乎你們預期的獨角獸最後出現在你們的人生中。我真的很感激你們，不僅歡迎我成為你們家庭的一分子，還全心全意支持我的寫作。感謝漢娜，我的愛書人盟友。

感謝克萊兒，在馬蓋特一邊喝咖啡一邊聽我胡言亂語。你對於史坎德這個點子的反應，就和靈元素發出的亮光一樣璀璨耀眼。感謝安娜、莎拉、艾麗和夏綠蒂，從我開始嘗試寫作的初期，就持續以愛餵養我、鼓勵著我的四人組。感謝露絲，無論我在何種狀態，或高峰或低潮，你總是無私的替我和史坎德打氣。感謝愛莎，不斷和我分享身為作家的經驗，幫助我得以想像未來成為作家的模樣。感謝巴尼，你的書啟發了我，讓我能重新踏上這條被我遺忘的創作之路。感謝艾比、葛文、傑西、威爾和馬克，在我奔三的這段日子陪伴我度過人生中的風風雨雨。

倘若我的經紀人是騎手，他們一定能贏得每場空戰。感謝山姆・柯普蘭，永遠替我據理力爭，讓我所有關於獨角獸的夢想都成真。感謝米雪兒・柯洛斯，讓我的人生彷彿一部童話故事，讓我筆下的兇殘生物有天將能在銀幕上翱翔。同樣感謝康彼得、茱兒・里德、杰克・鮑曼，深信這個故事的潛力，讓這項計畫得以實現。

還要大大感謝（有如一整座禽巢那般龐大的）整個 Simon & Schuster 夢幻團隊，讓這本書能展翅高飛。感謝我的英國編輯阿里・道格和美國編輯坎卓拉・萊文，打從一開始就愛上這個故事，而後費盡所有心思將這個故事打造成最好的模樣。感謝迪巴・扎加布爾和蘿瑞・芮本斯，幫助這些獨角獸躍上我從未想像過的顛峰，即便外在的世界如此令人畏懼。

感謝蘿拉・霍夫和丹妮・威爾森，和我一樣懷抱著熱情，將史坎德帶到更多讀者面前。感謝伊恩・蘭布，他為獨角獸注入令人讚嘆的創作能量，讓它們能被這個世界認識。感謝 Simon & Schuster 的設計團隊、湯姆・桑德森、索雷爾・帕卡姆和 Two Dots 插畫工作室，確保封面和書籍的外觀能呈現我腦海中想像的樣貌。感謝莎拉．麥克米倫和伊芙．瓦爾索基．莫瑞斯，對外公開介紹這些致命的獨角獸。感謝傑出的版權團隊為史坎德找到這麼多完美的歸宿。還要感謝我在世界各地的編輯和譯者們，謝謝你們願意相信我，並以自己國家的語言賦予這個故事新的生命。還要感謝我的文字編輯和校對人員，你們讓這些文字有如火魔法般熾烈發光。

感謝童書界張臂歡迎我的加入，尤其是艾絲琳．福勒和妥拉．奧科古，在還未見面之時便鼓勵我，和我分享他們自身的作家歷程。感謝我在創意寫作碩士班的師長和同儕們，給予我繼續寫作的信心，且一路支持我走到今天。感謝劍橋大學的塞爾文學院，總是讓我有回到家的感覺。感謝查理．沃瑟姆，你的歌聲深深打動我，我差點要辭掉工作，往波納羅音樂節奔去了。感謝肯特郡的圖書館，讓一個不可能買得起所有心愛的奇幻小說的小女孩，得以發掘閱讀的魔力。

最後，感謝我的先生，喬瑟夫，幫我在這世界上找到屬於我的角色，成為一個說故事的人。幫我找到我自己，也因此才會有《史坎德：獨角獸竊盜者》。沒有了他，這個故事也不會誕生。

國家圖書館出版品預行編目資料

史坎德：獨角獸竊盜者／A.F.史黛曼著;Two Dots繪;
謝靜雯譯.——初版一刷.——臺北市：三民，2022
面；　公分.——（文學森林）
譯自：Skandar and the Unicorn Thief
ISBN 978-957-14-7431-1（平裝）

873.57　　111004388

文學森林

史坎德：獨角獸竊盜者

作　者	A. F. 史黛曼
繪　者	Two Dots
譯　者	謝靜雯
責任編輯	范榮約
美術編輯	黃霖珍
發行人	劉振強
出版者	三民書局股份有限公司
地　址	臺北市復興北路 386 號 (復北門市) 臺北市重慶南路一段 61 號 (重南門市)
電　話	(02)25006600
網　址	三民網路書店 https://www.sanmin.com.tw
出版日期	初版一刷 2022 年 5 月
書籍編號	S871790
ISBN	978-957-14-7431-1

三民書局